명작의 공간을 걷다

명작의 공간을 걷다

초판 1쇄 발행 2020년 8월 20일

초판 2쇄 발행 2021년 6월 30일

글·사진 이경재 **펴낸이** 박성모 **펴낸곳** 소명출판 **출판등록** 제13-522호

주소 서울시 서초구 서초중앙로6길 15, 2층

전화 02-585-7840 **팩스** 02-585-7848

전자우편 somyungbooks@daum.net **홈페이지** www.somyong.co.kr

값 24,000원

ISBN 979-11-5905-556-0 03810

ⓒ 이경재, 2020

이경재 글·사진

명작의 공간을 걷다

WALK
THROUGH
THE SPACE
OF A
MASTERPIECE

서문

『명작의 공간을 걷다』는 한국 현대문학의 명작을 공간과 관련지어 살펴본 저서로서, 3년 전에 출판된 『한국 현대문학의 공간과 장소』소명 출판, 2017에 이어진다. 그동안 문학 연구에서 크게 주목받지 못한 공간은 최근 주요한 화두로 문학비평과 연구의 중심 영역으로 진입하고 있다. 저자 역시 문학에 대한 온전한 이해를 위해서는 공간적 요소에 관심을 기울여야 한다는 입장이며, 이 책에서도 공간에 초점을 맞추어 한국 현대문학의 다양한 의미를 탐색하였다. 『한국 현대문학의 공간과 장소』와 가장 크게 차이 나는 지점은 '명작의 공간을 걷다'라는 제목에서도 드러나듯이, 현장성에 좀 더 초점을 맞추었다는 것이다. 가능하면 작품이나 작가의 공간을 실제로 답사하여, 그동안 주목하지 않았던 새로운 의미를 찾고자 노력하였다.

코로나바이러스감염증-19로 언택트Untact, 비대면가 대세인 시절이다. 이 판국에 작품 속에 나오는 공간이나 작가와 인연이 깊은 장소를 직접 찾아간다는 것은 일종의 시대착오로 느껴지기도 한다. 그러나 시대착오를 무릅쓰고 현장에 가면, 책상머리에서는 얻을 수 없는 새로운 깨달음을 얻게 되는 경우가 너무나 많다. 하나의 사례로 이육사의 「광야」에 등장하는 광야에 대한 해석을 들 수 있다. 많은 이들이 그동안 광야를 우리 민족의 옛 땅인 만주 벌판으로 바라보고는 하였다. 광야라는 것을 생각하기 힘든 좁은 한반도에서 살아온 사람들에게는 자연스러운 해석이라고도 할 수 있다. 그런데 실제로 이육사가 나고 자란 안동의 원촌에 가면, 보통의 감각으로는 상상하기 힘든 너른 벌판이 펼쳐져 있는 것을 확인할 수 있다. 이 벌판을 바라보고 있으면, 자연스럽게 「광야」의 광야는 바로 이 원촌의 들판을 가리킨다는 것을 직감할 수 있다. 「광야」가 오늘날까지도 사람들에게 널리 사랑받는 것도 이육사가 자신의 육신과도 같은 고향의 들판을 노래했기 때문일 것이다.

저자가 문학 답사와 처음 인연을 맺은 것은 국문학과에 다니던 대학생 시절이었다. 국문학과에서는 매년 봄이면, 각 학문 분과(현대문학, 고전문학, 국어학)별로 답사를 가고는 했다. 당시의 답사는 대학원생 중심이었고 학술적인 성격이 강했다. 학부생은 대학원 진학을 계획한 졸업반 선배들이 한두 명 따라가는 것이 전부였다. 문학이 좋다는 이유만으로 일찌감치 진로를 결정한 터라, 저자는 아무것도 모르면서 학부 2학년 때부터 답사에 따라 다녔다. 답사에 가면 교과서에서나 보던 문인들의 자취를 직접 확인할 수 있어 좋았고, 먼발치에서만 바라보던 교수님들을 가까이서 뵐 수 있어 좋았다. 물론 선후배들과 어울리던 우애의 밤도 빼놓을 수 없는 답사의 즐거움이었다. 지금도 명색이 국문학과 교수인지라 일 년에 한 번씩은 학생들과 함께 문학 답사를 떠난다. 국문학을 평생의 업으로 삼고 있는 한, 문학 답사는 떼려야 뗄 수 없는 삶의 한 부분인지도 모르겠다.

책 속의 문자는 어디까지나 차가운 흑백의 세계일 수밖에 없다. 답사는 그러한 관념의 세계가 오감을 통해 총천연의 세계로 되살아나는 마술 같은 경험이다. 이 책을 쓰기 위해 국내와 해외의 여러 곳을 돌아다녔다. 분명 답사는 목적이 있는 일의 연속이었지만, 무엇과도 바꿀 수 없는 지복의 순간들이기도 했다. 지금 돌이켜보면 글을 쓰기 위해 여행을 한 것인지, 여행을 하기 위해 글을 쓴 것인지 헷갈릴 정도이다. 그렇다고 문학 답사가 언제나 순탄한 것만은 아니다. 무언가 있으리라는 큰 기대를 갖고 찾아간 곳에서 푸른 하늘만을 실컷 보고 오거나, 너무나 달라진 모습에 차라리 오지 않았던 게 나았다고 후회할 때도 많다. 「혈의 누」에서 옥련이가 머물던 호텔을 찾아보겠다고 워싱턴을 두 번이나 찾아갔다가 허탕을 쳤던 일, 가벼운 마음으로 이육사의 묘소를 찾아 나섰던 산길이 무려 왕복 5킬로미터가 넘는다는 것을 확인하고 놀랐던 일, 은폐되어 있다시피 한 용암지 기념비를 찾아 반바지 차림으로 풀숲을 헤매던 일 등이 아찔하게 떠오른다.

『명작의 공간을 걷다』는 분명 답사의 산물이기도 하지만, 이 책이 단순한 기행문 정도로만 읽힌다면 조금은 아쉬운 일이다. 마지막 순간까지 '공간으로 바라본 한국 현대문학의 흐름'을 책 제목으로 고민할 만큼, 저자는 『명작의 공간을 걷다』가 소박하나마 100년이 넘는 한국 현대문학사에 대한 간략한 안내서가 되기를 희망하였다. 누구나 인정할 만한 한국 현대문학의 명작 39편을 선별하였으며, 시기별로 작품들이 균형감 있게 배열될 수 있도록 신경을 기울였다. 또한 여기서 언급한 작품들에 대한 선행 연구는 일일이 검토하기가 벅찰 만큼 두텁게 쌓여 있지만, 저자의 글이 기존의 논의와는 다른 겨자씨만 한 새로움이라도 보여줄 수 있도록 많은 땀을 흘렸다.

여기 수록된 글들은 보론을 제외하고는 모두 신문에 연재한 원고들이다. 원고지 25매 정도의 분량에 한국문학사의 보석 같은 작품들이 지닌 문학적 특징과 공간적 배경을 함께 아우른다는 것은 여간 힘든 일이 아니었다. 그럼에도 그 고통의 결과로 이 졸저와 더불어 무엇과도 바꿀 수 없는 나만의 장소를 여러 곳 갖게 되었다는 것은 큰 기쁨이다.

안타깝게도 직접 가보지 못한 곳이 하나 있다. 이광수의 북촌, 이상화의 수성벌, 장혁주의 예천군 지보면, 백신애와 하근찬의 영천, 이효석의 봉평, 이육사의 안동 원촌, 한흑구가 사랑한 포항, 김동리와 박목월의 경주, 김사량의 도쿄와 가마쿠라, 서정주의 질마재, 조지훈의 주실마을, 권정생의 안동 조탑리, 김주영의 청송, 현기영의 제주, 이문구의 관촌, 최인호의 캘리포니아, 오정희의 차이나타운, 이문열의 두들마을, 성석제의 상주, 장정일의 대구, 김연수의 김천 등을 가보았지만, 김동인을 낳고 기른, 그리하여 「감자」를 낳은 평양만은 가볼 수 없었다. 직접 가본 후에 쓴다는 이 책의 원칙에 따른다면, 「감자」論은 언젠가 보완되어야 할 미완의 글이라고 볼 수도 있다. 아마도 이 안타까움이 사라지는 날, 진정한 한국 현대문학의 연구도 가능할 것이다.

여기 수록된 103장의 사진 중에서 100장은 모자란 대로 저자가 직접 찍은 것들이다. 사료적 가치가 있는 과거의 사진이나 전문가가 찍은 예술성 높은 사진이 얼마든지 있지만, 현장에서 느꼈던 감각을 가능하면 진솔하게 전달하고 싶은 마음으로 부끄러움을 이겨내고 감히 수록하였다. 독자 여러분들의 넓은 이해를 구한다. 여러 가지로 부족한 글과 사진이지만, 여러분들의 도움이 있었기에 세상의 빛을 볼 수 있었다. 지면을 허락해주신 신문사의 관계자 분들, 그리고 사진이 많아서 여간 번거롭지 않은 편집 작업을 멋지게 해주신 소명출판의 여러 선생님들, 마지막으로 수많은 여행을 함께 하며 제 머리와 가슴을 따뜻하게 채워준 선후배 동료 여러분과 제자들에게 진심으로 감사의 말씀을 드린다.

2020년 8월

이경재

01

부강한 것은,
참되고, 선하고,
아름답다

이인직의 『혈의 누』, 1906

부강한 것은, 참되고, 선하고, 아름답다

최초의 신소설로 일컬어지는 국초菊初 이인직李人稙, 1862~1916의 『혈의 누』는 상편『만세보』, 1906.7.22~10.10과 하편『제국신문』, 1907.5.17~6.1으로 이루어져 있다. 청일전쟁으로 부모를 잃은 옥련이 일본군 군의관인 이노우에井上의 도움으로 일본 오사카에 가 심상소학교오늘날의 초등학교를 졸업하고, 이후 구완서를 만나 미국 워싱턴으로 유학을 가며, 마지막에 워싱턴에서 모든 가족이 재회하는 이야기이다. 옥련의 여로는 평양 – 인천 – 오사카大阪 – 이바라키茨木 – 요코하마橫濱 – 샌프란시스코桑港 – 워싱턴華盛頓으로 이어진다. 하편에 등장하는 "태평양에서 불던 바람이 북아메리카로 들이치면서 화성돈 어느 공원에서 단풍 구경을 하던 한국 여학생 옥련이가 재채기를 한다"는 문장처럼, 『혈의 누』는 아시아와 북아메리카를 한데 아우르는 국제적 스케일을 보여주는 작품이다.

1894년부터 1902년까지를 배경으로 삼고 있는 소설에서, 주인공이 미국 유학을 떠난다는 것이 어색하게 느껴질 수도 있다. 그러나 미국은 생각보다 일찍부터 우리의 삶에 가까이 있었다. 미국은 서구 국가들 중 가장 먼저 우리와 조약을 체결1882한 국가이며, 19세기 말에는 이미 여러 명의 미국 선교사들이 국내에서 활발하게 활동하였다. 기존 연구에 의하면 최초의 미국 유학생은 1883년에 미국으로 건너간 변수와 유길준이며, 1884년과 1890년 사이에 미국 유학생은 이미 64명에 이르렀다고 한다. 『혈의 누』가 쓰이던 1907년경에는 미국 유학생이 130여 명이었으며, 그 가운데 6명은 대학생이었다. 개화기에 이미 미국은 주요한 국가로서 우리들의 삶 속에 들어와 있었던 것이다. 이러한 현실을 반영하듯, 이 무렵 미국 유학을 다룬 신소설은 적지 않게 창작되었다.

고조부가 좌의정을 역임한 명문가의 서얼庶孼로 태어난 이인직은 말이 필요 없는 천하의 친일파이다. 이인직은 『혈의 누』와 같은 신소설을 창작한 작가이자, 여러 신문에서 맹렬하게 활동한 언론인이며, 동시에 구한말의 외교무대에서 활동한 정치인이라는 세 가지 얼굴을 지니고 있다.

이인직은 이미 1890년대 후반에 도일하여, 일본 동경정치학교에서 수학하고 『미야코신문都新聞』 견습기자로 활동하였다. 이 시기에 「미야코신문」에 일본어 단편 「과부의 꿈寡婦の夢」1902.1.28~29 등을 발표하기도 하였다. 1904년 2월 러일전쟁 발발 이후 일본 육군성 제1군사령부 소속 통역으로 임명되어 귀국하였고, 그해 5월까지 종군하였다. 1906년 1월에 창간된 『국민신보』의 주필을 맡았으며, 동년 6월에는 새롭게 창간된 『만세보萬世報』의 주필로 자리를 옮겼다. 이 신문을 통해 『혈의 누』와 「귀의 성」을 발표함으로써 이른바 신소설 작가로서의 명성을 얻게 된다. 1907년 7월에는 『대한신문』의 사장으로 취임하였으며, 『대한신문』에 「강상선」 등의 작품을 연재하였다. 한일강제병합조약 체결 당시에는 이완용의 비서 역할을 수행하였다. 1911년 7월 친일의 공로로 경학원經學院의 사성司成으로 임명되었으며 1916년 11월 25일 사망하였다. 일본인 처를 두고 장례식마저 일본종교 예식에 맞춰 치룬 그는 진심으로 일본을 믿고 따랐던 인물이다.

그렇다고 그의 대표작인 『혈의 누』를 "청국에의 증오와 일본에의 편향성"^{김윤식}이나 "애국계몽기의 친일문학"^{최원식}과 같은 친일의 단색으로만 칠해버리는 것은 작품에 대한 과소진술일 수 있다. 이인직이 숭배하고 따른 것은 일본뿐만이 아니라 강하고 부유한 세계 일반이기 때문이다.

기존 논의에서는 친일을 강조하기 위해서 작품 속에 나타난 친일배청^{親日排淸}의 태도를 강조하고는 하였다. 그러나 친일배청의 태도 이면에는 만국공법^{萬國公法}을 기준으로 한 문명과 야만의 이분법이 매우 강력한 힘으로 존재한다. 만국공법이란 국민국가^{nation-state}들 사이의 평등한 관계를 지향하는 근대적인 국제법을 의미한다. 이것은 천자^{天子}가 직접 다스리는 중원^{中原}과 천자가 책봉한 왕들이 다스리는 12개의 조공국을 설정하는 전근대적 중화 질서와는 대비되는 근대적 세계 질서를 상징한다. 『혈의 누』에서 일본은 만국공법을 따르는 문명의 세계이고, 청은 만국공법을 모르는 야만의 세계에 속한다. 이인직은 작품 속에서 집요할 정도로 이러한 대비를 반복해서 강조한다.

첫 번째로 청나라 군사는 산에 가서 젊은 부녀를 보면 겁탈하고 돈이 있으면 빼앗아 가는 것과 달리 일본군은 사람들이 피난 가서 비어 있는 집에만 들어가는 것으로 묘사된다. 전장에서 피난 가고 사람 없는 집에 "까마귀떼 다니듯이" 함부로 들어가 물건을 가져오는 행위도 비난받아 마땅하지만, 일본군의 행위는 어디까지나 만국공법의 하위법인 "전시국제공법戰時國際公法"에 따른 것으로 정당화된다.

다음으로 옥련이 왼쪽 다리에 맞은 총알이 청인의 것이었다면 독한 약이 묻어 있어 죽었을 것인데, 일인의 철환이라 치료하기 쉽다는 대목을 들 수 있다. 이인직이 단순하게 청인을 악마화하고 일인을 이상화하려는 목적이었다면, 옥련이 일인의 총알이 아닌 청인의 총알에 맞은 것으로 설정하는 것이 더욱 나았을 것이다. 그럼에도 굳이 독약 묻은 청인의 철환을 등장시킨 이유도 전시국제공법과 관련된다. 전시국제공법의 가해수단제한이라는 항목에는 "독 또는 독을 바른 병기의 사용을 금지한다"라는 규정이 있기 때문이다.

마지막으로 이노우에 군의관이 청나라와의 요동전투에서 전사하는 장면을 들 수 있다. 『대판매일신문』 호외에는 이노우에 군의관이 요동전투에서 전사했다는 소식이 실려 있다. 이것을 보고 집에서 일하는 일본인 설자는 "만국공법에, 전시에서 적십자기赤十字旗 세운 데는 위태치 아니하다더니 영감께서는 군의시언마는 돌아가셨으니 웬일이오니까"라고 말한다. 위의 세 장면은 모두 만국공법의 세계와는 무관한 야만으로서의 청나라와 만국공법의 세계에 속한 문명으로서의 일본이

라는 이분법을 보여준다.

이처럼 이인직이 숭배하고 배척한 것은 단순하게 일본과 청이라
는 개별 국가가 아니라, 본질적으로는 만국공법을 따르는 문명과 따르
지 않는 야만이었던 것이다. 그렇기에 청인이라고 하더라도 문명의 세
계에 동참할 때는 결코 야만의 대상으로 묘사되지 않는다. 옥련과 구완
서는 샌프란시스코에 도착하여 청국 개혁당의 유명인사인 강유위康有
爲와 일어 잘하는 청인의 도움으로 "화성돈에 가서 청인 학도들과 같이
학교에 들어가서 공부"를 하게 된다. 이때의 청인은 야만과는 거리가
먼 은인에 가까운 모습이다. 똑같은 청인도 어떤 세계에 몸담고 있느냐

오사카의 상징인 오사카성과 오사카 시내

에 따라 그 성격이 이토록 달라지는 것이다.

조선, 일본, 미국이라는 공간도 문명이라는 기준에 따라 철저하게 위계화되어 있다. 처음으로 문명의 모습이 등장하는 것은 오사카에 도착했을 때이다. "항구에는 배 돛대가 삼대 리에는 이층 삼층집이 구름 속에 들어간 듯하고, 지네같이 기어가는 기차는 입으로 연기를 확확 뿜으면서 배는 천동지동하듯 구르며 풍우같이 달아난다"고 묘사된다. 이후 화륜선을 타고 삼주일 만에 샌프란시스코에 도착했을 때, 그 곳의 "사오 층 되는 높은 집은 구름 속 하늘 밑에 닿"을 듯하다. 흥미로운 것은 오사카 항구의 집들이나 이바라키에서 구완서의 정신을 황홀하게 했던 여인숙이 고작 삼층집이었지만, 샌프란시스코의 집들은 사오 층 높이라는 것이다. 이에 반해 옥련 모가 사는 평양성의 집들은 "게딱지 같이 낮은 집"으로 묘사된다. '게딱지같이 낮은 집조선 – 이층 삼층집일본 – 사오층 되는 집미국'이라는 집의 높이는 각 나라가 보여주는 문명의

샌프란시스코의 빌딩숲

고도에 그대로 연결되는 것이다.

조선과 일본 그리고 미국에 사는 사람들도 문명의 정도에 따라 성격화된다. 문명과 가장 거리가 먼 조선인들은, 미국에서 선진 문명을 배우는 옥련, 구완서, 김관일 등을 제외하고는 부정적인 모습 일색이다. 조선인 농민은 불쌍한 옥련 모를 겁탈하려 하고, 대동강에 몸을 던진 옥련모를 구한 고장팔과 사공은 노름중독자이며, 장팔 어미는 까마귀에 얽힌 미신에 마음이 상해서는 우체부에게 까닭 없이 분풀이나 한다. 옥련의 외조부인 최항래는 사업으로 많은 돈을 벌었으나 봉건적인 가족 관념으로 편안할 날이 없다.

문명의 척도로 볼 때, 미국인과 조선인의 중간쯤에 위치하는 일본인들은 긍정적인 모습과 부정적인 모습을 동시에 보여준다. 일본 보초병은 옥련 모가 겁탈당할 위기에 처하자 구해주고, 이노우에 군의관은 고아가 된 옥련이를 구원해주기도 한다. 그러나 이노우에의 부인은 남편이 죽고 옥련으로 인해 재혼이 어려워지자 옥련을 모질게 학대한다. 특히 이노우에 부인의 수족 노릇을 하는 봉건적인 노파는 "몹쓸 늙은 여우"라고 불릴 정도로 사악한 짓을 마다하지 않는다.

이와 달리 미국인은 모두 호인뿐이다. 미국인 중에서 유일하게 자기 목소리를 내는 사람은 옥련이 머무는 호텔의 보이이다. 호텔의 보이는 옥련에게 아버지 김관일의 광고를 알려주었기에 상금을 받을 수 있음에도 불구하고, "상금은 원치 아니하나 귀양貴孃을 배행하여 가서 부녀 서로 만나 기뻐하시는 모양 보았으면 나도 이 호텔에서 몇 해간 귀양을 모시고 있던 정분에 귀양을 따라 기뻐하고자 합니다"라고 정중하게 말한다. 이처럼 미국인은 "도덕심이 배가 툭 처지도록 들"어 있는 문명인들인 것이다.

『혈의 누』에서 미국은 요즘 유행하는 말로 하자면 천조국이다. 옥련의 현실적 불우와 결핍은 미국에서 모두 해결된다. 만만치 않은 재력과 평등한 여성관을 가진 구완서라는 약혼자 덕택에 옥련은 부족함 없이 공부를 하고, 헤어진 부모는 물론이고 외할아버지와도 재회한다. 그러나 「심청전」에 나오는 용궁처럼, 『혈의 누』의 미국은 구체적인 삶의 시공과는 거리가 먼 추상적 공간일 뿐이다. 옥련이가 생활하는 워싱턴의 모든 곳은 고유명사가 아닌 보통명사로만 존재한다. 모든 공간은 호텔, 학교, 거리라고 막연하게 불릴 뿐, 구체적인 고유명으로는 단 한 번도 불리지 않는다. 그리고 보면 워싱턴이라는 도시 자체가 고유명사가 아닌 근대 문명을 가리키는 보통명사인지도 모른다. 1800년 이후 미국의 수도로서 국회의사당과 백악관을 비롯한 수많은 기념관과 박물관

국회 의사당 The U.S Capitol

24

등을 보유한 미국 정치의 중심
지라는 워싱턴의 기본적인 특
징은 작품 속에 전혀 드러나지
않기 때문이다.

링컨 기념관에서 바라본 워싱턴 기념탑

이러한 비현실적인 막연
함은, 전공도 알 수 없이 그저
공부만 열심히 할 뿐인 구완서
와 옥련의 이상에도 그대로 나
타난다. 구완서는 귀국한 후에
"우리 나라를 독일국獨逸國같이
연방도를 삼되, 일본과 만주를
한데 합하여 문명한 강국을 만
들고자 하는" 꿈을 꾼다. 조선의 독립도 지키기 어려운 마당에 일본과
만주를 한데 합하여 문명한 강국을 만들겠다는 망상을 키우는 것이다.
구완서의 망상보다 강도는 약하지만, 허황되기는 "우리 나라 부인의 지
식을 넓혀서 남자에게 압제받지 말고 남자와 동등 권리를 찾게" 한다
는 옥련이의 꿈도 마찬가지이다. 『혈의 누』의 속편이라 할 수 있는 「모
란봉」『매일신보』, 1913.2.5~6.3에서 귀국한 옥련이의 무력함과 그녀가 겪는
온갖 중상모략 등은 옥련이의 꿈이 조선의 현실과는 얼마나 먼 거리에
있는가를 잘 보여준다.

『혈의 누』가 1894년의 청일전쟁으로부터 시작된다는 것은 의미
심장하다. 일본의 승리라는 청일전쟁의 결과는 중화질서라는 오랜 유

교적 세계관의 붕괴를 의미하기 때문이다. 한글도 모르고 부모도 잃어버린 일곱 살의 어린 옥련이 그러했듯이, 바야흐로 우리 민족도 익숙한 과거의 세계와 결별한 채 광야에 내동댕이쳐진 것이다. 이 역사적 순간 이인직이 선택한 것은 옥련이 그러했듯이, 근대를 향해 눈가리개를 한 경주마처럼 일직선으로 달려가는 것이었다. 그의 질주 속에는 오래된 것에의 혐오와 새로운 것에의 동경만 있었을 뿐, 새로운 것이 지닌 어둠에 대한 관심은 없었다. 그러나 강하고 부유한 새 것만을 쫓은 결과는 구한말이라는 시대적 상황과 만났을 때 친일과 망국이라는 비극을 낳았을 뿐이다.

이인직이 그토록 지향한 만국공법과 문명의 세계는 결국 제국을 대체한 제국주의에 불과한 것은 아니었을까? 실제로『혈의 누』가 창작되기 1년 전에 미국과 일본은 테프트-카츠라 밀약1905.7을 체결하여 필리핀과 조선의 지배를 사이 좋게 서로 승인한 바 있다. 결국 이인직은 맹목적인 문명개화의 의지를 통해 옥련의 피눈물血의 淚을 닦아줄 수 있었을지는 몰라도, 그 이후로 반세기 가까이 흘려야만 했던 우리 민족의 피눈물은 외면했던 것이다.

[2018]

02

"소녀도 나서는데, 하물며······"

"소녀도 나서는데, 하물며……"

장지연張志淵, 1864~1920은 한말의 유학자요 역사가이자 또한 언론인
이며 문필가이고 애국독립사상가이다. 그는 을사조약이 체결된 직후에
발표한 명문 「시일야방성대곡是日也放聲大哭」으로 민족의 울분과 기개를
온 세상에 알린 인물이다. 구한말을 대표하는 우국지사인 장지연은 경
북 상주에서 나고 자랐다. 그는 조선 중기의 문인 여헌旅軒 장현광張顯光
의 후손으로 경북 상주군 동곽리에서 태어나 한학을 깊이 있게 배우며
성장하였다. 『황성신문』, 『시사총보』, 『해조신문』, 『경남일보』 등의 언론
사에서 활발하게 활동하였으며, '만민공동회', '독립협회', '대한자강회',
'국채보상운동'의 사회단체에서 주도적인 역할을 한 장지연의 모습은
비교적 널리 알려져 있다.

그러나 그가 한때 소설을 창작했다는 사실을 아는 이는 드물다.
그는 단 한 번 소설을 창작했는데, 그것이 바로 숭양산인嵩陽山人이라는
필명으로 발표한 『애국부인전』광학서포, 1907이다. 이때의 애국부인은 백
년전쟁1337년부터 1453년까지 영국과 프랑스가 벌인 전쟁에서 활동한 프랑스의 잔
다르크Jeanne d'Arc, 1412~1431이다.

흔히 개화기라고 불리는 19세기 후반부터 한일합방에까지 이르
는 시기는 우리 민족에게 큰 위기이자 작은 기회의 시대였다. 이 시기
우리 민족의 절대적인 과제는 여러 제국주의 세력으로부터 자주독립

韋庵張志淵先生紀念碑

상주 왕산역사공원에 있는 위암 장지연 기념비

을 유지하는 것과 전근대의 미몽에서 벗어나 부강한 나라를 만들어 내는 것이었다. 현실과 긴밀한 관련을 맺는 문학, 그중에서도 소설이 이러한 시대정신에 반응하는 것은 당연한 일이다.

개화기의 시대적 과제에 민감하게 반응한 소설로, 이인직 이해조 최찬식 등이 창작자였던 신소설과 장지연, 신채호, 박은식 등이 창작자였던 역사전기소설을 들 수 있다. 신소설은 주로 반봉건 근대화라는 시대적 과제에 초점을 맞춘 작품들이다. 신소설을 대표하는 이인직의 『혈의 누』1906에서 부모를 잃은 일곱 살의 옥련은 문명개화라는 절대적 이념을 따라 평양에서 출발해 오사카를 거쳐 워싱턴까지 거의 일직선으로 달려 나간다. 그 절대의 이념 앞에 조선이나 민족을 위한 자리는 놓여 있지 않다. 이에 반해 전통적인 한학을 공부했으며 민족의 자주독립을 추구한 애국지사들이 창작한 역사전기소설은 주로 반제 독립에 초점을 맞춘 작품들로서, 대표적인 작품으로는 「서사건국지」1907, 「이태리건국삼걸전」1907, 「애국부인전」1907, 「을지문덕」1908, 「이순신」1908 등을 들 수 있다. 여기서 다루는 인물들은 모두 민족적 위기를 극복한 영웅들이다. 신채호가 「을지문덕」 서문에서 "과거의 영웅을 그려 미래의 영웅을 불러온다"는 영웅대망론을 제시한 것처럼, 역사전기소설은 과거의 영웅들을 통해 외세의 위협 앞에 놓인 민족의 위기를 극복하고자 했던 작품들이라고 할 수 있다.

장지연의 「애국부인전」은 잔다르크가 17세의 나이에 참여한 오를레앙 전투1429부터 영국에 의해 화형을 당할 때1431까지를 다루고 있다. "역사는 역사가와 사실이 상호 작용하는 끊임없는 대화"E.H.Carr, 1892~1982

라는 말이 있듯이, 역사란 그 시대정신에 의해 끊임없이 새롭게 쓰여진다. 과거는 불변이며 미래만 변하는 것이 아니라, 과거 역시도 현재의 관점에 따라 끊임없이 새롭게 창조되는 것이다. 「애국부인전」의 잔 다르크도 시공의 머나먼 거리를 뛰어 넘어 장지연의 관점에 의해 새롭게 창조된 잔 다르크이다.

소녀의 몸으로 나라를 구하고 결국에는 화형까지 당한 잔 다르크처럼 극적인 삶을 산 인물도 드물다. 그 결과 잔 다르크는 참으로 많은 관심을 받으며 다양한 얼굴로 사람들의 이야기에 등장하였다. 잔 다르크를 대상으로 한 문학작품은 잔 다르크가 처형당한 직후부터 창작되었으며, 지금까지 그녀는 성녀, 신비주의자, 전사, 예언자 등의 모습으로 다양하게 해석되었다. 심지어 셰익스피어는 『헨리 6세』에서 잔다르크를 "파렴치한 마법사요 마녀"로 그리기도 했으며, 대표적인 계몽주의자인 볼테르는 "형편없는 시골 처녀에다 불쌍한 정신착란자"로 규정하였다.[1] 장지연이 『애국부인전』을 통해 재현한 잔 다르크는 성녀도 마녀도 아닌 '국민의 역할을 다하는 애국자'이다.

잔 다르크가 활동한 시기는 근대적 의미의 국가가 형성되기 수백 년 전인 중세의 한복판이며, 잔 다르크가 목숨을 내걸고 활동한 것은 자기가 속한 고향과 왕세자에 대한 연민이었다는 것을 생각하면, 『애국부인전』에 나타난 잔 다르크의 모습은 민족지사이자 애국지사였던 장지연의 관점이 개입된 결과라고 할 수 있다.

프랑스에서도 잔 다르크가 전투적 국가주의의 상징이 된 것은

1 헤르베르트 네네, 이은희 역, 『잔 다르크』, 한길사, 1998, 174~179면.

1870년 이후이며, 특히 제1차 세계대전 기간 동안 모리스 바레스와 레옹 블루아는 증오심에 찬 자기들의 국수주의를 위해 잔 다르크의 이름을 끌어들였다고 한다.[2]『애국부인전』에서 가장 많이 쓰인 단어로는 국가, 국민, 애국 등을 들 수 있다. 잔 다르크는 출정을 말리는 부모님에게 "제 몸은 비록 여자이오나 어찌 법국의 백성이 아니리까. 국민된 책임을 다하여야 비로소 국민이라 이를지니"라고 말하고, 프랑스 장군 포다리고와의 대화에서 "우리 국민된 의무를 극진히 하여 법국 인민됨이 부끄럽지 않게 할 따름이요"라고 말한다. 이외에도 "국민의 의리", "국민된 자의 염치", "법국의 동포 국민된 유지하신 제군들", "국민된 한 분자의 의무", "국민의 책임", "국민을 위함" 등의 말이 계속해서 등장한다.

장지연의 민족주의적 문제의식은 매 회의 마지막에 작가가 덧붙인 논평에서도 확인할 수 있다. 특히 2회에서는 우리 민족을 외세의 침략에서 구원한 양만춘, 을지문덕, 강감찬의 행적을 언급하며, "법국은 이때에 양만춘 을지문덕 강감찬 같은 충의 영웅이 뉘 있는고"라는 논평을 마지막에 제시한다. 이것은 「애국부인전」의 잔 다르크가 앞에서 언급한 영웅들과 같은 민족영웅 차원에서 다루어지고 있음을 보여준다. 잔 다르크에 투영된 장지연의 강렬한 민족의식은 한일합방 직후 일제가 「애국부인전」을 불허가출판물로 지정한 것에서도 확인할 수 있다.

개화기 역사전기소설에 호출된 영웅들은 대부분 남성들이었다. 장지연의 「애국부인전」은 프랑스혁명 당시 활약한 롤랑부인Madame Roland, 1754~1793의 일대기를 그린 「라란부인전」1907과 더불어 드물게 여성 인

2   위의 책, 189면.

물을 다룬 역사전기소설이다. 「애국부인전」은 여성을 비하하고 국가 사업에서 소외시키는 고정관념에 대한 비판의식으로 가득하다. "어찌 남자만 나라를 위하여 사업하고 여자는 능히 나라를 위하여 사업하지 못할까. 하늘이 남녀를 내시매 이목구비와 사지백태는 다 일반이니 남녀가 평등이어늘 어찌 이같이 등분이 다를진대 여자는 무엇하려 내시리오"라는 잔 다르크의 비판이나, "슬프다. 우리나라도 약안 같은 영웅호걸과 애국충의의 여자가 혹 있는가"라는 작가의 논평에서 이를 확인할 수 있다. 장지연은 이 작품을 읽은 여성들이 적극적인 애국활동에 나서기를 진심으로 원했던 것이다. 「애국부인전」이 여타의 역사전기소설과는 달리 순한글체로 발표된 것도 당시 교육에서 소외된 여성을 주 독자층으로 끌어들이기 위한 배려라고 볼 수 있다.

이 시기 장지연은 여성들의 계몽에 많은 관심을 기울였다. 「애국부인전」을 발표한 다음 해에 출간한 『여자독본』1908은 일종의 열전列傳으로서, 모범이 될 만한 동서양의 여성들 행적을 기록한 책이다. 또한 장지연이 관여한 『가정잡지家庭雜誌』도 여성을 계몽하려는 의도의 여성잡지였다. 「애국부인전」, 「여자독본」, 「가정잡지」는 모두 "애국계몽운동의 일환으로 여성교육"[3]을 위해 기획되었던 것이다. 유학을 기본적인 교양으로 익힌 장지연이 여성의 계몽에 큰 관심을 기울였다는 것은 놀라운 사실이다.

그러나 「애국부인전」을 공적 담론에서 소외된 부녀자만을 대상으로 한 작품으로 한정짓는 것은, 이 작품의 담론효과를 좁게 보는 것일

3 배정상, 「위암 장지연의 '애국부인전' 연구」, 『현대문학의 연구』 30, 한국문학연구학회, 2006, 79면.

수도 있다. 이 작품은 동시에 남성들에게도 국가를 위해 헌신할 것을 요구하고 있기 때문이다. 농민의 딸로 태어난 17세의 어린 여성이 나라를 구한다는 이야기는 일차적으로 조선 여성에게 큰 감동과 교훈을 주었을 테지만, 동시에 어린 여성보다는 나은 지위에 있는 가부장제의 남성들에게도 분발의 계기가 될 수 있기 때문이다. 실제로 장지연이 이러한 효과를 다분히 의도한 대목도 여러 곳에서 발견할 수 있다. 전쟁터에 나가겠다는 잔 다르크의 충성심에 감복한 아버지가 "너는 여자로서 애국하는 의리를 알거든 남자된 자야 어찌 부끄럽지 아니하리오"라고 한탄하거나, 잔 다르크의 연설을 들은 남성들이 "원수는 일개 연약한 여자로서 저러한 애국열심이 있거늘 우리들은 남자가 되어 대장부라 하면서 도리어 여자만 못하니 어찌 부끄럽지 아니하리오"라고 스스

프랑스의 역사를 늘 지켜본 파리 세느강의 야경

로를 꾸짖는 대목 등이 그러하다.

　장지연이 그토록 원하던 조선의 잔 다르크는 과연 얼마나 탄생했을까? 이러한 의문에 대한 답변은 결코 초라하지 않다. 어두운 식민지의 밤하늘을 환하게 밝힌 여성독립운동가들이 적지 않기 때문이다. 현재 국가보훈처에서 훈장과 포상을 받은 여성 독립유공자만 수백명에 이른다. 이 위대한 여성들을 잊지 않는 것, 어쩌면 그것이야말로 장지연의 「애국부인전」을 제대로 읽는 독법인지도 모른다. (2020)

03

무정한 세상을 넘어
유정한 세상으로

—

이광수의 『무정』, 1917

무정한 세상을 넘어 유정한 세상으로

이광수李光洙, 1892~1950[1]의 『무정』『매일신보』, 1917.1.1~6.14만큼 한국인이 많이 읽고 연구한 소설은 드물다. 이것은 『무정』이 최초의 한국근대장편소설이라는 영예만으로는 해결되지 않는 남다른 깊이와 넓이를 확보했기에 가능한 현상이다. 인물심리 묘사의 깊이, 근대적 연애관의 소개, 언문일치체로의 진전, 문명개화에의 지향 등 『무정』이 성취한 문학적 업적은 지대한 것이지만, 그러한 성취의 목록 한편에는 단순한 지명이 아니라 근대적으로 분절 구획된 구체적인 삶의 공간을 형상화한 최초의 소설이라는 측면도 반드시 기록되어야 한다. 『무정』은 그 이전에는 찾아볼 수 없는 풍성하고도 정밀한 당대 여러 공간들서울, 평양, 삼랑진 등의 로컬리티locality를 주밀하게 반영하고 있는 것이다. 이들 공간에는 고유한 의미와 사상, 이념 등이 새겨져 있으며, 그것들은 서로 긴밀한 관

......

1 한국 근대문학의 선구자로서 대중과 문단의 열렬한 주목을 받으면서 파란만장한 삶을 살았다. 가난한 몰락 양반의 아들로 평안북도 정주에서 1892년 2월 22일에 태어났다. 11세에 콜레라로 부모를 모두 잃었다. 그 후 일진회, 황실, 김성수 등의 도움을 받아 세 차례 일본 유학을 했으며, 각각 타이세이중학(大成中學), 메이지학원(明治學院), 와세다대학(早稻田大學)에서 공부하였다. 1909년 『백금학보』에 일본어 소설 「사랑인가」를 발표한 이후 소설, 시, 희곡 등 다양한 분야에서 활발한 창작 활동을 벌여 한국 근대문학의 초석을 놓았다. 문학가로서의 활동 이외에도 민족 지도자라는 자의식에 바탕해 수많은 논설을 발표하고, 오산학교 교사, 임시정부 기관지인 『독립신문』 편집책임자, 『동아일보』 편집국장, 『조선일보』 부사장, 동우회 간부 등으로 맹렬하게 활동하였다. 그는 정열적으로 계몽주의, 민족주의, 인도주의 등의 사상을 견지하였다. 그러나 일제 말기에는 카야마 미츠로(香山光郞)로 창씨개명을 하고, 친일의 신념을 드러내는 다수의 논설과 일본어 소설을 발표하였다. 1949년 2월에는 반민특위(反民族行爲特別調査委員會)에 친일행위의 죄목으로 체포 수감되었으나 같은 해 8월 불기소 처분을 받았다. 한국전쟁 발발 당시 북한국에게 납북되어 북으로 가던 중 1950년 10월 25일 자강도 강계면에서 최후를 맞이하였다.

계를 맺으며 『무정』의 전반적인 의미망을 형성한다. 『무정』은 시대에 따라 변하는 사회적 구성물로서의 공간이 지닌 뚜렷한 성격을 보여주는 최초의 소설이다.

『무정』은 1916년 6월 27일 오후 두세 시에 경성학교 영어 교사인 이형식이 양반 출신이며 장안의 부자로 소문난 김장로^{김광현}의 딸 선형에게 과외공부를 가르치러 가는 장면으로 시작된다. 선형에게 과외를 가르치고 하숙에 돌아온 그날 저녁, 이형식의 하숙방에는 영채가 찾아온다. 영채는 고아가 된 형식을 길러준 박진사^{박응진}의 딸이자 암묵적인 약혼자이다. 그러나 7년여의 시간이 흐르는 사이 박진사의 집안은 풍비박산이 났고, 형식의 하숙을 찾았을 때 영채의 신분은 기생에 불과하다. 미국유학이 보장된 김장로의 딸 선형이를 선택하느냐 은인인 박진사의 딸 영채를 선택하느냐의 그 유명한 삼각관계는 이렇게 탄생하며, 이 삼각관계는 단순하게 연애 상대자를 선택하는 것 이상의 의미를 지닌다. 그것은 '욕망^{선형} 대^對 의리^{영채}' 혹은 '근대^{선형} 대 조선^{영채}' 중의 어느 한쪽을 선택하는 문제에 연결되며, 이러한 고민은 1910년대 지식청년은 물론이고 20세기 이후 한국인의 가장 근본적인 고민에 해당한다고 보아도 과언은 아니다. 이 고민의 절박성과 보편성이야말로 이광수의 『무정』이 발표 당시는 물론이고 지금까지도 독자들로부터 뜨거운 반응을 얻는 가장 중요한 이유일 것이다.

이 삼각관계가 소설의 핵심적인 갈등 구조를 형성한 결과 『무정』은 자연스럽게 형식의 하숙집^{교동}, 김장로의 집^{안동. 현재의 안국동}, 영채의 기생집^{다방골. 현재의 다동}을 중심으로 펼쳐지게 된다. 형식이 근무하는 경성학교는 가상의 학교이지만 여러 가지 상황들을 고려할 때, 안동 네거리 근처에 위치했던 휘문의숙으로 추정된다. 『무정』의 주요 공간은 서울 그중에서도 조선인들이 집중적으로 모여 살던 북촌에 집중되어 있는 것이다. 여기에 덧붙여 영채가 배학감과 김현수에게 겁탈당하는 청량리의 청량사, 그리고 자살하러 가는 영채와 그 영채를 쫓아가는 형식이 평양행 기차를 타는 남대문 정거장 등이 작품 속 서울의 주요한 공간으로 등장한다.

소설 속의 공간이 지닌 성격은 실제 역사적 공간의 성격과 일치한다. 김장로의 집이 있는 안동은 효자동, 궁정동, 삼청동, 가회동, 계동, 원서동과 더불어 북촌을 형성하며 조선 시대부터 양반 관료들이 주

김장로의 집이 있던 안국동에 남아 있는 전통 한옥

41

로 거주하던 곳이다. 영채의 기생집이 있는 다동 역시도 청진동 서린동 등과 함께 기생이 주로 살던 곳이다.[2] 또한 영채가 겁탈을 당한 청량리 는 전차로 인해 새롭게 탄생한 교외였으며, 당시에 "음부탕자들의 놀이 터"[3]로 인식되고는 하였다. 형식은 교동, 안동, 종로 우미관, 청년회관, 종각모퉁이, 광통교를 거쳐 영채가 사는 다방골을 찾아가는데 이 여로 를 따라 종로 야시夜市의 풍경이 자상하면서도 정감 있게 펼쳐진다. 종 로 야시는 『무정』이 연재되기 불과 6개월 전인 1916년 6월 21일부터 열리기 시작했으며, 종로 보신각 앞에서 파고다 공원 앞까지에 이르 는 거리가 주요 무대였다. "시가의 은성殷盛"과 "내선인의 화충협동和衷協

청계천 위에 놓인 광통교

‥‥‥
2 이존희, 『조선 시대의 한양과 경기』, 혜안, 2001, 119~120면.
3 정선태, 「청량리 또는 '교외'와 '변두리'의 심상 공간」, 『서울학연구』 36, 서울시립대 서울학연구
  소, 2009, 83면.

同"을 위해 열리기 시작한 종로 야시는 밤마다 일대 장관을 이루었다고 한다.[4]

1916년의 서울이 이제 막 근대로의 걸음마를 시작한 도시라는 사실은, 전차가 시내를 가로지르며 달리는 것과 달리, 그보다 빠른 자동차는 이형식의 머릿속에서만 달리는 장면에서 압축적으로 드러난다. 이형식이 영채를 배학감과 김현수 일당으로부터 한시라도 빨리 구하기 위해 자동차를 타는 일이 상상 속에서만 가능하다면, 전차는 이미 주요한 교통수단 역할을 톡톡히 하고 있는 것이다. 영채가 청량리로 갔다는 이야기를 들은 형식은 신우선과 함께 전차를 타고 종로에서 동대문까지 간 후에, 그곳에서 전차를 갈아타고 청량리까지 간다. 1899년 4월에 운행을 시작한 경성의 전차는 이미 1911년에는 경성 시내 대부분의 전차가 복선화될 정도로 서울 사람들의 주요한 대중교통 수단이 되었던 것이다.[5]

동대문 근처의 발전소에서는 "쿵쿵쿵쿵" 하는 발동기 소리가 나고, 어둠이 내린 종각 모퉁이에서는 "아이스크림, 아이스크림"을 외치는 총각의 목소리가 들리기도 한다.

이토록 정밀하게 서울의 구석구석을 담아내고 있는 『무정』이지만 당시 서울 인구의 25%가량을 차지하던 일본인과 그들의 거주구역인 남촌은 작품 속에 거의 드러나지 않는다.[6] 『무정』의 조선인들이 접촉하

......
4 유인혁, 「식민지 시기 근대소설과 도시공간」, 동국대 박사논문, 2015, 222면.
5 아오야기 쓰나타로, 구태훈 · 박선옥 편역, 『100년 전 일본인의 경성 엿보기』, 재팬리서치21, 2011, 140~143면.
6 1914년 당시 서울 거주 일본인은 66,024명이고 조선인은 187,236명이었다. 위의 책, 21면.

는 일본인은 주로 순사들이다. 김장로가 사는 안동에도, 형식의 하숙집이 있는 교동에도, 형식의 학교 앞에도 모두 파출소가 있다. 조선사학자로 오랫동안 경성에 살았던 아오야기 쓰나타로青柳綱太郎는 1915년에 출판한『최근 경성 안내기』라는 책에서 매우 자랑스러운 목소리로 "총독부의 경비 방법은 주도면밀하고 빈틈이 없다"며 이로 인해 "오래도록 암운이 감돌고 침체 상태를 벗어나지 못했던 경성이 갑자기 만사가 확장되고 찬란한 광채를 발산하고 있다"[7]며 목소리를 높인다. 실제로 1916년 무렵 북촌을 관리하는 파출소만 18개가 있었으며, 이것과는 별개로 파출소 숫자에 버금가는 헌병주재소가 존재했다고 한다.[8] 1916년과는 비교할 수 없이 인구가 늘어난 2016년 현재 종로경찰서 관내에 13개의 파출소가 존재한다는 것을 고려하면, 무단통치기라고 불리던 당시에 일제가 얼마나 많은 경찰력을 조선에 집중했는지 쉽게 이해할 수 있다. 이처럼 사람들의 삶 곳곳에 침투한 경찰의 모습은 평양에서도 삼랑진에서도 확인할 수 있다.

『무정』에서 일본 경찰은 감시의 시선을 번득이는 무서운 모습을 보여주기도 하지만, 삼랑진 수해현장에서처럼 조선인들을 위해 여러가지 편의를 봐주고 심지어는 조선인을 보며 눈물을 흘리는 따뜻한 모습을 보여주기도 한다.

『무정』에서 봉건적 가치관과 습속에 젖은 구세대들은 확실한 부정의 대상일 뿐이다 벼슬과 색시만을 남자가 추구하는 유일한 삶의 가

.....
7 위의 책, 38면.
8 위의 책, 199~205면.

치라고 생각하는 하숙집 노파, 기생으로서의 봉건 윤리에 찌든 기생집 노파, 평양 칠성문 밖에서 본 "낡디낡은 탕건을 쓴 노인" 등이 모두 그러하다. 벼슬과 색시만 추구하는 이전 사람들과는 달리 월급날이면 금박 박힌 책을 사서 읽기를 즐기는 형식은, 이들에게 "더럽고 냄새 나는 물건", "낙오자", "더러운 계집" 등의 모욕적인 이름을 붙이는 데 조금도 주저하지 않는다. 형식이 "순결열렬純潔熱烈한 구식여자舊式女子"라 칭하는 영채 대신 선형을 선택하는 것도 새로움, 즉 근대에 대한 지향에서 비롯된 것이라고 볼 수 있다. 『무정』에서는 형식이 처음부터 가난한 기생 영채가 아닌 부잣집 여학생 선형을 원했다는 것이 너무나 선명하게 드러나, 그 반대의 가능성은 생각할 수조차 없다.

그러나 『무정』은 통념처럼 근대서양, 일본에 대한 동경만으로 가득한 작품은 아니다. 『무정』은 근대의 긍정성에 대한 지향과 더불어 근대가 낳은 부정성에 대한 비판적 인식을 동시에 보여준다. 세상은 어느새 "돈만 있으면 사람의 몸은커녕 영혼까지라도" 사게 된 "돈 세상"이 되었으며, 화려한 물건들로 환한 선형의 집과 어두컴컴하고 볼품 없는 영채의 방이 보여주듯이 돈을 기준으로 사람살이는 뚜렷하게 구분되는 것이다. 『무정』에는 돈이 낳은 이러한 부정적 현상에 대한 비판적 인식이 곳곳에 나타난다.

이것은 근대의 화신인 형식에 대한 비판에서 가장 잘 드러난다. 돈과 유학으로 표상되는 물질적 가치에 속박된 존재라는 사실이야말로 형식이 비판받는 가장 중요한 이유이다. 『무정』에서는 표제이기도 한 '무정'이라는 단어가 총 스물네 번 등장하는데, 이 중에서 열일곱 번은 영채의 고통스런 삶을 가리키기 위해 사용된다. 흥미로운 것은 영채의 삶을 지칭하는 열일곱 번의 '무정' 중에서 열 네번이 영채를 대하는 형식의 모습과 관련된다는 점이다. 이때의 '무정'은 자신을 칠년여 만에 찾아온 영채에게 무심했던 형식을, 평양에 내려가서도 진심으로 영채를 찾지 않았던 형식을, 영채를 죽었다고 생각했으면서도 오히려 즐거워한 형식을 가리키는 것이다. 이처럼 『무정』에서 근대의 화신인 형식은 긍정의 대상인 동시에 부정의 대상이다.

삼랑진은 형식을 비롯한 『무정』의 젊은이들에게 재생의 공간으로 기능한다. 서울은 근대화가 막 시작된 도시로서 새로운 삶의 가능성을 보유한 공간인 동시에 증폭된 개인의 물질적 욕망으로 인해 여러 가지 인간문제를 낳는 공간이기도 하였다. 큰 수해를 입어 "개아미"처럼 힘없고 집 잃은 사람들로 가득한 삼랑진에서 우리의 젊은 영웅들은 "개인이라는 생각을 잊어버리고 공통한 생각"을 하게 된다. 이러한 연대감은 이재민들을 돕는 과정에서 "영채가 한문으로 짓고 형식이가 번역한 노래를 셋이 합창"하는 식의 구체적 행동으로 이어진다. 이와 더불어 '영채 – 형식 – 선형'의 삼각관계도 들끓는 욕망에 바탕한 애정의 관계에서 따뜻한 연대에 바탕한 우정의 관계로 변모한다. 처음 형식은 선형과 약혼하자 정신을 잃을 정도로 감격하지만, 나중에는 형식 스스로 선형과 자신의 관계를 "오라비와 누이"라고 반복해서 규정한다. 4년 후의 상황을 담고 있는 후일담에서조차 형식과 선형이 결혼했다는 말은 들리지 않는다. 형식, 선형, 영채, 병욱은 모두 민족을 구원하기 위해 공부하는 조선 민족의 "오누이"들이 된 것이다.

『무정』의 그 유명한 "어둡던 세상이 평생 어두울 것이 아니요. 무
정하던 세상이 평생 무정할 것이 아니다. 우리는 우리 힘으로 밝게 하
고 유정하게 하고 즐겁게 하고 가멸게 하고 굳세게 할 것이로다"라는
결말에 나오는 '무정한 세상' 이후의 '유정한 세상'은 전근대 사회의 미
몽은 물론이고 근대의 또 다른 미몽마저도 극복한 새로운 세상으로 새
겨보아야 할 것이다. 그 곳은 서울이라는 근대도시가 지닌 긍정적 가능
성과 삼랑진에서 익힌 공감과 연대의 감각이 공존하는 새로운 공간임
에 분명하다.

〔2016〕

남양주 봉선사에 세워진
이광수 기념비

04

칠성문 밖 빈민굴의
오이디푸스

—

김동인의 「감자」, 1925

칠성문 밖 빈민굴의 오이디푸스

김동인金東仁, 1900~1951은 1900년 10월 2일 평양부 하수구리 6번지에서 아버지 김대윤과 어머니 옥 씨 사이에서 출생하였다. 호는 금동琴童과 춘사春士이며 명치학원 중학부 가와바타 미술학교에서 수학하였다. 1919년에는 근대문학 최초의 동인지인 『창조』를 주요한, 전영택, 김환, 최승만과 함께 발간한다. 초기에는 오만한 예술지상주의자로서의 면모를 과시했으나 1930년대 이후에는 통속역사소설과 야담의 세계로 나아갔다. 그의 문학세계는 크게 세 범주로 나뉘어진다. 첫 번째는 「감자」, 「김연실전」, 「발가락이 닮았다」와 같은 자연주의적 경향과 「배따라기」, 「광염소나타」, 「광화사」처럼 탐미주의적 경향을 보인 단편 소설의 세계이다. 이들 작품들은 문학을 공리적인 것으로 보는 계몽주의나 프로문학과 대척점에 놓여 있다. 두 번째는 「젊은 그들」, 「대수양」, 「운현궁의 봄」과 같은 통속적 성격의 역사소설이다. 세 번째 범주는 「조선근대소설고」와 「춘원연구」와 같은 평론 활동이다. 이 평론들은 한국 근대문학사와 관련해 선구적인 업적일 뿐만 아니라 김동인의 비평적 재질을 유감없이 보여주고 있다. 김동인은 한국전쟁 중인 1951년 1월 5일에 가족들이 피난간 사이 홀로 서울 하왕십리동에서 사망하였다.

김동인은 8대를 평양에서 내리 살아온 평양 토박이이다. 아버지 김대윤은 교회의 장로이자 평양의 유지이고 개화한 지식인였다. 평

서울 광진구 어린이대공원에 위치한 김동인 문학비

양 성내 4백여 평의 대저택에서 둘째 부인의 첫 번째 아들로 태어난 김
동인은 평양에서 나고 성장했으며, 이후에도 한동안 평양에서 생활한
평양사람이다. 김동인이 창간한 최초의 문예지 『창조』의 필진이 평안
도 (그중에서도 평양) 사람 일색인 것도 김동인의 평양 사랑이 얼마나 깊
은 것인지를 증명하기에 모자람이 없다.

    이러한 작가 이력에 걸맞게 김동인의 작품에는 평양을 배경으로
한 것이 여러 편이다. 대표작인 「배따라기」나 「감자」는 물론이고, 「마음
이 옅은 자여」, 「눈을 겨우 뜰 때」, 「여인」, 「김연실전」 등이 모두 평양
을 배경으로 삼고 있다. 김동인의 대동강에 대한 유별난 사랑을 대변하

듯이, 대부분의 작품 배경은 청류벽, 모란봉, 을밀대 등의 명승지로 이름 높은 대동강변이다. 「감자」『조선문단』, 1925.1에서는 김동인이 즐겨 그린 대동강 대신 칠성문 밖 빈민촌이 주요한 공간으로 등장한다. 칠성문 밖 빈민촌은 대동강 상류의 명승지에서 풍겨 나오는 멋이나 낭만과는 거리가 한참 먼 곳으로서, 삶 이전의 벌거벗은 생존만이 문제되는 공간이다.

「감자」는 "싸홈, 간통姦通, 살인殺人, 도적, 구걸求乞, 징역, 이 세상의 모든 비극과 활극의 출원지出源地인, 이 칠성문七星門 밖 빈민굴로 오기 전까지는 복녀福女의 부처夫妻는 (사농공상士農工商의 제이위第二位에 드는) 농민農民이었다"라는 문장으로 시작된다. 군이 읽기 어려운 원문까지 인용하는 이유는 이 문장이 너무나 중요하기 때문이다. 이 문장은 오이디푸스가 태어나자마자 받은 '제 아비를 죽이고 제 어미와 결혼할 운명'이라는 신탁에 버금갈 정도로 작품 내에서 강력한 힘을 발휘한다. 칠성문 밖 빈민굴에서 '싸움, 간통, 살인, 도적, 구걸, 징역, 이 세상의 모든 비극과 활극의 출원지'라는 신탁을 증명하는 칠성문의 오이디푸스가 바로 「감자」의 주인공 복녀이다.

김동인은 그 유명한 「소설작법」『조선문단』, 1925.6에서 소설의 이상적인 플롯을 "목적지를 향하여 곁눈질 안 하고, 똑바로 나아가는 것"이라고 규정하였다. 이 말에 비춰보자면, 「감자」는 신탁의 실현을 향하여 전속력으로 달려 나가는 소설이라고 할 수 있다. 복녀는 칠성문 밖 빈민굴에 오기 전까지 정직한 농가에서 규칙 있게 자라나 "막연하나마 도덕이라는 것에 대한 저품"을 가지고 있었지만, 칠성문 밖 빈민굴에 온 이후 싸움, 간통, 살인, 도적, 구걸, 징역을 모두 경험하게 된다.

15세에 홀아비에게 팔려 시집을 간 복녀는 소작농, 막벌이 일꾼, 행랑살이 머슴을 전전하다가 19세에 드디어 칠성문 밖 빈민굴로 온다. 이후 복녀는 2년이라는 짧은 시간 동안 빈민굴의 다른 사람들처럼 구걸을 하고^{구걸}, 기자묘 송충이 잡이에 나갔다가 처음 매춘에 나서고^{간통}, 왕서방의 채마밭으로 배추와 감자 도둑질을 하러 가고^{도적}, 색시를 맞이한 왕서방을 죽이려고 찾아가 싸움을 벌이다가 왕서방에게 죽임을 당한다^{싸움과 살인}. 낫을 들고 왕서방에게 덤비던 복녀가 도리어 살해당하는 것은 과도한 처벌로서의 징역에 해당한다고 볼 수 있다.

「감자」에서 이토록 중요한 의미를 지니는 칠성문은 평양성의 대표적인 성문 중 하나이다. 고구려 시대에 처음 건설된 평양성은 외성, 중성, 내성, 북성의 네 부분으로 구성되었으며, 성 내부에 있는 성벽까지 합하면 성벽의 총 연장길이는 약 23km에 이른다. 북두칠성에서 유래한 칠성문은 평양성 내성의 북문으로서 현재 북한국보유적 제 18호이다.[1] 평양을 대표하는 건축물 중 하나인 칠성문은 이광수의 『무정』에서도 선명한 인상을 남긴 바 있다. 『무정』에는 칠성문 밖 지역이 빈곤과 낙후의 전형적인 공간이 된 사정이 "철도가 생기기 전에 지나가는 손님도 있어서 술도 팔고 떡도 팔더니 지금은 장날이나 아니면 사람 그림자도 보기가 어렵다"는 문장 속에 잘 나타나 있다. 칠성문 밖은 철도로 상징되는 발전으로부터 소외되는 바람에 시대의 변화로부터 뒤쳐졌던 것이다. 이것은 1929년경에 300여 개에 이르던 공장이 대동강 중·하류지역에 위치하였고, 평양성 내에 거의 모든 근대시설이 위치했던 당대의 상황을

1 박대남, 「고구려 평양성과 누정」, 『월간북한』, 2016.11, 126~129면.

반영한 결과라고 할 수 있다.[2] 평양성 안이 근대적 도시로 발돋움하는 동안, 칠성문 밖은 과거의 어둠에 결박되었던 것이다.

『무정』에서 칠성문 밖을 대표하는 존재는 "낡디낡은 탕건을 쓴 노인"이다. "낙오자"이자 "과거의 사람"으로 규정되는 노인은 철도를 모르고 전신과 전화를 모르는 사람으로, 평양 성내에서 어떠한 일이 일어나는지 전혀 알지 못한다. 형식, 영채, 선형, 병욱 등의 선구자들이 찬란한 성공담을 보여주는 에필로그에서도 칠성문 밖의 '낡디낡은 탕건 쓴 노인'은 "다만 그 감투가 전보다 더 낡아졌을 뿐" 툇마루에 나와 앉아서 몸을 흔들고 있을 뿐이다. 「감자」는 바로 그 노인의 후일담에 해당한다고 말할 수 있을지도 모른다. 시대와는 담을 쌓은 채 낙후되어가는 칠성문 밖 빈민들이 도달한 하나의 극점이 바로 복녀의 처참한 삶인 것이다.

'칠성문 밖 빈민굴'과 더불어 「감자」에서 중요한 의미를 지니는 공간으로는 기자묘가 등장한다. 기자묘는 중국 은殷나라의 성인인 기자箕子의 동래설東來說에 따라 후대에 추정하여 만든 그의 묘당廟堂이다. 조선시대 유학자들은 기자를 문화와 문명의 기원으로서, 우리 나라를 소중화小中華로 만들어낸 성인으로 떠받들고는 하였다. 기자묘는 조선시대 지배적인 유교가치가 응축되어 있는 상징적인 국가 기념물이었던 것이다. 기자묘에서 처음으로 매음을 하는 복녀의 모습은 정절과 같은 유교적 가치를 신랄하게 조롱하는 것으로 읽을 수도 있다.

2 김기혁, 「도로 지명을 통해 본 평양시의 도시 구조 변화 연구」, 『문화역사지리』, 26-3, 한국문화역사지리학회, 2014, 37 · 41~42면.

흥미로운 것은 첫 번째 매춘을 하고 나서 복녀는 "처음으로 한 개 사람이 된 것 같은 자신까지 얻었다"는 점이다. 복녀는 돈 80원에 팔려온 물건으로서 그동안 고유한 욕망도 의지도 생각도 드러내지 않았다. 매춘을 하고나서야 비로소 복녀는 "긴장된 유쾌"라는 감정을 느끼고, 나아가 '한 개 사람'으로서의 자기까지 발견하게 된다. 그러나 이러한 자아의 발견이 매춘을 통해서 이루어진다는 점이야말로 복녀의 비극이라고 할 수 있다. 이후 복녀는 점차 얼굴도 예뻐지고 돈도 많아지고 남편과의 관계도 좋아진다. 복녀는 자신의 이름에 걸맞은 복많은 여인이 되어가는 것이다. 복녀의 출세기가 정점을 찍는 것은 중국인 왕서방을 만났을 때이다. 왕서방과 관계를 시작한 후, 복녀는 "동네 거러지들한테 애교를 파는 것"도 중지하고 "빈민굴의 한 부자"가 된다.

「감자」에서 왕서방은 감자고구마를 의미함와 배추로 덫을 놓고 여자를 기다리는 호색한이며, 나중에는 의리도 없는 존재로 그려진다. 호색한이자 매정한 인물로 굳이 중국인을 등장시킨 것도 「감자」가 평양을 작품의 배경으로 삼은 것과 관련된다. 일제 시기 평양은 가장 많은 중국인이 살았던 도시이며, 만보산 사건으로 촉발된 중국인 배척사건의 광풍에서도 엿볼 수 있듯이 중국인에 대한 적대감정이 팽배한 도시였다. 김동인도 이러한 감정에서 예외일 수 없었으며, 「붉은 산」『삼천리』, 1932.4에서는 더욱 노골적으로 중국인에 대한 증오를 드러내기도 하였다. 실제로 칠성문 밖에는 개울을 사이에 두고 넓은 중국인의 채마밭이 펼쳐져 있었다고 한다.

복녀는 매춘을 통해 인간이 되고자 했다가 결국 싸늘한 시체가 된다. 처음 80원에 팔린 물건이었던 복녀는 다시 50원짜리 물건으로 환원되어 버린 것이다. 복녀라는 이름이 엄청난 반어인 것처럼, 복녀의 '성공'과 '유쾌'의 출세기는 사실 '실패'와 '불쾌'의 몰락기였던 것이다. 김동인은 이후 「군맹무상群盲撫象」『박문』, 1939.2이라는 글에서 「감자」가 "무지하기 때문에 생겨난 비극"을 다룬 소설이라고 주장하였다. 이때의 무지는 매춘의 부정성을 간파하지 못한 복녀의 무지를 가리키는 말일 것이다. 그러나 이때의 무지를 결코 복녀의 책임으로만 돌릴 수는 없다. 이때의 무지는 칠성문이 만들어낸 무지이자 시대가 만들어낸 무지이기 때문이다. 복녀의 결정적인 타락무지의 장면기자묘의 송충이 잡이 현장과 처음 왕서방에게 몸을 판 현장에는 꼭 빈민굴의 여인들이 복수로 등장하는데, 이것은 복녀의 타락이 복녀 개인에게만 한정된 것이 아님을 증명한다. 또한 이러한 여인들의 무지 근저에는 무책임하고 타락한 남자들의 무지가, 더욱 근본적으로는 시대의 무지가 도사리고 있다.

칠성문, 기자묘와 더불어 「감자」에는 평양의 고유지명으로 연광정이 등장한다. "극도로 게으른 사람"인 복녀의 남편은 막벌이 일꾼이었을 때, 하루종일 지게를 지고 연광정에 가서 대동강만 내려다보는 것이다. 평양성 내성의 동쪽 장대로 세어진 연광정북한국보유적 제16호은 대동강가에 위치하여 주변의 아름다운 경치와 어우러져 관서 8경의 하나로 꼽히는 명승지이다. 김동인은 한 산문에서 연광정을 "그대의 앞에는 문득 연광정이 솟아 있으리니. 옛적부터 많은 시인 가객들이 수없는 시와 노래를 얻은 곳이 이 정자다. 그리고 그 연광정 아래는 이 세상의 온갖 계급, 관념을 무시하듯이 점잖은 사람이며 상스런 사람이며 늙은이며 젊은이가 서로 어깨를 걷고 앉아서 말없이 저편 아래로 흐르는 대동강 물만 내려다보고 있으리라"「대동강」, 『매일신보』, 1930.9.6라고 서술하였다. 이 때의 연광정은 실질이나 생산과는 거리가 먼 허무와 탕진의 공간으로서의 의미를 지닌다.

칠성문 밖의 빈민굴과 기자묘는 25년 후에 또 한 명의 평양 출신 작가인 김사량에 의해서 다시 형상화된다. 김사량의 「기자림箕子林」『문예 수도』, 1940.6은 기자의 후손이라는 자부심 하나로 기자묘 숲 속에서 점치는 일을 하는 기초시箕初試를 통하여 조선적 가치가 일제말기에 얼마나 우스꽝스러운 처지가 되었는지를 신랄하게 보여준다. 그는 칠성문 밖 빈민굴에 살면서 기자림 입구에서 사람들에게 점 봐주는 것으로 소일하는 사람이다. 기초시는 매춘을 하는 딸 탄실에게 "열녀는 불경이부절不更二夫節" 등의 고상한 말을 읊조리지만, 사실은 탄실이 덕에 간신히 끼니를 이어간다. 온갖 무시와 굴욕 속에서 살아가는 기초시는 탄실이가 기자의 후손인 선우 참봉의 첩으로 들어가 아들을 낳을 일만 기다린다. 탄실이가 아들을 낳으면 자신도 한밑천 잡을 것이고, 그 돈으로 자신도 젊은 여자를 얻어 아들을 얻을 것이라는 야망을 불태우기까지 한다. 그러나 탄실은 죽고, 기초시는 낡은 역서易書와 우산마저 잃어버린 거지가 되는 것으로 작품은 끝난다. 한국문학사에서 '칠성문 밖 빈민굴'이 만들어낸 인간형은 '낡디낡은 탕건을 쓴 노인'「무정」과 '복녀'「감자」를 거쳐 '기초시'「기자림」라는 광인에까지 이르고 있는 것이다.

오늘날 평양은 주체사상탑이나 혁명사적관과 같은 정치적 조형물이 가득한 이데올로기적 공간이 되었다. 동이름 뿐만 아니라 도로명 등도 최고지도자가 직접 명명하거나 주체사상의 내용을 담은 것이 대부분이다. 그럼에도 평양의 모란봉구역구역은 한국의 구에 해당에는 영웅거리 개선거리 안상택거리 등과 더불어 칠성문 거리가 존재한다. 이것은 칠성문이 차지하는 공간적 위상이 이념이나 정치권력의 힘으로도 쉽게 지울 수 없는 것임을 증명한다. 그토록 가까운 거리지만 갖가지 문헌을 통해서만 칠성문과 기자묘와 연광정을 떠올릴 수밖에 없는 지금의 민족적 현실은, 우리 시대의 무지가 낳은 또 다른 비극인지도 모른다.

(2017)

05

볏섬이나 나는
전토는
신작로가 되고요

—

현진건의 「고향」, 1926

볏섬이나 나는 전토는 신작로가 되고요

현진건玄鎭健, 1900~1943은 김동인, 염상섭과 함께 근대 단편소설의
미학을 확립한 한국 근대문학사의 기념비적인 작가이다. 그의 단편소
설은 일상에 대한 정확한 묘사와 반어적 기법의 능란한 사용 등으로
독창적인 미학을 정립했을 뿐만 아니라, 식민지 조선의 현실을 객관적
으로 드러냄으로써 근대적 사실주의 문학의 초석이 되었다. 무엇보다
도 그는 「운수 좋은 날」이라는 작품 하나만으로도 한국인들의 가슴에
뚜렷하게 각인된 작가라고 할 수 있다.

대표작이 있는 예술가는 행복하다. 그 대표작을 통해 그 작가는

대구문학관에 전시된 현진건의 문학세계

대중들과 쉽게 만나고 오래 기억될 수 있기 때문이다. 그러나 대표작은 예술가에게 온전한 축복만은 아니다. 그 대표작은 하나의 굴레가 되어 그 예술가가 평생을 기울여 창조해 놓은 세계의 일부만을 대변할 수도 있기 때문이다. 현진건에게는 「운수좋은 날」이 축복이자 굴레이기도 한 대표작이라고 할 수 있다. 「운수 좋은 날」의 인력거꾼 김첨지를 통해 펼쳐지는 1920년대 경성의 풍경은 참으로 정밀하고도 풍요롭다. '동소문 근처의 집 - 전차 정류장 - 동광학교 - 남대문정거장 - 인사동 - 창경원 - 동소문 근처의 집'으로 이어지는 여로를 통해 근대도시의 풍광을 갖춰가던 경성의 모습과 그 속에서 철빈의 나락에 떨어진 하층민의 삶이 자상하게 펼쳐졌던 것이다. 또 하나의 대표작인 「빈처」 역시도 경성을 배경으로 한 것이고, 현진건의 사회 생활이 대부분 경성에서 이루어졌기에 현진건의 문학적 공간으로는 서울을 떠올리기 쉽다.

그러나 현진건은 대구와도 인연이 깊은 작가이다. 그는 1900년 9월 2일 대구 명치정 2정목현 중구 계산동 2가에서 대구부 전보사 주사 등을 역임한 아버지 현경운과 어머니 이정효 사이에서 태어났다. 어려서는 서당에서 한학을 익혔으며, 이후에는 1913년 상경할 때까지 부친이 설립한 대구노동학교에서 신학문을 배우며 자랐다. 현진건이 첫 번째로 문학활동을 펼친 곳도 바로 대구이다. 1918년 일본의 세이조오 중학교를 다니다 귀국한 현진건은 대구에서 이상화, 이상백, 백기만과 함께 등사판 동인지 『거화炬火』를 발간하며 활동했다.

이러한 그의 삶을 반영하여 대구가 중요한 배경으로 등장하는 작품이 바로 「고향」이다. 작품의 '나'는 대구에서 서울로 올라오는 차에서 맞은편에 앉은 기묘한 차림의 그를 만난다. 한·중·일 삼국의 특징을 한 몸에 체현하고 있는 그는 '나'의 관심을 끌기에 충분하다. 그는 "두루마기 격으로 기모노를 둘렀고 그 안에선 옥양목 저고리가 내어보이며 아랫도리엔 중국식 바지를 입"고 있다. 같은 찻간에 있는 일본인과 중국인에게 "도코마데 오이데 데스카?"라거나 "네쌍나얼취?"라고 일본어와 중국어로 실없는 말을 건넨다. 그러나 일본인과 중국인은 모두 그와 말 상대를 해주지 않고, 결국 같은 조선인인 '나'에게 "어데꺼정 가는기오?"라고 말을 건넸을 때에야, '나'의 "서울까지 가오"라는 대답을 듣는다. 질박한 경상도 사투리로 말을 했을 때, 즉 일본인도 중국인도 아닌 조선인이 되었을 때에만 그는 대화를 나눌 수 있는 온전한 한 명의 인간이 될 수 있는 것이다.

한·중·일을 기괴하게 결합한 그의 외모와 언행에는 지나간 그의 삶이 압축되어 있다. 그는 대구에서 멀지 않은 K군 H란 외딴 동리에서 농사를 지으며 살았다. 그가 살던 고향은 "넉넉지는 못할망정 평화로운 농촌"으로, 그곳에서 그는 남부럽지 않게 지낼 수 있었다. 그러나 그 땅이 동양척식회사의 소유로 넘어가자 동척과 중간 소작인에게 모두 소작료를 내야 해서 그의 손에는 소출의 삼 할도 떨어지지 않는다. 결국 그를 비롯한 백 호 남짓한 주민들은 남부여대하여 타처로 떠나가야만 했다. 그 역시 열일곱 살 되던 해에 서간도로 이주한 것을 시작으로 신의주로 안동현으로 가서 품을 팔고, 일본에 건너가 구주九州 탄광과 대판大阪 철공장에서 일하다가 고향에 돌아왔던 것이다. 9년 여의 시간 동안 재산을 모은 것은 고사하고 부모님만 모두 잃어서, 그는 무일푼의 혼자가 되었을 뿐이다.

「고향」의 그가 열일곱 살에 떠난 고향을 9년 만에 찾아갔을 때, 고향은 "꼭 무덤을 파서 해골을 헐어 젖혀놓은 것" 같은 폐허가 되어 버렸다. 집도, 사람도, 개 한 마리도 없는 고향을 둘러보고 오는 길에 만난 유일한 고향 사람은 어린 시절 혼담도 오고 갔던 여자 하나뿐이다. 그녀가 열일곱 살 되던 겨울에, 그녀의 아버지는 이십 원을 받고 그녀를 대구 유곽에 팔아 넘겼다. 이후 이십 원 몸값을 십 년을 두고 갚았건만 그래도 빚이 육십 원이나 남았었는데, 몸에 병이 들고 나이가 들자 주인 되는 자가 빚을 탕감해주고 놓아 준 것이다. 그녀는 지금 읍내에 있는 일본 사람 집에서 아이를 보며 간신히 살아가고 있다. 그녀가 십 년 동안에 배워 두었던 일본말 덕택에 그 취직 자리도 얻을 수 있었다는 것은, 유곽에 팔려간 이후의 모진 삶이 일본인과 관계된 것임을 간접적으로 증명한다. 그와 그녀는 일본 우동집에 들어가서 괴로움에 술만 실컷 먹고 헤어진다.

「고향」을 읽는 포인트는 이 기묘한 행색을 한 '그의 얼굴'을 '내'가 '조선의 얼굴'로 받아들이게 되는 것이다. 마치 이 작품이 『조선일보』에 처음 발표되었을 때의 제목이 '그의 얼굴'이었다가, '고향'으로 제목이 바뀌어 수록된 작품집의 제목이 『조선의 얼굴』글벗집, 1926이었던 것처럼 말이다.

처음 '나'는 기묘한 차림에다 일본어와 중국어로 횡설수설하는 그가 밉살스러워서 쌀쌀맞게 대한다. 그러나 그의 사연을 들을수록 "나는 그 신산辛酸스러운 표정이 얼마쯤 감동이 되어서 그에게 대한 반감이 풀려지는 듯"해진다. 그러다가 나중에는 차를 탈 때에 친구들이 사준 귀한 정종을 그와 함께 나누어 마시기까지 한다. 둘의 이 조촐한 공감과 연대는 그의 음산하고 비참한 눈물 속에서 "조선의 얼굴"을 발견했기 때문에 가능한 일이다. 나중에 둘은 취흥에 겨워서 어릴 때 멋모르고 부르던 노래를 읊조리는 것으로 작품은 끝난다.

> 볏섬이나 나는 전토는
>
> 신작로가 되고요 ―
>
> 말마디나 하는 친구는
>
> 감옥소로 가고요 ―
>
> 담뱃대나 떠는 노인은
>
> 공동묘지 가고요 ―
>
> 인물이나 좋은 계집은
>
> 유곽으로 가고요 ―

실제로 한반도의 모든 곳이 일제의 영향으로부터 자유로울 수 없었겠지만, 대구는 그 어느 곳보다 그 그림자가 짙게 드리워진 도시다. 전영권 지리학자에 의하면, 구한말 박중양은 일본인들의 경제적 이익을 대변해 대구읍성을 허물려 노력했다고 한다. 고종 임금이 허락하지 않았음에도 결국 1907년에는 대구읍성이 완전히 허물어졌으며, 지금은 그 흔적이 동성로, 서성로, 남성로, 북성로 등의 지명에 남았다는 것이다.[1]

......
1 전영권, 『대구여행』, 푸른길, 2014, 46면.

또한 식민지 시기는 실제로 수많은 조선인들이 살기 위해 해외로 떠날 수밖에 없던 때이기도 하다. 「고향」이 창작된 1926년까지 만주로 옮겨 간 조선 농민들이 35만 명에 달했고, 해방 전까지 만주나 일본 등에 살던 조선인이 4백만 명이 넘었다는 통계가 있을 정도이다. 따라서 그의 쓰라린 경험과 행색은 나름의 민족적 보편성을 지닌 것으로 보아도 큰 무리는 없을 것이다. 작가 현진건도 대구노동학교를 거쳐 서울 보성고등보통학교를 중퇴한 후에, 일본의 세이소쿠正則 예비학교와 세이조成城 중학교, 중국의 후장滬江대학 독일어 전문부에서 공부하기도 하였다. 물론 현진건이 생계를 위해 일본이나 중국을 전전한 것은 아니었지만, 식민지인으로서의 유학생활이 결코 비단길을 걷는 것처럼 편한 것만은 아니었을 것이다.

현진건은 『동아일보』 사회부장으로 재직하던 1936년 일장기 말소사건으로 옥고를 치른 뒤 언론계에서 물러난다. 이후에는 생활고로 큰 곤욕을 치르면서도 여러 편의 역사 장편소설을 남겼다. 그중에서도 대표작이라 할 수 있는 「무영탑」『동아일보』, 1938.7.20~1939.2.7은 천년고도인 경주를 배경으로 한 작품이다. 석탑의 축조 과정을 통해 아사달의 초인적 예술혼과 민족정신에 대한 작가의 열렬한 옹호를 드러낸 이 작품에서, 아사달의 예술혼인 "신흥神興"은 한국인의 고유한 정신에 맞닿아 있으며, 아사달이 모든 것을 바쳐 완성하려 하는 무영탑은 조선의 상징이라고 할 수 있다. 『무영탑』은 현진건의 여타 역사소설들이 그러하듯이, 시대적 압박에 맞서 우회적으로 현실에 대한 비판과 전망을 담아냈다는 점에서 문학적 의미를 발견할 수 있다. 개인적인 병마와 생활고

그리고 그보다 몇 곱절 쓰라린 일제의 탄압 속에서도 의연하게 민족의
식을 견지했던 현진건의 문학과 삶은 지금도 많은 이들에게 큰 울림을
준다. 1996년 대구 두류공원에 세워진 그의 문학기념비는 그 불굴의
문학적 영혼에게 바치는 대구 시민들의 작은 술잔이다. 〔2020〕

대구 두류공원에 위치한 현진건 문학비

06

백열白熱된 쇠같이
뜨거운
오열嗚咽의 노래

—

이상화의 「빼앗긴 들에도 봄은 오는가」, 1926

백열白熱된 쇠같이 뜨거운 오열嗚咽의 노래

'백조' 동인으로 함께 활동한 박종화는 이상화李相和, 1901~1943의 등단작인 「말세의 희탄」을, "백열白熱된 쇠같이 뜨거운 오열嗚咽의 노래"라고 평하였다. 이러한 평가는 비단 그의 시뿐만 아니라 그의 인생 전체에 해당하는 말이라는 생각이 든다. 그의 몸 안에 흐르는 뜨거움이 없었다면, 42년이라는 그리 길지 않은 생애 동안 그 많은 업적을 남기지는 못했을 것이기 때문이다. 그는 단순한 문인을 넘어 사회활동가로도 다양한 활동을 펼쳤다. 3·1운동을 비롯한 여러 독립활동에 참여하여 수감되기도 하였고, 신문사 총국을 운영하거나 교사로 재직하며 청년 교육에 열과 성의를 바치기도 했다. 이상화의 열정적인 삶을 말하는 데 있어 몇 번에 걸친 그의 뜨거운 연애도 빼놓을 수는 없을 것이다.

그의 문학적 업적 역시 만만치 않다. 생전에 단 한 권의 시집도 출판하지 않았고 60여 편의 시를 남겼을 뿐이지만, 그는 한국시사에서 대체불가능한 자신의 자리를 구축하였다. 이상화는 한국 근대시 발전에 결정적인 역할을 한 '백조' 동인으로 활동하며 병적 낭만주의의 시들을 발표하였다. 대표작 「나의 침실로」에는 3·1운동의 실패와 상징주의의 영향으로 인한 비애와 절망, 퇴폐와 죽음의지 등이 격정적으로 표출되어 있다. 이후에는 파스큘라PASKYULA와 카프KAPF 등의 진보적 문인단체에서 활동하며 날카로운 사회의식을 보여주기도 하였고, 「빼앗긴 들에도 봄은 오는가」와 같은 명시에서는 미적 감동을 동반한 저항 의식을 표현하기도 하였다.

1901년 대구 서문로에서 아버지 이시우와 어머니 김신자 사이의 4형제 가운데 둘째로 태어난 이상화에게 민족정신과 저항의식은 거의 타고난 것이라고 해도 무방하다. 아버지가 일찍 돌아가시자 이상화는 조부 이동진이 설립한 우현서루友弦書樓에서 교육을 받았다. 우현서루는 단순한 교육기관이라기보다는 대구를 비롯한 전국에서 온 독립지사들의 사랑방 역할을 하던 곳이다. 민족정신이 투철했던 조부나 백부 등의 영향으로 이상화는 자연스럽게 항일의식을 체득하며 성장하였다.

그러나 프랑스 상징주의의 분위기가 짙게 풍기는 '백조' 시기 작품들에서도 알 수 있듯이, 이상화에게는 민족정신으로만 해명되지 않는 모더니티 지향성도 분명하게 보인다. 그것은 그의 삶에서도 확인할 수 있다. 이상화는 젊은 시절 고향 선배 박태원을 통해 영어와 서구 문학의 영향을 받는다. 이 무렵 보들레르를 비롯한 베를렌느와 랭보 등의 프랑스 상징주의 시인들에게도 큰 관심을 기울였다. 이러한 관심이 모아져 이상화는 파리로 가기 위한 중간경유지로 도쿄의 '아테네 프랑세'에서 2년간 공부하기도 하였다. 이상화는 일본에서 첨단의 서양문학을 공부하는 것과 더불어 함흥 출신의 신여성인 유보화와 깊게 사귄다. 그의 도쿄 체류 시기는 근대西歐 지향이 첨단에 이른 때라고 할 수 있으며, 그 시간들은 '마돈나'를 애타게 찾는 「나의 침실로」를 통해 문학적 열매를 맺는다.

그러나 근대 지향은 자의든 타의든 이상화의 삶을 이끄는 절대적인 힘이 되지는 못한다. 그가 일본에서 경험한 관동대지진은 그가 결국에는 조선인일 수밖에 없음을 확인하는 폭력적 사건으로 작용하기 때문이다. 1923년 9월 일본 간토지방에서 대지진이 발생하였을 때, 일본인들은 조선인을 폭도로 몰아 끔찍한 학살극을 벌였다. 죽음을 코 앞에 둔 이상화도 죽음의 문 앞에서 간신히 목숨을 건진다. 이러한 체험은 조선인으로서의 정체성을 분명하게 인식하는 계기가 된 것으로 보인다.

관동대지진 이전에도 이상화는 맹목적으로 일본이나 유럽을 지향하는 성정과는 거리가 멀었다. "오늘이 다 되도록 일본의 서울을 헤매어도 / 나의 꿈은 문둥이 살기 좋은 조선의 땅을 밟고 돈다"로 시작되는 「도-교-에서」^{1922년 가을 창작. 1926년 1월 발표}라는 시를 보면, 새로운 것을 향해 일직선으로만 달려가기에 이상화의 몸에 흐르는 고향과 고국에 대한 애정은 너무나 뜨거운 것이었음을 알 수 있다. 당시 아시아의 모더니티를 대표하는 도쿄에서 누군가는 문명의 찬란함에 압도당하기도 하고, 누군가는 그 모조품적 성격에 진저리를 치기도 했다. 그 모던의 성채 앞에서 이상화는 문둥이 살갗 같은 '조선의 땅'과 '조선의 하늘'을 그리워했던 것이다.

1924년 귀국한 이상화의 시세계는 크게 변하여, 민족과 국토에 대한 애정이 전면화된다. 그것은 서양과 근대 문물에 대한 충분한 세례를 받은 후의 애정이기에 한층 미학적으로 정련된 결과물을 낳았다. 마치 2년 동안의 일본 체류 기간 동안 담아놓았던 고국과 고향에 대한 애정을 쏟아놓기라도 하려는 듯, 이상화는 자신이 평생 남긴 작품의 절반 이상을 1925년과 1926년 사이에 맹렬하게 발표한다.

이상화의 대표작인 「빼앗긴 들에도 봄은 오는가」『개벽』, 1926.6가 쓰여진 것도 바로 이 무렵이다. 김학동이 쓴 『이상화 평전』새문사, 2015에 따르면, 이상화가 「빼앗긴 들에도 봄은 오는가」를 구상한 것은 연인 유보화를 저세상으로 떠나보낸 얼마 뒤 서울 교외의 푸른 보리밭을 거닐 때였다고 한다. 이상화는 해가 지도록 쉬지 않고 걸었지만 제목만을 간신히 얻어서 돌아왔다. 결국 이상화는 이 시를 완성하기 위해서 대구로 갔으며, 그중에서도 대구 근교의 수성 벌판에 광활하게 펼쳐진 보리밭을 걷고 또 걸으며 명시 「빼앗긴 들에도 봄은 오는가」를 완성했다는 것이다. 이 에피소드는 명작이 육화肉化된 차원의 진실에서만 비롯된다는 예술일반론을 증명하는 사례인 동시에, 시인 이상화에게 대구가 얼마

대구의 수성못

나 중요한 시적 모태인지를 증명한다고 할 수 있다.

　「빼앗긴 들에도 봄은 오는가」는 좋은 시가 갖추어야 할 요소들을 두루 지니고 있다. 이 시에는 이상화의 시를 일관하는 '쇠같이 뜨거운 오열嗚咽'이 선명한 이미지와 공감력이 최대치에 이른 비유 등을 통해 아름답게 시화되고 있다. "지금은 남의 땅-빼앗긴 들에도 봄은 오는가?"라는 서두에서 알 수 있듯이 이 시에는 식민지 현실에 대한 간결하지만 단단한 고발이 담겨 있으며, 그럼에도 생명의 순환 법칙처럼 오고야 말 광복을 에둘러 토로하고 있다. 그러한 견결한 메시지는 인간과 자연, 자연과 자연이 하나로 어우러지는 원융무애의 상상력과 우리 국토에 대한 뜨거운 애정에 바탕한 것이기에 더욱 감동적으로 다가온다.

1927년 초봄에 대구로 돌아온 이상화는 목숨이 다할 때까지 대구를 떠나지 않는다. 상대적으로 작품 창작은 뜸해지지만, 그 뜨거운 정신에서 비롯된 여러 가지 사회활동은 계속 된다. 이러한 활동들은 모두 개인적인 영리를 위한 것이라기보다는 민족정신을 고취시키려는 공익을 위한 것이었다. 이것은 '대구'라는 지명이 직접적으로 드러난 시「대구행진곡」『별건곤』, 1930.10을 통해서도 분명하게 확인할 수 있다. 4연 16행의 이 시에는 비슬산, 팔공산, 금호강, 달구벌, 도수원처럼 대구의 상징과도 같은 공간이 그대로 등장한다. "넓다는 대구감영 아무리 좋대도 / 웃음도 소망도 빼앗긴 우리로야 / 임조차 못 가진 외로운 몸으로야 / 앞

이상화가 말년(1939~1943)에 머물렀던 고택(대구광역시 중구 서성로)

뒷들 다 헤매도 가슴이 답답다"라는 부분에서는, 시인의 지사적 정신에서 비롯된 '쇠같이 뜨거운 오열'을 다시 한번 확인할 수 있다.

일제의 탄압이 심해질수록 이상화의 삶도 힘겨워진다. 중국에서 독립운동을 하던 친형 이상정 장군을 만나고 왔다는 이유로 일경에 체포되어 고문을 당하는가 하면, 무보수로 일하던 교남학교현 대륜중·고교의 전신에서는 더 이상 우리말 수업을 할 수 없어서 그마저도 그만두게 된다. 결국 그 뜨거운 오열을 가슴에 품은 이상화의 몸은 더 이상 일제의 무지막지한 칼날을 견뎌낼 수 없었던 것일까? 위암이 발병한 이상화는 1943년 4월 25일 숨을 거두고 만다. 공교롭게도 그 날은 대구가 낳은 또 한 명의 걸출한 문인 현진건이 별세한 날이기도 하다. 현진건은 어린 시절을 대구에서 함께 보낸 죽마고우일 뿐만 아니라 이상화를 '백조' 동인에게 소개해서 본격적인 문단 활동을 가능케 했던 문우였다.

지금 수성벌은 대구를 대표하는 아파트 단지로 변모하여, 이상화가 노래했던 "가르마 같은 논길", "종다리", "삼단 같은 머리를 한 보리밭", "착한 도랑이", "나비 제비", "맨드라미 들마꽃", "살찐 젖가슴과 같은 부드러운 흙"은 더 이상 찾아보기 어렵다. 그러나 2020년의 봄도 나름의 아름다움으로 상춘객의 마음에 "봄 신령"을 지피게 한다. 다행히 수성 못가에는 시의 전문이 새겨진 시비는 물론이고 그의 삶과 문학을 보여주는 '상화동산'이 조성돼 있다. 봄날의 우리 들판을 누구의 강압도 없이 맘껏 즐길 수 있게 된 지금, 그 아름다움에 한번이라도 도취된 적이 있는 사람이라면 그 누구라도 '쇠같이 뜨거운 오열의 노래'로 민족혼을 일깨운 이상화를 한번쯤은 기억해 보아야 할 것이다. (2020)

07

나는 누구인가?

—

백신애의 「나의 어머니」, 1929

나는 누구인가?

백신애白信愛, 1908~1939는 영천의 작가이다. 문학평론가 서영인은 "백신애는 영천에서 태어나 영천에 묻혔고, 그녀의 문학 역시 영천에서 태어나고 발견되었으며 더 깊이, 새롭게 읽혔으니 백신애는 과연 영천의 작가이다"[1]라고 명쾌하게 규정하였다.

이러한 백신애는 두 개의 '최초'라는 타이틀을 지니고 있다. 그녀는 경북 최초의 여성 교사이자 최초의 여성 신춘문예 당선자이다. 이것은 그녀가 시대를 앞서간 선구자였다는 것을 보여준다. 그러나 범인이 흉내낼 수 없는 엄청난 에너지로 앞만 보고 달려가는 일반적인 선구자의 삶은 그녀의 것일 수 없었다. 백신애는 이광수와 같은 고아가 아니라 영천·대구 일대에서 소문난 갑부인 백내유의 외동딸이었기 때문이다. 더구나 그녀가 나고 자란 곳은 전통적인 가치와 인습이 영향력을 발휘하는 보수적인 지역이었다. 백신애는 아버지로 대표되는 전통 사회의 각별한 보호와 관심에서 결코 벗어날 수 없는 운명이었던 것이다. 이러한 환경을 반영하여 그녀는 신식교육과 더불어 오랜 시간 한문학자인 이모부에게 한문을 배우며 성장하였다. 남녀차별이 극심한 사회의 여성이었기에, 그녀가 겪어야 할 심적 갈등은 매우 컸을 것이다.

백신애가 처한 환경에서는 뛰어난 문학적 재능조차 축복이 될 수

1　서영인, 『백신애 문학의 안과 밖』, 전망, 2018, 10면.

없었다. 박화성, 장덕조, 모윤숙, 최정희, 노천명, 이선희와 자리를 함께 한 '여류작가좌담회'에서 백신애는 거의 침묵을 지키다가 "글을 쓰면 당장에 축출을 하려는 아버지 아래엿고 놀면서도 여가 업는 터이라, 한 가지 무엇이나 쓰려고 하면 밤중 남들이 다- 잠든 후 이불 속에서 전등불을 감초아 원고지만 빚어 놋코 가만히 씁니다"『여성』, 1936.2라고 고백할 정도였다. 그러나 전통적인 부덕婦德에 안주하기에 백신애는 너무나 큰 개성이었다. 뛰어난 문학적 재능은 말할 것도 없고, 10대에 단신으로 상경하여 사회주의 단체에서 활동하며 시베리아·일본·중국을 드나들 정도로 백신애는 강하고 모던한 여성이었던 것이다.

시대를 앞서가는 개인의 재능과 그것을 거부하는 사회적 굴레는 백신애를 문제적 인간으로 만들기에 충분했다. 이러한 문제적 성격은 그녀가 남긴 두 개의 대조적인 독사진에서도 확인된다. 20세 무렵에 찍은 사진은 전통적인 한복을 입고 곱게 머리를 빗어 넘긴 모습인데 반해 일본 체류 시절 찍은 사진은 화려한 양장을 차려 입고 도발적으로 정면을 응시하는 모습이다. 두 개의 대조적인 사진에서도 알 수 있듯이, 백신애는 가족/사회, 전통/근대, 윤리/욕망, 공동체/개인, 중앙/지역, 남성/여성이라는 수많은 이분법 속에서 자신의 고유한 삶과 문학을 힘겹게 펼쳐 나간다.

앞에서 열거한 여러 이분법에서 비롯된 갈등은 백신애 문학의 시작과 마지막에 선명하게 새겨져 있다. 『조선일보』 신춘문예 당선작인 「나의 어머니」『조선일보』, 1929.1.1~6와 생전에 마지막으로 발표된 「혼명에서」『조광』, 1939.5는 이러한 갈등을 직접적으로 보여주는 작품들이다. 이

백신애의 대조적인 독사진

두 작품은 22편콩트·소년 소설 4편 포함에 이르는 백신애의 전체 소설 중에서 예외적으로 자전적인 성격을 보여준다.

「나의 어머니」는 제목에서 드러나는 것처럼, 사회활동에 적극적으로 임하는 신식 여성인 '나'와 전통적인 가치관에 충실한 어머니가 주인공인 작품이다. 딸은 교원으로 근무하다 여자청년회를 조직하였다는 이유로 권고사직을 당하고, 지금은 여러 사회단체에서 활동하거나 책과 씨름을 하며 지낸다. 어머니는 이런 딸을 "언제든지 놀고 있는 것"으로만 여기며 늘 걱정한다.

소설은 청년회의 문예부에 관여하는 '내'가 연극 준비를 하다가 한밤중에 귀가하는 것으로 시작된다. 어머니는 잠도 자지 않고 밤늦게까지 딸을 기다린다. 연극연습을 하다가 왔다는 딸의 말에, 어머니는 "아무리 상것의 소생이라도 계집애가 그런 데 가는 것을 본 적이 있니? 모이는 자식들이란 모두 제 아비 제 어미는 모른다 하고 사회니 지랄이니 하고 쫓아다니는 천하 상놈들만 벅적이는 데"라며 나무란다. 이 말을 통해 어머니는 사회운동을 이해하지 못 하며, 특히나 "계집애"가 그런 바깥 활동을 하는 것을 못마땅해 한다는 것을 알 수 있다. "나면서부터 완고한 옛 도덕과 인습에 폭 쌓인 어머니"인 것이다.

　이러한 어머니의 모습은 '내'가 살고 있는 이 지역의 일반적인 특징으로 확대해 볼 수 있다. 트레머리신식 여성 헤어스타일를 한 여인이 사오인에 불과한 이 "완고한 시골"에서, 여자들은 남자들과 연극하는 것을 죽기보다 더 부끄러워하거나 부모의 야단이 두려워서 연극에 참여하려고 하지 않는다.

　「나의 어머니」는 자전적인 작품으로 이 당시 백신애의 신변이 그대로 반영되어 있다. 백신애는 등단하기 이전에도 영천공립보통학교와 경산자인공립보통학교에서 교사로 근무하고, 조선여성동우회, 경성여자청년동맹, 영천청년동맹, 신간회 영천지회, 근우회 영천지회에서 활발하게 활동하였다. 그녀는 재능이 뛰어난 여성이었으며, 사회 변혁에 대한 관심이 큰 여성이기도 하였다. 작품 속의 '내'가 여자청년회를 조직하였다는 이유로 교직에서 물러날 수밖에 없었던 것처럼, 백신애도 서울에 가 사회주의 여성단체에서 활동한 사실이 탄로나 학교에서 권고사직을 당한다. 또한 이 작품에 언급된 오빠의 모습도 실제에 부합한다. 어머니와 '나'의 가장 큰 근심은 ××사건으로 '나'의 오빠가 감옥에 들어가 있다는 것인데, 실제로 백신애의 오빠인 백기호는 조선공산당 당원으로 1926년 '제2차 조선공산당 사건'으로 검거되어 1년여간 옥살이를 하였다.

보통의 혁명적인 서사라면 '나'는 당연히 이 고루한 어머니와 결별하고 역사의 새벽을 향해 힘차게 나아가야 할 것이다. 그러나 '나'는 어머니에 대해 느끼는 경멸과 반감만큼이나 강렬하게 어머니에 대한 애정과 연민을 느낀다. 어머니가 "자신의 편함과 혈육血肉을 사랑하는 것밖에 아무것도 모르고 도덕과 인습에 사모친" 인간이라 생각하면서도, 어머니가 오빠와 자기로 인해 받는 고통을 생각하며 가슴 쓰린 고통을 느끼는 것이다. 이러한 반감과 애정은 작품의 마지막에 압축되어 나타난다. '나'는 자신처럼 "불행과 저주에 헤매는 가난한 신세"인 장래의 남편이 될 연인이 있으면서도, 어머니가 결혼하기 원하는 김金가를 선택하지 못하는 것에 "죄송함"을 느낀다. 그러나 바로 자신은 어머니가 좋아하는 "김가에게도 이 몸을 바치지 않을 것"이고, 내일 밤에도 연극 연습에 빠지지 않을 것이라고 다짐한다. 그럼에도 이 작품은 "가엾슨 나의 어머니"라는 탄식으로 끝난다. '나'는 가족과 사회 혹은 개인의 욕망과 전통의 윤리 중에 그 어느 곳에도 완전히 자신을 투신하지 못하는 것이다.

이러한 갈등은 시간의 흐름과 함께 해결되기는커녕 더욱 심화되었던 것으로 보인다. 이것은 백신애가 췌장암으로 경성제대병원에서 사망1939.6.23하기 한 달 전에 발표된 「혼명混冥에서」를 통해 확인할 수 있다. 이 작품의 '나'는 "가족들의 정성을, 아니 그보다 어느 때든지 그들을 배반하고야 말 인간임을 확실히 자인하면서도, 그들의 사랑을 배반할 수 없으며, 나에게 이 고통을 주는 가족을 미워하여야 될 것으로

대 그 반대로 지극히 사랑합니다"라고 고백할 정도로 가족에 대한 양가적인 감정과 태도를 보여준다. 어머니로 대표되는 가족에 대한 이러한 사랑과 반감은 '나'의 결혼과 이혼을 통해서도 나타난다. '나'에게 결혼은 "내 주위의 억센 힘들이 재주끝 던저 올린 돌맹이!"처럼 억지스런 일에 해당하고, 이혼은 하늘로 던져진 돌맹이가 도로 땅 위에 떨어지는 것과 같은 "틀림없는 자연 법칙"에 해당한다. 이혼 이후에도 가족은 "이혼한 여자란 불명예를 회복시키"고자 근신할 것을 명하지만, 일을 가지지 않는다는 것은 '나'에게는 "산다는 뜻을 잃어버"리는 것과 같은 일이다. 그럼에도 "어머니의 눈물" 때문에 가족으로부터 벗어나지 못한다. 이 작품에서 '나'는 S를 통하여 "옛날의 용기와 정열"을 다시 가지기로 결심한다. 그러나 다시 만나기로 한 S가 갑자기 죽는 바람에 그러한 '나'의 의지와 신념이 다시 혼탁하고 어두워지며混冥 작품은 끝난다.

시대를 뛰어넘는 의지와 재능을 지녔기에 늘 자신을 둘러싼 환경과 갈등하며 살아야 했던 백신애의 삶은 말할 수 없는 고통이었음에 분명하다. 그러나 자신을 옥죄던 수많은 이분법에 갇혀서도, 그녀는 결코 손쉬운 타협이나 결정을 내리지 않았다. 끝끝내 그 두 가지 세계의 긴장과 갈등을 온전히 감내하고자 했던 그 정직함으로 인해 한국문학은 한층 다채로워질 수 있었다.

(2020)

08

또, 아버지를 찾아서

—

장혁주의 「아귀도」, 1932

또, 아버지를 찾아서

일제 강점기를 대표하는 저항 문인으로 「청포도」와 「광야」의 시인 이육사의 오른편에 앉을 만한 사람은 거의 없다. 그런 이육사가 조선일보 기자로 활동할 때, 매우 우호적인 태도로 인터뷰를 한 문인이 있다. 『조선일보』 1932년 3월 29일 자 기사에서 이육사는 그 작가의 응접실 겸 침실 겸용인 서재에 찾아가, "그의 눈은 리지에 타는 듯이 빗낫다"고 감탄하기도 하며 그에게 수필을 하나 써달라고 부탁하기도 한다. 이 날 이육사를 이토록 격동시킨 인터뷰이interviewee는 과연 누구였을까? 놀라지 마시라. 그는 다름 아닌 친일파로 일본과 조선에서 명성이 높았던 "조선 출신의 대일본제국의 작가 초 가쿠추",[1] 바로 장혁주張赫宙, 1905~1998이다. 그는 친일인명사전에도 이름을 올린 대표적인 친일문인으로서, 본명은 장은중張恩重이고, 일본명은 노구치 미노루野口稔이며, 귀화 이후 필명은 노구치 가쿠추野口赫宙였다. 장혁주는 일반인들에게는 거의 잊혀진 작가이지만, 엄청난 열정과 오기로 수많은 작품을 써낸 일제 시기의 유명작가이다. 등단하여 해방될 때까지 장혁주는 장편 15편을 포함한 소설 90여 편조선어 작품 10여 편을 발표하였으며, 단행본으로 30권 이상을 출판하였다.

장혁주는 일본어 글쓰기가 극히 드물던 1930년에 일본어 작품을

1 시라카와 유타카, 『장혁주 연구』, 동국대 출판부, 2009, 344면.

일본잡지에 발표하며 등단하였고, 조선어보다 일본어로 훨씬 많은 작품을 창작하였다. 「문단의 페스토균」[1935]을 통해서 조선 문인들을 실력도 없이 질투나 일삼는 무리들로 매도한 바 있는 그는, 1936년 여름부터는 아예 도쿄로 이주해 버린다. 「조선의 지식인에게 호소함朝鮮の知識人に訴ふ」[1939]이라는 일본어 논설에서는 조선의 완전한 '내지화日本化'를 주장하며, 이를 위해 한국인의 단점을 고쳐야 한다는 어처구니 없는 주장을 펼치기도 한다. 이후에도 당국에 적극적으로 협력하는 여러 활동과 「이와모토 지원병岩本志願兵」[1943]과 같은 국책에 순응하는 작품을 창작하였다. 해방 이후에도 일본에 머물던 그는 1952년에는 아예 일본인으로 귀화하여 사망할 때까지 활발한 창작활동을 이어갔다.

이육사의 인터뷰는 이번에 다루려고 하는 장혁주의 「아귀도餓鬼道」『가이조改造』, 1932.4와 관련해서도 많은 것을 알려준다. 인터뷰는 「아귀도」가 수록된 『가이조』 4월호가 "각 서점에서 짐을 풀자 마자 전화가 빗발치듯 하고 나는 듯이 팔려 그 다음날부터 절품"이 되었을 정도로 큰 주목의 대상이 되었음을 알려준다. 또한 이 무렵의 장혁주는 사회주의 문인으로서의 풍모를 가득 풍긴다. 장혁주의 서재에는 「쏘이체·이데오르기」와 프리체의 『예술사회학』과 같은 마르크스주의 계열의 사회과학 서적이 꽂혀 있으며, 가장 친한 친구로는 경주에서 함께 청년운동을 한 박로아朴露兒를 들고 있다. 또 다른 글에서 장혁주는 「아귀도」를 쓸 무렵에는 "구레하라 고레히토藏原惟人 이하의 프로문학제이론의 영향이 외부적으로 졸작을 움직이엇다"[2]고 고백하기도 하였다. 구레하라 고레

......
2　장혁주, 「정독하는 양 대가」, 『동아일보』, 1935.7.11.

히토는 NAPF(전일본무산자예술동맹)의 이론적 지도자로서 일본의 경향 작가들에게 절대적인 영향력을 지닌 비평가였다.

장혁주만큼 많은 작품에서 경북 지방을 소설의 배경으로 그린 작가도 드물다. 이것은 그의 개인적인 삶의 내력에서 기인한다. 장혁주 연구의 권위자인 시라카와 유타카 교수에 따르면, 그는 1905년 대구에서 구한국군 장교를 지낸 아버지와 술집 등을 경영하던 어머니 사이에서 서자로 태어났다. 순탄치 않은 가정 환경으로 어린 시절부터 생모를 따라 경상도 지방을 전전해야 했던 것이다. 이후에는 1926년 대구고등보통학교를 졸업하고 경상북도 청송국 안덕면립학교의 교원으로 부임하였으며, 1927년에는 경북 예천군 지보면립보통학교의 교원이 되어 1929년 봄까지 머문다. 이때의 경험은 예천군 지보면을 배경으로 한 「아귀도」를 창작하는 원천이 된 것으로 보인다. 장혁주는 「나의 수업시대修業時代」『동아일보』, 1937.8.13~15에서 "예천醴泉의 산촌교원을 하면서 거기서의 체험을 기록했다"고 직접적으로 밝히기도 하였다. 이후에도 장혁주는 조선을 그린 대부분의 소설에서 경북 지역을 작품의 배경으로 삼았다. 주로 대구 경북 지방에만 머물다가 서른이 갓 넘은 나이에 일본으로 이주한 장혁주에게는 대구 경북 지방이야말로 자신이 아는 조선의 전부였다고 해도 과언이 아닐 것이다.

장혁주의 등단작은 1930년 10월 『다이치니타쓰大地に立つ』에 발표한 일본어 소설 「백양목白楊木」이지만, 본격적으로 작가의 이름을 알린 것은 1932년 4월 『가이조改造』지 현상공모에 「아귀도」가 당선된 이후라고 할 수 있다. 「아귀도」는 경북 예천군 지보면知保面을 배경으로 당

1922년에 개교한 지보초등학교

대 조선의 농민들이 겪는 온갖 시련을 알뜰하게 모아 놓은 일종의 '고통 박물관'과도 같은 작품이다. 이 작품에서는 제목이기도 한, '아귀도'라는 말이 무색하지 않을 정도로 적나라한 생존의 막장이 펼쳐진다. 불교에서 유래한 말인 아귀도는 중생이 머무는 여섯 개의 세계지옥도, 아귀도, 축생도, 아수라도, 인도, 천도 중 하나로서, 이 곳의 중생은 늘 굶주림과 목마름으로 괴로움을 겪는다. 이 작품에서는 1930년대 경북의 농민들이 겪는 괴로움을 드러내기 위해 단편의 분량 안에 여러 가지 에피소드를 다양하게 담아 놓고 있다. 이러한 과도한 의욕으로 인해 인물들은 뚜렷한 개성이나 심리도 없이 무한고통의 세계에서 신음하고 탄식하는 일종의 중생衆生으로 그려질 뿐이다.

　농민들의 고통은 두 가지 사건을 계기로 발생하는데, 첫 번째는 가뭄으로 피해를 본 사람들을 구제한다는 미명하에 벌어지는 저수지 공사장의 비인간적 상황이고, 다른 하나는 소작농의 불합리한 생산조건이다. 공사장에서는 감독과 십장들이 자신의 이익을 챙기기 위해서 농민들 몫으로 배정된 알량한 돈을 가로채고, 농민들을 마소 다루듯이 채찍으로 때리기도 한다. 마을의 아녀자들은 살기 위해 필사적으로 농사를 짓지만 수확을 해보아야 대부분을 지주에게 빼앗길 뿐이다. 이 와중에 가난과 빚을 감당하지 못해 야반도주하는 농민이 나오고, 풀죽이나 먹던 아이가 좁쌀을 급하게 먹어 급체로 죽는 사건이 발생하고, 칡을 캐러 갔던 부인이 절벽에서 떨어져 죽는 비극이 발생한다. 결국 인간 생존의 극한 상황에 몰린 농민들은 자연발생적으로 단결하여 십장과 감독들에게 저항하는 것으로 작품은 끝난다.

「아귀도」는 식민지 조선의 현실을 핍진하게 재현하는 차원을 극복할 수 있는 실천적 전망을 제시하는 경향소설로서의 성격도 선명하다.

「아귀도」의 배경이 된 용암저수지

용암지 기념비

빈궁과 고통을 감내하는 차원을 벗어나서 뚜렷한 저항의 모습까지 그려내고 있는 것이다. 이러한 저항의 의식은 매우 선명한 것이어서, 이 작품의 도처에는 너무나 많은 복자^伏^{字, 검열을 통해 글자를 삭제하고 대신 ×와 같은} ^{기호로 표시한 것}로 인해 독해가 불가능한 부분도 여러 곳이 존재한다.

장혁주는 초창기에 복자로 독해가 어려울 정도의 정치의식이 강렬한 작품을 주로 발표하지만, 이러한 정치의식은 점차 약화되어 나중에는 일제에 적극적으로 협력하는 모습으로까지 변절한다. 이러한 변모를 어떻게 이해할 수 있을까? 아마도 이러한 비극은 작가 장혁주의 정체성을 규정하는 대타자가 늘 일본이었다는 점에서 비롯된 것으로 보인다. 그가 「아귀도」를 비롯한 경향소설에 가까운 작품을 쓰던 시기는 "일본 문단에서는 프롤레타리아문학이 침체기에 접어들어가고 있어, 한국 작가의 '동반자문학'이 참신하게 보였"[3]던 시기이기도 하다. 장혁주는 이육사와의 인터뷰에서 일본어로 작품을 발표한 이유 중의 하나로 일본 문단에 "조선의 사정을 한번 소개"하고자 했다는 것을 들고 있다.

조선 농민에 대한 장혁주의 천착은 간절한 내적 고뇌와 양심에서 비롯된 것이라기보다는 일본 문단의 인정에 목말라했기 때문은 아니었을까. 인간이 견뎌낼 수 없는 고통에서 허우적거리는 동물화된 조선 농

3 시라카와 유타카, 앞의 책, 209면.

민의 모습은 일본인들에게 흥미로운 이국적 소재로 받아들여질 수도 있었던 것이다. 상징적 아버지가 일본_{좁게는 일본 문단, 넓게는 일제}인 장혁주이기에, 일본의 요구와 태도가 변화되어 감에 따라 그는 동반자문학가에서 순수문학가로, 다시 순수문학가에서 국책문학가로 몸을 바꿔나갈 수밖에 없었던 것이었는지도 모른다. 그에게는 자신을 지탱시켜 나갈 상징적 아버지가 너무나도 미약한 정신적 고아였던 것이다. 이와 관련해 당대 일본인 작가들이 장혁주를 겁이 많고 나약한 인물로 평가한 것도 한번쯤은 주목할 필요가 있다.

해방 이후 장혁주는 노골적인 친일 행적으로 조국은 물론이고 재일조선인 사회로부터도 배척받았다. 그러나 1998년 별세할 때까지 창작활동은 계속 이어나간다. 흥미로운 것은 말년에 영어로 소설 창작을 시도했고, 실제로 1991년 12월에는 Chansun International이라는 출판사에서 *Forlorn Journey*라는 영문 장편소설을 출판하기도 했다는 사실이다. 이러한 영어 창작이 지니는 의미는 과연 무엇이었을까? 경북의 벽촌에서 문학을 시작한 장혁주가 일본보다도 더욱 강력한 아버지를 영어_{미국}에서 발견한 것이었을까? 그것이 아니라면 평생 자신을 옥죄던 한글과 일본어라는 굴레_{한국과 일본}에서 벗어나 새로운 창작을 꿈꿨던 것이었을까? 장혁주는 해방으로부터 수많은 날이 지난 지금도, 아물지 않는 상처로 남아 한국문학의 정체와 양심에 대한 질문을 끊임없이 던지고 있다.

(2020)

09

___

대자연과
같은 박자 같은 율동으로
어우러지기

___

김동리의 「무녀도」, 1936

대자연과 같은 박자 같은 율동으로 어우러지기

김동리金東里, 1913~1995의 묘비에는 "무슨 일에서건 지고는 못 견디던 한국문인 중의 가장 큰 욕심꾸러기. 어여쁜 것 앞에서는 매양 몸살을 앓던 탐미파 중의 탐미파. 신라 망한 뒤의 폐도廢都에 떠오른 기묘하게도 아름다운 무지개여!"라는 글이 새겨져 있다. 이 글을 쓴 이는 김동리와 평생을 교유하며 한국문학을 이끌었던 미당 서정주1915~2000이다. 함께 한 시간의 깊이와 시인의 안목이 만난 결과인지는 몰라도, 이 묘비명만큼 김동리라는 인간과 문학을 요령 있게 압축해 놓은 글도 드물다.

한국문학사에서 김동리는 많은 힘을 누렸던 문인이다. 해방기에 그는 좌익측에 반대하여 민족주의적 '순수문학'을 옹호하는 한국청년문학가협회를 창립하여 회장에 취임하였다. 좌익의 내노라하는 맹장들에 맞서 '순수문학'을 옹호했던 김동리는 40대에 이미 한국문단의 원로였다. 1953년 서라벌예대 문예창작과 교수에 부임했고, 1954년에 41세의 나이로 예술원 회원이 되었으며, 문예지 『현대문학』, 『월간문학』, 『한국문학』 등을 실질적으로 운영하였다. 그는 문단 조직, 후배 문인 양성, 발표 지면이라는 문학장의 핵심적인 영역에서 큰 영향력을 발휘했던 것이다.

이러한 문단권력자로서의 모습은 김동리의 당당한 실력이 뒷받침되었기에 가능했던 일이다. 그는 시와 소설이라는 장르를 넘나들며 신춘문예를 세 번이나 통과한 재사才士이다. 1934년 『조선일보』 신춘문예에 시 「백로」가 입선하고, 1935년 『중앙일보』 신춘문예에 단편 「화랑의 후예」가, 1936년 『동아일보』 신춘문예에 「산화」가 당선되어 등단하였다. 더군다나 그의 뒤에는 한국의 대표적 사상가로 이름이 높았던 맏형 김정설1897~1966이 버텨주고 있었다. 무엇보다 가장 중요한 힘의 근원에는 가장 한국적이면서도 가장 보편적인 세계를 향해 끊임없이 비약하던 그의 작품이 존재했다.

김동리는 가장 한국적인 작가라고 불린다. 이것은 작가가 "우리 민족의 가장 근본적인 것, 혹은 정신적 지주가 되는 것"[1]을 추구한 결과이다. 이러한 필생의 과업을 수행하기에 김동리는 매우 유리한 조건을 갖추고 있었는데, 그는 다름 아닌 신라 천년 고도古都인 경주에서 나고 자랐던 것이다. 경주는 화랑도에서 알 수 있듯이 한국의 고유한 정신이 가장 많이 남겨져 있는 곳이다. 김동리는 자신의 정신은 물론이고 육신에까지 경주의 고유한 정신과 풍속을 깊이 새기며 성장하였다.

「무녀도巫女圖」『중앙』, 1936.5는 경주라는 신성한 자궁에서 탄생한 작품이다. 작품의 주요한 배경인 성건동은 일명 '무당촌'이라고 불릴 만큼 무당이 한 집 건너에 있는 무속 짙은 마을이었다. 김동리는 경주시 성건동 186번지현재는 284번지에서 태어났으며, 그의 유년 시절에는 골목에 무당집이 많았다고 한다. 주인공 모화가 마지막에 굿을 하다 빠져 죽은 곳은 예기소이다. 서천 변 금장대 절벽 밑에 있는 예기소는, 예

......
1 김동리, 「무속과 나의 문학」, 『월간문학』, 1978.8, 95면.

기기생가 사람을 유혹하듯이 물이 사람을 유인한다고 해서 붙은 이름이다.[2] 욱이가 처음 집을 떠나 머물렀다고 하는 기림사는 일제 시대 경주 지역의 14개 사찰을 관할하던 대사찰이었다.

「무녀도」는 작가의 출세작일 뿐만 아니라 작가 스스로도 무척이나 아낀 작품이다. 이것은 「무녀도」가 장편 『을화』[1978]로 개작될 것까지 무려 세 번이나 개작되었다는 사실을 통해서도 알 수 있다. 「무녀도」는 무당인 모화와 기독교인인 아들 욱이의 갈등을 다룬 작품이다. 신동으로 소문난 욱이는 공부를 하기 위해 아홉 살에 모화의 품을 떠났다가 약 10년 만에 『신약성서』를 들고 돌아온다. 이때부터 모화는 욱이를 "몹쓸 잡귀에 들린 것"으로 여기고, 욱이는 모화를 "사귀 들린

2 김정숙, 『김동리 삶과 문학』, 집문당, 1996, 68~75면.

여인"으로 여기며 서로 갈등한다. 그 갈등은 점차 고조되다가 결국 모화가 욱이를 칼로 찌르는 지경에까지 이른다.

모화와 욱이의 갈등에는 김동리의 유년기 체험이 반영된 것으로 보인다. 김동리의 아버지 김임수는 자수성가한 당당한 인물이었는데 50세를 전후한 시기에는 그만 술로 인생을 탕진했다고 한다. 이에 대한 반발로 어머니는 교회에 다니기 시작했고, 유교적 가풍에 젖은 아버지는 아내의 신앙을 인정하지 않아 둘의 갈등이 더욱 심해졌다. 어머니가 술을 가리켜 "마귀의 음식"이라 부르고, 술에 취한 아버지가 "예수 잡자, 너구리 잡자"라며 미친 듯 어머니에게 달려드는 일이 매일같이 펼쳐졌으니, 어린 김동리가 받았을 충격과 공포는 대단했을 것이다.[3] 이러한 부모의 싸움은 어린 김동리의 내면에 깊은 인상을 남겼고, 그것이 「무녀도」에서 모화와 욱이의 종교적 갈등으로 나타난 것이다.

김동리에게는 이때의 어머니가 모화이자 욱이이고, 또한 아버지가 모화이자 욱이였을 것이다. 기독교를 믿는 자와 배척하는 자라는 면에서 욱이는 어머니이고 모화는 아버지일테지만, 자신의 신앙에서 한 걸음도 물러서지 않는다는 면에서는 욱이가 아버지이고 모화는 어머니일 수도 있는 것이다. 핵심은 어린 김동리에게 무서움, 전율, 절망, 비분, 저주스러움을 전해준 아버지와 어머니의 그 처절한 싸움의 원체험이 「무녀도」의 밑바탕에 놓여 있다는 점이다.

결국 욱이는 죽지만, 그의 노력으로 이 마을에 복음이 전파되어 교회당이 서고 전도사가 들어온다. 대신 모화는 기독교를 믿게 된 마을

3 김윤식, 『김동리와 그의 시대』, 민음사. 1995, 103~105면.

사람들로부터 배척받는다. 이 상황에서 모화는 일생일대의 시험에 나선다. 그것은 마을 사람들 앞에서 예기소에 몸을 던진 김 씨 부인의 혼백을 건지는 굿을 함으로써, 자신의 영검을 증명하는 것이다. 그러나 모화는 김 씨 부인의 혼백을 건지는 데 실패하고, 대신 예기소 검푸른 물 속으로 스스로 들어간다.

모화와 욱이의 대결은 끝내 둘의 죽음으로 귀결되었다. 겉모습만 본다면 둘의 승부는 욱이의 승리로 끝났다고 볼 수도 있다. 욱이는 역사의 수많은 선교사들이 그러했듯이, 죽음을 통해 그토록 자신이 꿈꾸던 복음의 전파라는 꿈을 이루었기 때문이다. 그렇기에 지금까지 대부분의 연구자들은 둘의 대결에서 패배자는 모화이고, 모화의 죽음은 소멸해 가는 세계에 대한 비극성을 보여준 것으로 규정하였다.

서천 변 금장대 절벽 밑에 있는 예기소

그러나 과연 모화는 거대한 시대의 변화에 맞서 무력하게 패배한 비극의 주인공이기만 한 것일까? 이와 관련해 작가 스스로 「무녀도」에 대해 말한 「신세대의 정신」『문장』, 1940.2을 참고할 필요가 있다. 여기서 김동리는 「무녀도」의 모화가 보여준 무巫는 우리 민족 고유의 이념적 세계인 신선神仙관념의 발로이며, 신선의 이념은 "한限 있는 인간이 한限없는 자연에 융화融和"됨으로써 가능하다고 보았다. 김동리는 민족의 고유한 정신인 신선 관념이 인간과 인간, 인간과 자연 사이의 연속성과 동일성을 강조하는 것에 있다고 본 것이다. 이러한 정신은 세계적인 인류학자 레비 스트로스Claude Lévi-Strauss, 1908~2009가 말한 대칭성의 사고와도 상통한다. 대칭성의 사고에서는 자타自他의 구별이 없으며, 부분과 전체는 하나라는 직감만이 자연발생적으로 발생할 뿐이다.

이와 관련해 모화의 특징으로 만물과 소통하고 교감하는 능력이 제시되고 있다는 점을 주목할 필요가 있다. 모화가 소통하고 교감하는 대상에는 "사람뿐 아니라 돼지, 고양이, 개구리, 지렁이, 고기, 나비, 감나무, 살구나무, 부지깽이, 항아리, 섬돌, 짚신, 대추나뭇가지, 제비, 구름, 바람, 불, 밥, 연, 바가지, 다래끼, 솥, 숟가락, 호롱불……"이 해당된다. 이러한 모든 것이 "그녀와 서로 보고, 부르고 말하고 미워하고, 시기하고, 성내고 할 수 있는 이웃사람"인 것이다. 그리하여 모화는 그 모든 것을 "님"이라 부른다.

모화가 검푸른 예기소로 걸어 들어가는 순간 "그녀의 춤과 물의 너울은 같은 박자 같은 율동으로 어우러지며 흘러내리기 시작했다"고 표현된다. 어쩌면 모화는 단순하게 죽은 것이 아니라, 물이라는 대자연과 '같은 박자 같은 율동으로 어우러지게 된 것'인지도 모른다. 그렇다면 그녀는 우리 고유의 신선이 된 것이며, 이런 측면에서 그녀는 죽음을 통해 만신^{萬神}에서 신^神이 된 것'으로 볼 수도 있다.

만물을 영혼 있는 존재로 여기며, 그것과 융화되기를 갈망하는 정신. 이것은 근대 과학의 눈으로 보면 하나의 미신인지도 모른다. 그러나 과연 그것이 전부일까? 지금 대한민국은 물론이고, 전 세계가 코로나19로 인해서 제2차 대전 이후 가장 큰 위기에 봉착해 있다. 많은 전문가들은 코로나19가 에볼라, 사스, 메르스에 이어지는 인수공통 감염병으로서, 살 곳을 잃은 야생동물이 인간과 접촉하면서 탄생한 재앙이라고 말한다. 인간만을 절대시하고 자연을 한갓 수단으로 여긴 결과, 자연의 보복이라고도 할 수 있는 바이러스의 대유행이 찾아왔다는 것이다. 그렇기에 인간 정신의 근본적 변화가 없는 한, 제2·제3의 코로나19는 언제든지 다시 우리를 찾아올 것으로 전망한다. 이런 상황에서 개구리, 살구나무, 부지깽이마저도 영혼 있는 존재로 여겨 '님'이라 부르는 모화는, 어쩌면 잃어버린 우리의 소중한 얼굴인지도 모른다. [2020]

10

영원한 침묵의 의미

백신애의 「식인」, 1936

영원한 침묵의 의미

서발턴^{하위주체, subaltern}이라는 용어가 있다. 이탈리아의 사상가 안토니오 그람시^{Antonio Gramsci, 1891~1937}가 처음 사용했던 것으로, 민족, 계급, 연령, 젠더^性, 직위 등 모든 측면에서 종속적인 위치에 있는 계층을 가리킨다. 그들은 민족적으로도 온갖 핍박을 받아야 하는 식민지인이고, 계급적으로도 가진 것이 없는 빈털터리이며, 젠더적으로도 남성의 지배를 받아야 하는 가부장제의 타자들이다. 백신애가 자신의 작품에서 즐겨 그리는 여성들이야말로 이러한 서발턴의 개념에 부합하는 존재들이다.

백신애의 작품 중에서 남성 인물을 주인공으로 내세운 것은 서너 편에 불과하다. 작품의 양에 있어서도 다수를 차지하고 작품의 수준도 높은 것들은 서발턴에 해당하는 가난한 농촌 여성들을 주인공으로 내세운 작품들「복선이」, 「채색교」, 「소독부」, 「광인일기」, 「식인」, 「적빈」 등이다. 이러한 작품들은 백신애가 나고 자란 경북의 지역성과 작가의 체험에 깊이 뿌리 내리고 있다.

우선 이들 작품을 채우는 언어부터가 경북의 것이다. 백신애 연구의 초석을 놓은 김윤식은 백신애를 가리켜 "무뚝뚝하고 인정머리 없는 경상도방언에 저려 있는 사람"¹이라고 평하였다. 국어학자 김태엽은

. . . . .
1 김윤식, 「백신애연구抄」, 『경산문학』 2, 1986, 133면.

영천시립도서관에 자리한 백신애 문학비

「백신애 소설에 나타나는 경북 방언」[2]을 통해 일제강점기 경북 방언의
흔적을 잘 나타낸 작가로 백신애를 들고 있다. 백신애 작품의 상당 부분
은 거친 경북 말로 이루어져 있으며, 가난한 촌민들을 배경으로 한 소설
에서 이러한 특징은 더욱 두드러진다.

백신애의 실제 농촌 체험도 무시할 수 없다. 백신애는 1936년 12
월 반야월 괴전마을 과수원에 새 집을 지어 이사한 후, 직접 농사도 지
으면서 농민들과 마주했다. 「촌민들」『여성』, 1937.9은 과수원을 경영하며
겪은 촌민들과의 일들을 기록한 수필이다. "까다롭고 깍정이같이 밴질
거리는 사람은 서울 놈이라 하고, 순박하고 어리석은 사람은 촌놈이라

......
2 김태엽, 「백신애 소설에 나타나는 경북 방언」, 『우리말글』 44, 우리말글학회, 2009, 1~21면.

고 하지마는 요지음의 촌사람도 여전히 순박하고 어리석은 줄만 알다가 큰코다치기 쉽다"는 문장으로 시작하는 이 수필에서, 백신에는 촌민들의 불결함, 우둔함, 염치없음 등을 조근조근 지적하고 있다. 물론 "이들이 순박성을 일어버린 것은 너머나 남의게 속어만 오고, 없수임만 받어온 까닭"이라고 하여 그들을 이해하려는 태도도 보여주지만, 여타의 작가들이 자신의 이념이나 감상에 따라 농민을 낭만화하거나 이상화한 것과는 달리, 백신애는 농민들의 삶을 자기 나름의 관점으로 깊이 있게 파악하고 있었음을 보여준다.

서발턴을 등장시킨 대표적인 작품으로 「식인食人」『비판』, 1936.7을 꼽을 수 있다. 주인공 옥남이 처한 상황은 가난은 가난이되, 작가의 또 다른 소설 제목과도 같은 완벽한 '적빈赤貧'에 해당한다. 이 작품은 남편 최가가 아무것도 없는 옥남에게 돈 오전을 내놓으라고 막장의 욕설과 폭력을 퍼붓는 것으로 시작된다. 올해 스물 아홉인 옥남은 지금 네 번째 임신을 하고 있는데, 앞의 아이들은 최가의 폭력으로 모두 죽었다. 해산이 임박한 옥남은 살기 위해 김문서의 농장으로 품을 팔러 간다.

과거의 인연으로 인해, 김문서의 농장에서 품을 파는 것은 옥남이 어떻게 해서든지 피하고 싶은 일이다. 옥남과 같은 동네에서 자란 김문서는 아내를 잃은 지 얼마 안 되어 옥남에게 청혼하였는데, 이때 옥남은 김문서의 청을 거절하고 대신 "얌전한 총각"이었던 최가를 선택했던 것이다. 그러나 이후 김문서는 착실하게 일하여 재산이 불같이 일어났고, 최가는 "잔인하고 무도한 비인간"이 되고 말았다.

그러나 살기 위해 옥남은 김문서의 농장에 가서 일을 하고, 허기에 지친 옥남은 밭에 나 있는 무를 허겁지겁 뽑아 먹다가 아이를 낳는다. "밭 가운데서 어린애를 더구나 사내애를 해산했으니 그 밭 임자에게 무한한 복이 올 징조"라는 미신으로 김문서 아내는 옥남을 도와준다. 그러나 해산한 지 팔 일 만에 집에 돌아온 최가는 밥을 지어내라며 옥남과 아이를 걷어찬다. 결국 이번에도 아이는 죽고 만다. 작품은 동네 건물 상동식에 쓰려고 준비한 음식을, 며칠 굶은 옥남이 먹으려다가 동네 사람들에게 맞아죽는 것으로 끝난다.

이처럼 옥남은 아무것도 가지지 못한 존재이다. 그녀에게는 돈은 커녕 당장 죽음을 면할 땟거리가 없다. 동시에 남편에게 아무런 이유도 없이 욕과 폭력을 당하는 여성이며, 심지어는 같은 처지의 동네 사람들에게도 아무런 도움을 받지 못한다. 민족, 계급, 연령, 젠더, 직위 등 모든 측면에서 종속적인 위치에 있는 서발턴인 것이다.

이 작품이 『여류단편걸작집』1939에 수록될 때에는 「호도糊途」로 제목이 바뀐다. 제목이 바뀌는 것과 더불어 내용도 적지 않게 변한다. 이러한 변화는 옥남의 비극을 강화하는 방향으로 이루어진다. 남편은 옥남에게 하는 욕설이 아직도 모자라다는 듯이 "이런 빌어먹다가 얼음판에 가 자빠져 문둥 지랄병을 하다가 죽을 년아", "목탕목탕 썰어 죽일 년 같으니", "사람을 잡아먹고 아이 새끼로 입가심 할 년"과 같은 말을 새로 퍼붓는다. 또한 젠더적인 차별의식도 보다 선명하게 강화된다. 아이의 성별이 아들에서 딸로 바뀌었으며, 최가는 "계집아이는 낳아 머한다고, 재수 없게 이년, 이까짓 것 먹일 것 있거든 내나 먹자"라며 갓 태어난 아이를 때려 죽인다.

또한 옥남이 너무나 허기가 져서 무를 뽑아 먹을 때, 주위 농민들이 "무를 그렇게 뽑아 먹으면 어째, 도둑년!"이라고 욕하는 장면이 첨가되었다. 반대로 부자인 김문서 집의 호의는 생략되었다. 「식인」에서 김문서의 마누라는 자기 밭에서 해산한 것은 좋은 징조라 하여 쌀한 되, 미역 한 묶음, 명태 다섯 마리를 보내고, 나중에는 밥해 먹을 솥이 없는 것을 알고 냄비와 나무까지 지여 하인을 보내 밥과 국을 끓여 먹게 한다. 「호도」에서는 이 모든 일이 "쌀 한 말을 가져다주었다"는 한 문장으로 축소되었다.

이러한 변화에는 「호도」가 창작될 때까지 3년여간 백신애가 경험한 일들이 적지 않은 영향을 미쳤을 것이다. 백신애는 1938년 5월 남편과 별거를 시작하고, 같은 해 1938년 11월에는 정식으로 이혼한다. 이 무렵에 그녀는 오빠 백기호를 찾아 중국에 갔다가 칭따오青島와 상하이上海 등을 수개월간 여행하고 돌아온다. 이러한 일을 거치며 세상을 보는 그녀의 안목은 보다 깊어지고, 남녀차별에 대한 문제의식은 더욱 예리해졌을 것이다.

무엇보다도 동네 공동 건물의 상동식에 사용할 음식에 입을 댔다가 옥남이 동네 사람들에게 맞아 죽는 「호도」의 마지막 장면은 주목할 만하다. 「식인」에서는 옥남의 죽음이 암시만 되며 끝나는데, 「호도」에서는 "그의 입을 가린 수건 사이에 콩나물 한 개가 걸려 있을 뿐. 그는 눈을 뜬 채 영원한 침묵 속으로 사라져 갔다"라고 구체적으로 묘사된다.

이때 '침묵'이라는 단어에 주목하지 않을 수 없다. 그람시가 처음 사용한 서발턴이라는 용어는 별로 언급되지 않다가 인도 출신의 탈식민주의 학자 스피박Gayatri Chakravorty Spivak, 1942~이 사용하면서 유명해졌다. 스피박은 "서발턴은 말할 수 있는가?"라는 논문에서 서발턴의 가장 큰 고통은 아무런 자산이나 능력도 없기에 자신의 처지를 제대로 표현할 수 없는 것이라고 하였다. 서발턴은 고작해야 자신이 아닌 다른 이에 의해서만 자신들의 처지가 재현되고 해석된다는 것이다. 이때 재현되고 해석되는 것은 '실제의 서발턴'이 아닌 재현하고 해석하는 이들의 의지와 욕망에 물든 '허구의 서발턴'일 가능성이 높다.

일테면 누군가는 억압받는 식민지인으로만, 누군가는 가난한 자로만, 누군가는 힘없는 여성으로만 서발턴을 해석하거나 재현할 수도 있는 것이다. 그러나 온갖 고통이 중첩되어 있는 서발턴이 그 어느 하나로만 해석된다는 것은 심각한 오해이자 왜곡일 수밖에 없다. 서발턴은 억압받는 조선인이기도 하지만, 동시에 아무것도 가진 것 없는 빈민이며, 또한 집에 가서는 그 잘난 남편이나 아들을 돌보느라 허리가 휘는 여성이기 때문이다.

백신애의 소설들이 더욱 큰 의미를 갖는 것은 이러한 지점이라고 할 수 있다. 백신애는 그 많은 고통을 짊어진 이들을 그대로 보여주기만 하고, 함부로 특정한 맥락 속에 위치지우려고 하지 않는다. 「호도」의 마지막에 표현된 옥남의 '영원한 침묵'은 그 어떤 담론이나 이념에 의해서 일방적으로 규정되기를 거부하는 옥남의 고유성을 상징하는 것이라고 볼 수 있다. 이것이야말로 이 시기 농민들을 형상화한 여타 소설과는 구별되는 백신애의 고유성이다. 그리고 이러한 고유성은 가

영천의 남천에는 백신애를 기념하는 '백신애 징검다리'가 놓여 있다.

족/사회, 전통/근대, 윤리/욕망, 공동체/개인, 중앙/지역, 남성/여성이라는 수많은 이분법 속에서도 끝내 자신만의 고유성을 유지하려고 한 백신애의 고투가 낳은 성과라고 할 수 있다.   (2020)

11

경성의 높이,
한국문학의 높이

—

이상의 『날개』, 1936

경성의 높이, 한국문학의 높이

이상李箱, 1910~1937[1]의 『날개』『조광』, 1936.9는 그동안 작가의 삶이 여실하게 드러난 사소설의 측면, 현대인의 어두운 내면 의식을 표출한 초현실주의적 측면, 패러독스, 아이러니, 위트, 에피그램 등의 수사적 장치로 가득한 기호학적 글쓰기라는 측면에서 다루어져 왔다. (포스트)모더니즘과의 친연성 속에서만 논의되어 온 이상 문학 전반이 그러하듯이 「날개」가 배경으로 삼고 있는 경성이라는 시대적 공간과의 관련성은 크게 주목받지 못했다. 그러나 기존의 선입관을 벗어놓고 「날개」를 정독하면, 이 작품이 당대의 그 어떤 작품보다도 기술공학적 엄밀성으로 식민지 도시 경성의 본질과 환영, 그리고 절망을 기록한 '시대의 혈서血

......

1 이상은 서울 토박이로 1910년 9월 23일(음력 8월 20일) 아버지 김연창과 어머니 박세창의 2남 1녀 중 장남으로 경성부 반정동에서 태어났다. 3세가 되었을 때 이상의 10대조부터 살아온 백부 김연필의 집(경성부 통인동 154번지)에 양자로 가서 그곳에서 24세까지 생활하였다. 1926년 보성고보를 졸업하고 경성고등공업학교(서울대 공대의 전신) 건축학과에 입학하였으며, 건축과의 유일한 한국인 학생으로 3년 동안 수석을 차지하였다. 1929년 경성고공을 졸업한 뒤 조선총독부 기수(技手)로 취직하였으며, 총독부 건축과 기관인지『조선과 건축』표지 현상 도안에 당선된다. 1930년 처녀작인 「12월 12일」을 『조선』에 발표하였고, 1931년 일문시 「이상한 가역반응」, 「조감도」 등을 『조선과 건축』에 발표하였다. 1933년 폐결핵으로 각혈을 하게 되자 총독부 기수직을 그만두고 요양차 간 황해도 배천온천에서 금홍을 만나 동거생활을 시작한다. 1934년 구인회에 가입하였으며 『조선중앙일보』에 시 「오감도」 연작을 발표하였으나 독자의 항의로 연재가 중단된다. 1935년 카페 '제비', '쓰루(鶴)', '69', '맥' 등의 경영에 실패하고, 한달여 동안 평북 성천 등지를 여행한다. 1936년 변동림과 결혼하고 「날개」를 비롯한 시, 소설, 수필 등 다양한 작품을 발표하며 문단의 큰 주목을 받는다. 같은 해 10월경에 홀로 동경으로 갔다가 1937년 2월에 불령선인(不逞鮮人)이라는 죄목으로 니시간다(西神田) 경찰서에 구금되었다가 건강 악화로 3월 중순에 보석으로 풀려난다. 동경제대 부속병원에 입원하여 치료를 받다가 4월 17일 새벽 4시에 동경제대 부속병원에서 생을 마감하였다. 그의 아내 변동림이 유골을 가지고 5월 4일 귀국하였으며, 같은 해 사망한 김유정과 함께 추도식을 한 후 6월 10일 미아리 공동묘지에 안장되었다.

書'라는 것을 알 수 있다.

「날개」의 기본 서사는 몸을 파는 아내와 살고 있는 백치 상태의 '내'가 외출과 귀가를 반복하는 것이다. 설계도처럼 군더더기 없는 이 작품의 기본 공간은 아내와 '내'가 살고 있는 방과 다섯 번의 외출로 인해 등장하는 '거리', '경성역', '미쯔꼬시 백화점'이다. 먼저 모든 이야기는 유곽이라고 볼 수밖에 없는 33번지의 집에서 시작된다. '나'와 아내는 33번지의 죽 어깨를 맞대고 늘어선 18가구 중의 일곱 번째 집에 산다. 흥미로운 것은 '내'가 굳이 "나는 어디까지든지 내 방이 - 집이 아니다. 집은 없다 - 마음에 들었다"라고 하여 자신이 사는 곳이 '집'이 아닌 '방'이라는 사실을 강조한다는 점이다. 이러한 강조는 18가구의 집에 개별적인 문이 없다는 것, 문은 18가구를 대표해 외따로 떨어져 있을 뿐이며, 그마저도 한 번도 닫힌 일이 없다는 사실에서도 확인된다. 문이란 집을 외부와 구분 짓는 실제적인 사물인 동시에 상징적인 기호라고 할 수 있다. 그런데 '내'가 아내와 살고 있는 이 곳에는 문이 없는 것이다. 그렇기에 그곳은 사회와 구별되는 고유한 가치가 존재하는 장소일 수 없으며, 단지 외부의 연장된 공간으로서의 방일 수밖에 없다. 실제로 이 방이야말로 현대 사회의 금과옥조인 교환의 논리가 철저히 관철되는 또 하나의 작은 사회이다.

장지로 나뉘어진 그 집의 아랫방에서 아내는 손님들에게 몸을 판다. 나는 윗방에서 한 번도 걷은 일 없는 이부자리에 누워 잠을 자거나 발명을 하거나 논문을 쓰거나 시를 짓는다. 그것은 인간 사회나 생활과는 무관한 "절대적인 상태"에 해당한다. 그러나 '나'는 아내가 머무는 아랫방에 매혹되어 있다. 아내에 대한 관심과 애정으로 몸이 달은 '나'는 "절대적인 상태"에서 벗어나 인간 사회로 조금씩 나오게 된다.

이 집을 지배하는 것은 아내이며 아내는 자본의 교환논리를 완벽하게 체화한 일종의 기계이다. 아내는 손님이 많은 날은 '나'에게 50전 짜리 은화를 건넨다. 이것은 자신의 비즈니스를 방해하지 말라는 조건으로 주어지는 일종의 임금이라고 할 수 있다. '내'가 아내에게 5원을 건넨 날 처음으로 '내'가 아내와 함께 잠을 잘 수 있었던 것처럼, 아내는 돈을 통해서만 모든 행위와 가치를 결정한다. 나중에는 '나' 역시 이러한 논리에 익숙해져서 아내와 함께 자고 싶을 때도, 아내에게 미안한 마음을 표현할 때도 몇 푼의 돈을 아내에게 건네고는 한다. 이 집은 오직 돈을 통해서만 소통이 가능한 것이다.

'내'가 처음 외출을 감행한 것은 다름 아닌 내객이나 아내가 돈을 놓고 가게 만드는 그 "쾌감이라는 것의 유무를 체험"하고 싶었기 때문이다. "절대적인 상태"에 머물던 '내'가 인간 사회에 발을 내디딘 이유는 다름 아닌 돈을 둘러싼 쾌감을 알기 위해서인 것이다. 그것은 모든 것을 돈으로써만 사고하고 행위하는 아내를 이해하고 사랑하는 행위이기도 하다. '나'는 돈 5원을 아내 손에 쥐어주고 아내와 함께 잔 이후 "내객들이 내 아내에게 돈 놓고 가는 심리며 내 아내가 내게 돈 놓고 가는 심리의 비밀"을 알아낸 것 같다며 커다란 기쁨을 느낀다. 이제 돈의 위력을 알게 된 '나'는 저금통을 변소에 버린 것을 후회하거나 '나'에게는 왜 돈이 없느냐며 흐느끼기까지 한다. '나'는 외출을 통하여 돈이 만들어 내는 쾌감을 알게 된 것이고, 외출을 반복하는 것은 그 쾌감을 더욱 깊이 알기 위한 하나의 방편이라고 할 수 있다. 다시 한번 말하자면, '나'의 외출은 돈으로부터 비롯된 쾌감을 이해하는 일이자 근대 교환논리의 화신인 아내를 이해^{사랑}하는 일이다.

그러하기에 '나'의 외출이 향하는 곳은 근대 문명의 핵심일 수밖에 없다. '나'는 두 번째 외출에서 경성역 시계를 본 후에 집으로 돌아온다. 근대의 대표적인 운송 수단인 기차는 정확한 시간을 전제로 해서만 존재할 수 있다. 조금의 오차라도 생기면 운송 시스템은 마비되고 커다란 사고로 이어질 수 있기 때문이다. 따라서 기차는 정밀한 열차 운행 시간표에 의해 움직이며, 기차역에 걸린 시계는 보통 그 지역의 사람들에게 소속감과 동질감을 주는 가장 신뢰받는 표준 시계로서 기능하고는 하였다. 경성역이 '나'의 마음을 끌었던 것은 "여기 시계가 어느 시계보다도 정확"했기 때문이다.

세 번째 외출에서는 아내가 준 돈을 가지고 경성역 티룸에 간다. '내'가 경성역에서 관심을 갖는 곳은 대합실이나 개찰구가 아닌 티룸 tea room이다. 1925년 경성역사의 완공과 함께 2층에는 프랑스식 양식당 그릴과 찻집 티룸이 개업을 했는데, 이곳은 매우 고급스러웠다. 1970년대 일류 호텔들이 생길 때까지도 서울역의 양식당과 티룸은 고급스러운 만남의 장소로 그 명성을 유지할 정도였다고 한다. '나'에게 경성역의 시계탑과 티룸은 최첨단의 근대문명을 체험하는 장소로서 모자람이 없다. 1920년대는 조선신궁과 조선총독부 건축이 대표하듯이 일제가 식민지 행정 수도 건설의 마스터플랜을 가지고 경성의 공간을 재편하던 때이다. 1925년 용산역사를 압도하는 르네상스풍의 경성역이

124

신축된 것은 경성이 일본과 대륙을 연결하는 한반도 도시 네트워크의 중심지로서 확고한 지위를 점하게 되었다는 의미이기도 하다.[2] 경성역은 제국 일본의 완성을 알리는 상징물과도 같은 건물인 것이다.

2020년의 서울역

네 번째 외출에서 돌아왔을 때, "나는 내 눈으로는 절대로 보아서 안될 것을 그만 딱 보아버리고"만다. 이로 인해 아내는 '나'의 멱살을 잡고 심지어 "내 위에 덮치면서 내 살을 함부로 물어 뜯"기까지 한다. '나'는 그동안의 외출을 통해서도 아내를 온전히 이해하는 데 실패한

......
2　김백영, 『지배와 공간』, 문학과지성사, 2009, 381면.

125

것이다. 그 순간 마지막이 될 외출을 감행하고, 그 외출은 경성역을 지나 미쯔꼬시 백화점의 옥상으로 이어진다. 본래 백화점은 상품에 대한 소비 욕망을 매개로 하여 인간을 자본주의적 소비의 주체로 호명해내는 근대 자본주의적 주체화의 핵심적 장치이다.[3] 따라서 백화점을 향하는 것은 자본주의의 심장을 향하는 것이기도 하다. 「날개」의 '내'가 분명하게 의식하지 못하면서 미쯔꼬시 백화점의 옥상에까지 향한 것은 아내의 분노가 큰 것에 비례하여 아주 간절하게 아내를, 근대를 이해하고자 했기 때문이라고 할 수 있다. 1930년대 미쯔꼬시 백화점은 제국의 풍요로움과 선진 문명의 힘을 상징하는 건축물이었다. 일본의 미쓰이三井 재벌은 1926년 경성부청사가 현재의 서울시청 자리로 옮기자 그 공터에 백화점을 신축하여 1930년 10월에 개장하였다. 근처에 조지야 백화점, 미나카이 백화점, 히라다 백화점이 있었지만 대지 730평, 연건평 2,300평, 종업원 360명을 거느린 조선과 만주 일대의 최대 백화점인 미쓰코시와는 비교가 되지 않았다. 미쓰코시 백화점은 고급백화점으로서 고객은 거의 일본인이었으며, 친일파가 주류인 조선의 상류층들이 출입하였다. 미쯔코시가 취급하던 상품은 당시 최고급이었고, 커피 한잔에 25전 하던 식당 겸 커피숍은 신사연하는 이들의 단골처이기도 했다. 백화점 옥상에는 르 코르뷔지에가 고대건축 역사에서 복사해온 옥상정원을 설치해 놓았다.

그 당시 가장 높은 건물 중의 하나였던 미쯔꼬시 백화점은 '나'에게 당시 서울의 근대자본주의가 작동하는 핵심을 바라볼 수 있는 조망

......
3 하쓰다 토오루, 이태문 역, 『백화점 – 도시문화의 근대』, 논형, 2003, 257~275면.

적 시선을 선사하기도 한다. '경성의 센터'로 자리매김한 미쯔꼬시 일대는 식민지 조선에 왜식 또는 서양식 유행의 첫 바람을 일으키는 곳으로 혼부라本ぶら, 도쿄의 번화가인 긴자를 어슬렁어슬렁(ぶらぶら) 거니는 긴부라(銀ぶら)를 패러디해서 경성의 번화가인 본정(혼마치) 거리를 구경 다니는 것을 지칭한 말로 넘쳐나던 경성의 심장과 같은 곳이었다.

경성의 가장 높은 곳백화점의 고도는 근대화의 고도를 의미하기도 한다에서 바라본 경성 사람들의 삶은 "피곤한 생활이 똑 금붕어 지느러미처럼 흐늘흐늘 허비적거렸다. 눈에 보이지 않는 끈적끈적한 줄에 엉켜서 헤어나지들을 못한다"고 표현되는 고단하고 소외된 것이다. '나'는 이번에도 다시 한번 아내를 혹은 근대를 받아들일 것인지 말 것인지를 고민한다. 이 순간 뚜우 하고 정오의 사이렌이 울린다. 본래 근대란 시계에 의해 통제받는 사회라고 할 수 있으며, 그 시간이 정교할수록 근대화의 정도는 더욱 큰 것이다. 싸이렌은 시계탑과는 달리 자발적인 의사와는 무관하게 모든 이에게 시간을 공지한다는 면에서 더욱 폭력적인 근대의 시간공지법이라고 할 수 있다. 그 싸이렌의 소리와 더불어 경성의 중심은 "현란을 극한 정오"를 맞이하게 된다. 이 순간 '나'는 처음이자 마지막으로 '귀가'가 아닌 '비상'을 꿈꾼다. 그것은 너무도 간절하게 "날개야 다시 돋아라. / 날자. 날자. 날자. 한 번만 더 날자꾸나. / 한 번만 더 날아보자꾸나"라는 외침 아니 절규로 나타나는 것이다.

이러한 비상에의 외침이 의미하는 것은 '나'에게 혹은 이상에게 무엇이었을까? 한 가지 분명한 사실은, 이상이 도쿄로 가기 전에 마지막으로 발표한 소설이 「날개」였다는 점이다. 그러니까 이 작품이 발표되

2020년 프레스센터 20층에서 바라본 서울

고 한 달여가 지나 이상은 일본 제국의 수도인 도쿄로 간다. 그것은 미쯔꼬시 경성점이 아닌 미쯔꼬시 본점을 향한 것이기도 하면서, "인공의 날개"라는 말에서 알 수 있듯이 예술을 통한 자기 구원의 길이기도 하다. 이상의 짧았던 일본 체류와 그가 남긴 몇 편의 글, 그리고 그의 허망하기까지 한 죽음은 두 가지 시도에서 그가 결코 성공하지 못했음을 알려준다. 이상의 「날개」는 경성역과 미쯔꼬시라는 두 개의 고유명사만으로 이제 막 근대 도시로 발돋움하던 경성의 화려함과 치사함, 나아가 냉혹한 자본의 질서 등을 형상화했다는 측면에서도, 결코 잊혀지지 않는 한국문학의 '날개'이다.

(2016)

12

자연과
아름다움을 향한
영원한 향수

—

이효석의 「메밀꽃 필 무렵」, 1936

자연과 아름다움을 향한 영원한 향수

가을이 되면 평창군 봉평면은 메밀꽃으로 새하얀 소금밭이 된다. 그 소금밭을 거닐다 보면 봉평 출신 소설가 이효석李孝石, 1907~1942과 그의 대표작 「메밀꽃 필 무렵」『조광』, 1936.10의 흔적을 곳곳에서 발견할 수 있다. 이효석 문학관, 이효석 문학비, 효석·문학숲 공원, 이효석 생가, 가산공원 등이 작가와 관련된 것이라면, 복원된 물레방앗간이나 충주집은 「메밀꽃 필 무렵」의 핵심적인 공간들이라고 할 수 있다.

이효석 문학관 안에 복원된 작가의 집필 모습

효석문화제와 메밀꽃축제가 열리는 가을의 봉평은 참으로 매력적이다. 고장 하나를 온통 문학작품의 현장으로 바꾸어버린 「메밀꽃 필 무렵」은 다음과 같은 문장만으로도 읽는 이를 취하게 만드는 힘이 있다.

길은 지금 산허리에 걸려 있다. 밤중을 지난 무렵인지 죽은 듯이 고요한 속에서 짐승 같은 달의 숨소리가 손에 잡힐 듯이 들리며, 콩포기와 옥수수 잎새가 한층 달에 푸르게 젖었다. 산허리는 온통 메밀밭이어서 피기 시작한 꽃이 소금을 뿌린 듯이 흐뭇한 달빛에 숨이 막힐 지경이다.

아무리 반복해도 늘 신선하게 다가오는 이 대목은 이효석 개인의 차원에서는 물론이고 한국 근대소설사의 차원에서도 가장 아름다운 절창에 해당한다. 시각, 청각, 촉각의 자연스러운 융합과 세상 만물이 조응하는 상상력으로 인해, 「메밀꽃 필 무렵」의 문장은 한국어가 만들어낼 수 있는 심미의 구체를 증명하기에 모자람이 없다. 동반자 작가로서 도시의 빈민가를 배경으로 했을 때도, 혹은 심미주의자로서 이국異國의 모던한 거리를 배경으로 했을 때도 창조되지 않던 이러한 미문은 작가 자신의 고향인 봉평을 배경으로 했을 때 비로소 탄생할 수 있었다.

이효석은 1907년 봉평에서 태어나 1920년 평창공립보통학교를 졸업할 때까지 10여 년을 봉평과 그 인근에서 자랐다.[1] 유년기가 한 인

.....
1 이효석(1907.2.23~1942.5.25)은 강원도 평창군 봉평면에서 태어났으며, 호는 가산(可山) 필명으로 아세아(亞細兒), 효석(曉晳), 문성(文星) 등을 사용하였다. 1920년 경성제일고등보통학교에 입학하였으며, 1925년에는 경성제대 예과에 입학하였다. 1927년에 경성제대 법문학부 영어영문학과에 진학하였으며, 1928년에 단편 「도시와 유령」을 『조선지광』에 발표하며 동반자작가로 주목받았다. 1930년 경성제대를 졸업하고, 1932년 함북 경성농업학교에 영어교사로 취직하였다. 1933년에 구

고즈넉한 봉평의 풍경

간의 고유한 정신의 뼈와 살이 형성되는 시기라는 점을 고려할 때, 봉
평이라는 공간의 중요성은 아무리 강조해도 지나치지 않는다. 「메밀꽃
필 무렵」의 빼어난 문장은 봉평의 생명력과 아름다움이 이효석에게 완

.....
인회 창립에 관여하기도 하였으며, 1936년 평양 숭실전문학교에 교수로 부임하여 평양으로 이사한
다. 1938년 숭실전문학교 폐교에 따라 교수직을 퇴임하고, 1939년 대동공업전문학교의 교수로 취
임한다. 1940년 부인과 차남을 잃고, 만주 등지를 여행하기도 하였다. 1942년 5월 결핵성 뇌막염
으로 사망했다. 이효석은 등단 직후인 1920년대 후반부터 1930년대 초반까지는 도시를 배경으로
빈부 갈등과 사회적 모순에 관심을 기울이기도 하였지만, 그의 문학적 본질은 심미주의에서 찾을
수 있다. 그의 심미주의는 예술지상주의적 성격, 생활에서의 탐미, 데카당스 풍조로 구체화되었다.
아름다움에 대한 추구는 지금은 존재하지 않거나 이곳에서 멀리 떨어진 저 너머의 세계에 대한 강
렬한 지향으로 나타나고는 하였다. 「메밀꽃 필 무렵」에 등장하는 토속적인 향토나 「화분」이나 「벽
공무한」에 등장하는 세련된 구라파 모두 아름다움의 성채라는 점에서, 이효석에게는 모두 동질적
인 대상이다. 이효석의 심미주의 문학은 한국문학사의 매우 이채로운 봉우리라고 할 수 있다.

전히 육화되었기에 가능한 것이라고 할 수 있다. 「메밀꽃 필 무렵」처럼 또박또박 구체적인 지명이 등장하며, 소설에 묘사된 지형이 실제와 일치하는 소설도 드물다. 거기다가 허생원, 조선달, 충주집, 성서방네 처녀 등이 모두 봉평에 살았던 실제 인물들^{곰보영감, 조봉근, 조중원, 송씨, 성공여의} ^{딸 옥분}을 모델로 했다는 증언도 전해진다.

주지하다시피 이 소설은 봉평장에서 출발하여 대화장까지 가는 한밤중의 여로가 작품의 기본 골격을 형성한다. 이 산골은 도시의 먼지로부터 가장 멀리 떨어진 절대의 공간이라고 볼 수 있다. 이러한 성격의 공간으로 봉평보다 적합한 곳도 없을 것이다. 평창군의 북서쪽에 위치한 봉평은 모두 해발 1천 미터가 넘는 회령봉, 흥정산, 태기산 등의 봉우리가 성벽처럼 감싸고 있기에, '산문散文의 독기毒氣'나 '도시의 매연'이 감히 범접할 수 없는 곳이다. 허생원은 충주 제천 등의 이웃 군에도 가고, 멀리 영남지방도 헤매이기는 하였으나 강릉쯤에 물건하러 가는 외에는 봉평, 진부, 대화가 위치한 평창군을 떠나지 않는다. 그렇기에 태어난 청주가 아니라 "장에서 장으로 가는 길의 아름다운 강산"이 허생원에게는 "그리운 고향"이다.

허생원은 "얼금뱅이 상판"을 하고, 가족도 재산도 없이 "간신히 입에 풀칠을 하러 장에서 장으로 돌아다"닌다. 허생원은 왼손잡이로 설정되어 있는데, 이것 역시 그의 결핍된 삶과 관련되어 있다. 나귀를 괴롭히는 장터의 아이들에게 채찍을 들자, 아이들은 "왼손잡이가 사람을 때려"라며 반항한다. 이러한 허생원의 모습은 일제 강점기 고향 잃은 가난한 자의 우울한 초상으로 바라볼 여지가 충분하다. 허생원의 주변을 채우는 것도 그 잘난 세상의 기준으로 보자면 조금은 모자란 것들이다. 허생원과 "반평생을 같이 지내온" 나귀도 우리가 흔히 생각하는 말에 비해 작고 볼품없는 모습이며, 메밀꽃도 심미주의자였던 이효석이 사랑했던 장미처럼 화려하지는 않다.

허생원의 모습은 소외와 결핍의 증표로 볼 수 있지만, 그렇다고 단순한 연민이나 동정의 기호에만 머무는 것은 아니다. 그 이상의 긍정적인 정서와 의미가 드러나는데, 그것은 허생원이 자신의 이방인적 삶을 스스로 선택한 흔적을 통해 확인할 수 있다. 허생원은 "봉평장에서 한 번이나 흐뭇하게 사본 일 있었을까"라고 말하면서도, 늘 봉평장에 들른다. 이처럼 허생원의 장돌뱅이 행위는 경제적 이윤의 논리로만 설명될 수 없는 것이다. 흥미로운 것은 허생원도 젊은 시절에는 돈푼이나 모아본 적도 있지만, "읍내에 백중이 열린 해 호탕스럽게 놀고 투전을 하고 하여 사흘 동안에 다 털어버렸다"는 사실이다. 여기서 '호탕스럽게'나 '털어버렸다'라는 단어를 통해 물질에 대한 집착과는 거리가 먼 허생원의 모습을 읽어낼 수 있다. 허생원은 돈에 절절 매다가 돈을 잃어버린 것이 아니라 호탕스럽게 놀다가 가진 돈을 다 털어버린 사내인 것이다.

봉평장에서 대화장에 이르는 길을 채우는 것은 산, 내, 달빛, 메밀꽃 뿐이며, 그 길 위를 '나귀이자 인간'이며, '인간이자 나귀'인 존재들이 방울을 울리며 나란히 걸어간다. 「메밀꽃 필 무렵」에서는 허생원과 동이가 부자관계라는 것이 밝혀지는 과정만큼이나, '허생원=나귀'라는 등식을 드러내는 과정 역시 중요한 플롯으로 기능한다. 허생원과 나귀는 집요할 정도로 동일시된다. "까스러진 목뒤털은 주인의 머리털과도 같이 바스러지고, 개진개개진 젖은 눈은 주인의 눈과 같이 눈꼽을 흘"리고 있다고 표현될 정도로 외양부터 둘은 닮아 있다. 늙은 허생원이 충줏집을 생각만 하여도 "철없이 얼굴이 붉어지고 발 밑이 떨리고, 그 자리에 소스라쳐 버"리듯이, 늙은 나귀도 김첨지의 암나귀를 보고서는 "저 혼자 발광"을 한다. 가장 중요한 것은 허생원이 아들 동이를 얻은 것과 마찬가지로, 나귀도 읍내 강릉집 피마에게 단 한 번 장가를 가 새끼를 얻었다는 사실이다.

이 그윽한 산골을 채우는 산, 내, 달빛, 메밀꽃, 나귀, 허생원 등은 통칭하여 자연이라 부를 수 있다. 이 산골에서는 인간도 하나의 자연에 지나지 않는다. 정확하게 표현하자면 인간은 자연의 경지로까지 순화되고 정화된다. 「메밀꽃 필 무렵」에서 인간 안의 자연은 다름 아닌 본능이고, 그것은 성욕으로 구체화된다. 처음 만난 허생원과 성서방네 처녀가 물방앗간에서 함께 밤을 보낼 수 있는 것도 그들이 자연으로서의 인간들이기 때문이다. 가난한 얼금뱅이 장돌뱅이와 마을에서 제일 가는 미색이 어떻게 처음 만나 어울릴 수 있겠느냐는 질문은 '산문의 독기'로 가득한 세속에서나 가능한 우문이다. 물방앗간의 허생원이나 성서방네 처녀는 모두 나귀이자 메밀꽃으로 숨쉬고 있을 뿐이다.

동이가 자신의 아들임을 확인한 후, 허생원이 빠지기도 하는 개천은 이 작품에서 매우 중요한 분기점을 형성한다. 이 개천은 물레방앗간이 놓여 있던 흥정천興亭川과 합류하여 평창강을 이루는 속사천束沙川이다. 이편과 저편을 가르는 하천의 상징적 의미에 어울리게, 개천을 건넌 후에 허생원은 나귀^{자연}가 되어 산골을 돌아다니던 모습과는 확연히

달라진다. 호젓한 밤길의 회상 속에서나 겨우 떠올리던 성서방네 처녀를 허생원은 실제로 만날 수 있게 된 것이다. "옛 처녀나 만나면 같이나 살까―난 거꾸러질 때까지 이 길 걷고 저 달 볼테야"라고 말하던 허생원은, 이제 그토록 그리던 여인을 만나고자 고향인 "길"을 떠나려고 한다. 나아가 성서방네 처녀가 살고 있는 제천으로 가는 것은, 봉평장에서 동이와 충줏집을 사이에 두고 실갱이를 벌이던 허생원성의 경쟁자로서의 상상적 아버지이, 아버지라는 이름이 모자라지 않은 진짜 아버지상징적 아버지가 되는 일이기도 하다.

　　허생원은 자연의 상태에 머물던 봉평을 넘어 속세로 건너가고 있는 것이다. 과연 허생원의 후일담은 어떻게 되었을까? 이 작품에는 그 후일담을 추측해볼 수 있는 이야기가 존재하는데 그것은 바로 허생원보다 20여 년 먼저 속세로 건너간 성서방네 처녀동이의 모친의 인생담이다. 동이의 모친은 달도 차지 않은 동이를 낳은 후 쫓겨나고, 이후 재가하여 남편으로부터 온갖 폭력을 당하며 술장사로 동이를 키워냈다. 그토록 낭만적으로 미화된 물레방앗간의 기억은 어쩌면 남성인 허생원의 시각에 의해서만 가능했던 것인지도 모른다. 「메밀꽃 필 무렵」은 시종일관 허생원의 시각으로 모든 것이 관찰되고 발화되는 서술적 특징을 지니고 있다. 그렇기에 여성인 성서방네 처녀는 대상화될 뿐, 직접적으로 자신의 생각이나 느낌을 발화하지 못한다. 혹시 물레방앗간의 기억은 허생원에게는 평생을 버티게 하는 '추억'이었지만, 성서방네 처녀에게는 평생을 힘들게 만든 '악몽'은 아니었을까?

이효석이 「메밀꽃이 필 무렵」을 창작하던 무렵의 봉평은 높은 봉우리들로 둘러싸인 산촌 중의 산촌으로서, 이효석이 자연을 근원으로 한 서정적인 세계를 구현하기에 가장 적당한 공간이었다. 그러나 오늘날 봉평은 더 이상 인간마저도 자연으로 변모시키는 신화적 공간과는 거리가 멀다. 영동고속도로가 봉평을 가로지른 지는 이미 수십년이 되어 가며, 봉평장에서 대화장으로 가는 일도 포장된 도로를 차로 달리면 10여 분으로 충분하다. 거기다 2018년 평창동계올림픽을 앞두고서 곧 KTX 평창역과 진부역이 완공될 예정이기도 하다.

21세기 봉평의 달라진 모습은 또 한 명의 강원도 평창 출신 작가 김도연이 쓴 「메밀꽃 질 무렵」『문장웹진』, 2006.6에도 잘 나타나 있다. 허생원의 후예들은 이제 트럭이나 승합차로 짐을 나르고, 매일 집으로 퇴근했다가 다음 장이 서는 곳으로 출근한다. 이효석이 그려 보였던 천인합일天人合一의 세계는 꿈속에서만 가능하고, 현실에서는 상상하기도 힘들다. 그것은 술에 취해 잠이 든 허동이가 전대와 신발을 다 털리는 것에서도 분명하게 드러난다. 이렇게 현실은 점점 각박해지며 따뜻한 옛날의 모습은 빠른 속도로 그 자취를 잃어간다. 어쩌면 이러한 변화 때문에 사람들은 「메밀꽃 필 무렵」의 봉평을 더욱더 그리워하는지도 모른다. 인간이 근원적으로 자연에 대한 향수를 지닐 수밖에 없는 존재라면, 봉평의 메밀꽃과 달빛과 허생원과 나귀에 대한 그리움 역시 우리들 가슴속에서 언제나 방울소리를 낼 것이다.

(2017)

13

한 마리
검은 갈매기

—

한흑구의 「봄의 초조(焦燥)」, 1937

한 마리 검은 갈매기

수필은 물론이고 시와 소설, 평론, 논문, 번역 등 다방면에서 활동한 한흑구^{본명 한세광(韓世光), 1909~1979}는 포항을 대표하는 문인이다. 태어난 곳은 평양이지만 1948년 포항으로 이주한 이후 1979년 별세할 때까지 포항을 떠나지 않았다. 그는 포항에서 흐름회¹⁹⁶⁷, 포항문인협회¹⁹⁷⁰, 한국문인협회 포항지부¹⁹⁷⁹를 창립하며 포항문학의 토대를 닦았다. 이를 기리는 많은 기념물이 포항에는 남아 있다. 청하 보경사 숲에는 한흑구 문학비가 1983년에 건립되었고, 2012년에는 호미곶 구만리에 한흑구 문학관이 조성되었다. 또한 두 권의 『한흑구 문학선집』이 만들어져, 그의 문학적 자취를 찾아보려는 이들에게 훌륭한 나침반 역할을 해준다.

포항에서 활동하던 무렵의 한흑구는 "온후하고 은둔적인 사색가"^{서정주}, "겸허와 달관으로 인생을 값있게 보내신 분"^{수필가 빈남수}, "겸허와 진실이 체질화된 사람"^{손춘익} 등으로 불린다. 이러한 평가는 동양에서 가장 이상적인 인간상 중 하나인 은자^{隱者}를 떠올리게 한다. 한흑구는 부귀공명에 집착하여 자신의 지조와 생명을 헐값에 팔아버리는 속인들과는 근본적으로 다른 인간형이었던 것이다. 끝없이 펼쳐진 푸른 바다를 유유자적하는 갈매기와 명리를 초월한 한흑구의 모습은 자연스럽게 어울린다.

그러나 이 흑구黑鷗, 검은 갈매기라는 필명이 만들어진 계기는 낭만과 조금 거리가 있다. 흑구라는 필명에는 조국 잃은 청년의 짙은 슬픔과 그것을 극복하고자 하는 강인한 신념이 새겨져 있기 때문이다. 청년 한세광이 1929년 3월 대양환大洋丸 2만 톤급의 여객선을 타고 아버지 한승곤이 있는 미국으로 갈 때, 검은색 갈매기 하나가 일주일이나 쉬지 않고 쫓아왔다고 한다. 한흑구는 그 검은 갈매기와 자신의 모습이 두 가지 측면에서 같다고 보았다. 첫 번째는 "옛 길을 버리고 새 대륙大陸을 찾아서 대양大洋을 건"너는 개척자의 모습이고, 두 번째는 "조국도 잃어버리고 세상을 끝없이 방랑"하는 유랑민의 모습이다. 흑구라는 필명에는 당시로는 드물게 시카고의 노스파크대학North Park College과 필라델피아의 템플대학Temple University에서 각각 영문학과 신문학을 공부한 선구자의 자부심과 조국을 잃어버린 식민지인의 비애가 담겨 있는 것이다. 거기에 덧붙여 흑구의 흑에는 "외로운 색, 어느 색에도 물이 들지 않는 굳센 색, 죽어도 나라를 사랑하는 부표符表의 색이라는 생각에서 '흑黑'자를 택하기로 했다"「나의 필명의 유래」, 『월간문학』, 1972.6는 말에서 알 수 있듯이, 변치 않는 애국심과 지조가 아로새겨져 있다.

해방 이전 한흑구는 필명 흑구가 조금도 부끄럽지 않은 삶을 산 열혈청년이었다. 한흑구의 삶은 아버지 한승곤 목사의 삶을 빼놓고는 설명할 수 없다. 기독교적 민족주의자인 한승곤은 미국에 간 지 3년만인 1919년에 흥사단 본부 의사장에 선임될 정도로 흥사단에서 중추적인 역할을 수행하였다. 한흑구도 미국에서 1930년 3월 홍사단에 입단하여 활동하였으며, 1934년 귀국한 이후에도 평양에서 동우회 활동을 이어갔다.[1]

일제 시기 민족운동은 크게 무장투쟁론과 실력양성론으로 나눠볼 수 있다. 무장투쟁론을 대표하는 이는 단재 신채호이며, "부지깽이라도

도산 안창호 기념관에 전시된 안창호의 사진들

태극서관을 창업할 때에

책사(冊肆)도 학교다.
책은 교사다.
책사는 더 무서운 학교요,
책은 더 무서운 교사다.

미주 대한인국민회와 흥사단 시절의 도산 안창호

한국독립당 결성을 추진할 당시의 도산 안창호

경기도 경찰부 형사과에서 취조받을 당시 도산 안창호

동우회 사건으로 서대문형무소에 수감되었을 당시 도산 안창호(1937)

安昌浩
1724

-----
1 한흑구의 흥사단 활동에 대해서는 한명수의 「한흑구는 민족시인이다」(『포항문학』 46, 2019, 10~50 면)를 참고.

동우회 활동
Activity in DongWooHoi

국내 흥사단 조직인 수양동우회가 발전한 동우회는 1931년 이후 민족주의
계열로 조직적인 독립운동을 전개하였다. 일제는 동우회 이사회 소집통지서를
일본어로 쓰고 회의도 일본어로 할 것을 강요하며 동우회를 탄압하였고, 결국
1937년 동우회 회원들을 총검거하며 동우회는 해산당하였다.

서거
Ahn Chang-Ho's Pass Away

동우회 사건을 설명하는
도산 안창호 기념관의 게시물

들고 나가서 싸우자"는 명제로 요약되는 그의 사상은 의열단의 투쟁
선언문으로 작성한 「조선혁명선언」[1923]에 잘 나타나 있다. 실력양성론
은 조선이 식민지가 된 이유를 실력의 부족에서 찾고, 독립을 위해서는
우선 다방면에 걸친 민족계몽이 필요하다는 입장이다. 이러한 실력양
성론을 대표하는 이가 도산 안창호이며, 그의 사상을 실천하는 단체가
바로 흥사단이다. 한흑구가 도산의 사상에 연결되어 있음은 도산의 체
포 소식을 듣고 지은 「잡혀간 님 - 도산 선생님께 드림」[『新韓民報』, 1932.10.6]
이라는 시에 잘 나타나 있다. "벌써 벌써 주고 간 님의 뜨거운 맘-아!
나를 어찌 떠나리이까?"라고 절규하는 이 시는 한흑구에게 도산이 거

의 육친화된 숭배의 대상이었음을 증명하기에 모자람이 없다. 1937년에는 아버지 한승곤 목사와 함께 흥사단의 후신인 수양동우회 사건으로 검거되어 고통을 받는다. 이때 일제는 도산 안창호를 비롯해 180여 명을 검거하였으며, 도산 안창호는 이 사건으로 사망한다.

흥사단 이념에 충실하여 민족독립운동에 매진하던 한흑구의 모습은 일제 시기 창작된 수필에 잘 나타나 있다. 수양동우회흥사단과 같은 계열의 단체의 기관지인 『동광』에 발표된 「젊은 시절時節」1933은 세상에 당차게 맞서고자 하는 젊은이의 의기로 가득하다. 이 글에서 한흑구는 젊은이의 신조로 "사어이상死於理想!"을 내세운다.

「재미在美 6년간 추억 편편片片」『신인문학』, 1936.3은 제목처럼 미국에서 생활하며 경험한 여러 가지 일들을 기록한 수필이다. 여러 에피소드를 관통하는 정신은 이 시기 한흑구의 마음 속에 가득한 민족의식이다. 한흑구는 "영문으로 창작을 힘 쓰는 동안 조선문 창작이 퇴래退來할 것"을 걱정하면서 "영문 공부도 조선인적 태도"로서 할 것을 결심하기도 하고, "해외에 있을 때 조선인적 태도를 몰각하는 사람"을 강하게 비판하기도 한다. 특히 템플대학에 다닐 때 동양 학생 강연회에 조선 학생 연사로 나서, 5분간이나 연단에서 머리를 숙이고 침묵하는 장면에서는 나라 잃은 청년의 고뇌가 묵직하게 느껴진다.

이 시기 한흑구는 미국 흑인들의 삶과 문학에 주목하는데, 이는 같은 피억압 인종으로서의 동질감에서 비롯된 것으로 보인다. 「재미在美 6년간 추억 편편片片」에는 방랑 중에 남부 흑인들이 사는 촌락을 지나며 "흑인종은 무엇하려 낳나? 목화송이나 따려 낳지!"라는 구슬픈 노래를 들으며 발을 멈추는 모습이 등장한다. 한흑구는 10여 편의 소설을 창작했는데, 「황혼의 비가」『백광』, 1937.5는 텍사스의 목화 농장에서 여전히 노예와 같은 삶을 살아가는 흑인들의 아픔을 형상화한 작품이다. 또한 「미국 니그로 시인 연구」『동광』, 1932.2 등의 평론을 통해서 흑인문학을 한국에 소개하기도 하였다.

한흑구는 자신의 수필관이 담긴 「수필의 형식과 정신」『월간문학』, 1971에서 "수필은 하나의 산문시적인 정신으로써 창작되어야 할 것이며, 줄이면 한 편의 시가 되어야 할 것이다"라고 할 정도로, 수필의 예술성을 중요시하였다. 「봄의 초조焦燥」『백광』, 1937는 일제 시기 수필 중에서 한흑구의 민족 의식과 예술적 형상화가 아름답게 조화를 이룬 명작이다.

이 수필은 "봄이 오는 것이 반가운 한편 무섭다"는 문장으로 시작된다. 반가운 것이 "생의 신비와 충동과 초조"라는 단어들로 표현되는 봄의 가공할 생명력이라면, 무서운 것은 보릿고개로 상징되는 춘궁春窮의 고통이다. "겨우내 찬밥도 못 먹고 끼니를 굶던 젊은 색시는 늙은 부모와 그 지아비와 옷 벗은 빨가숭이 어린애를 버리고 눈물과 한숨의 겨울을 원망하며 꽃 피는 봄을 찾아 걸어보지도 못한 산길을 더듬어 도망"가는 것이다. 도망간 젊은 색시가 향하는 곳은 한반도 너머의 저 먼 곳이다. 그것은 "이렇듯 춘궁의 한숨은 두만강을 넘고 춘궁의 눈물은 압록강을 넘는다"는 시적인 표현을 통해 드러난다. 심지어 생존의 고통에서 도망간 처녀는 "아지랑이 같이 엷은 처녀의 꿈은 도시의 항간巷間을 헤매고 혹은 버드나무 푸르게 서 있는 우물井 속에 잠겨 버린다"라는 암시적 표현에서 알 수 있듯이, 도시의 어둠 속을 헤매거나 죽음의 나락으로 떨어질 수도 있다. 동포의 삶과 현실에 누구보다 민감한 한흑구에게 봄은 낭만과 도취의 대상이 아닌 초조함을 가져오는 잔혹한 현실'봄의 초조'인 것이다.

식민지 시기 한흑구는 참으로 단단한 정신과 해박한 지성으로 민족의 고단한 현실을 누구보다 깊이 있게 통찰한 수필을 남겼다. 그것은 한흑구의 본래 성품에서 비롯된 바도 있겠지만, 식민지라는 시대 상황이 서정보다는 지성을 긍정보다는 비판을 요구한 까닭이라고 할 수 있다. 시대의 아픔을 탁월한 수필로 승화시킨 한흑구는, 어두워져 가는 하늘 아래 고고하게 떠올라 날카롭게 지상을 응시한 한 마리 검은 갈매기였던 것이다.

(2020)

14

한양, 경성, 게이조

—

유진오의 「김강사와 T교수」, 1939

한양, 경성, 게이조

유진오兪鎭午, 1906~1987의 「김강사와 T교수」는 일제 시기는 물론이고 현대문학사 전체로 확장해보아도 손꼽을 만한 지식인 소설이다. 일제 시기 하층민의 삶에 주목한 소설은 적지 않지만, 「김강사와 T교수」처럼 최상층 지식인의 고뇌를 다룬 소설은 드물다. 「김강사와 T교수」는 이상과 현실 사이에서 고민하는 지식인의 보편적 문제를 다룬 소설이면서, 동시에 식민지 지식인의 민족적 아픔을 담고 있는 작품이기도 하다. 식민지배자 일본인과 식민지인 조선인이라는 그 폭력적 위계는 이 작품에서 경성이라는 도시의 분리를 통해서 실감나게 드러난다. 「김강사와 T교수」는 크게 세 가지 판본1935년 1월에 발표된 『신동아』판(이 판본은 1935년 3월의 『삼천리』판과 동일), 1937년 2월에 일본어로 발표된 『문학안내』판, 1939년 『유진오단편집』에 수록된 학예사판이 존재하는데, 식민도시이자 이중도시로서의 경성이 지닌 특징은 1939년판 「김강사와 T교수」에 가장 선명하게 드러난다.

「김강사와 T교수」이외에도 유진오의 소설에는 서울의 로컬리티가 풍부하게 드러난 경우가 많다. 서울의 빈한한 거리 풍경이 자세하게 드러난 「스리」『조선지광』, 1927.5나 「오월의 구직자」『조선지광』, 1929.9, "거룩한 어머니의 손길"로 비유되는 향수로 삼종 증조부의 별장 창랑정現 마포구 현석동에 위치을 회고한 「창랑정기」『동아일보』, 1938.4.19~5.4, 종로 뒷골목의 카페에서 일하는 여급 푸로라가 등장하는 「나비」『문장』, 1939.7, 서울의 변두리였던 홍파동과 왕십리를 통해 전향 지식인의 소시민적 삶을 드러낸 「산울림」『인문평론』1941.1 등을 들 수 있다. 이것은 "서울서 나서 서울서 자라난 나"라는 작가의 고백처럼, 서울 가회동에서 태어나 평생 4대문 밖을 벗어난 적이 없는 실제 삶에서 비롯된 것으로 볼 수 있다.

유진오가 태어난 가회동 골목길

유진오는 1906년 서울 종로구 가회동에서 태어났다. 기계 유씨杞 溪兪氏 로서『서유견문』1895을 쓴 유길준, 한국 최초로『법학통론』1905을 쓴 유성준, 연희전문의 법학 교수 유억겸 등이 그의 친척이다. 부친 유치형도 관비유학생으로 게이오의숙과 주오대학에서 법학을 공부한 후 법률가, 교육자, 관리 등으로 활동하였다. 유진오는 1929년 경성제국대학 법문학부 법학과를 제1회로 졸업하였고, 이후 보성전문학교 강사를 거쳐 헌법 교수를 지내면서 조선의 토착 근대 사상을 대표하는 지식인이 된다. 1927년 「복수」, 「스리」 등을 발표하며 등단한 유진오의 소설 세계는 크게 두 시기로 나뉘어진다. 첫 번째는 등단 직후인 1920년대 후반부터 1930년대 초반까지로 사회적 문제에 관심을 많이 기울인 시기이다. 이 시기의 작품들은 빈민 계층을 제재로 의미 있는 사회의식을 드러내었다. 1930년대 중반부터는 초기의 경향문학적 요소를 벗어나 시정市井의 리얼리즘을 주장하였다. 이 계열의 작품들은 구체적인 삶의 현장에 가서 어떠한 선입견도 없이 그것들을 관찰하고 기록한다는 정신의 산물이다.[1]

이 중에서도 「창랑정기」는 서울의 로컬리티와 관련하여 주목할 만한 작품이다. 1927년에 등단한 유진오는 처음 동반자 작가라고 불릴만큼 사회주의적 의식을 드러낸 작품을 창작했지만, 1930년대 중반에 접어들면서 일제의 탄압으로 인해 더 이상 사회주의적 전망에 바탕한 작품활동을 하지 못한다. 1930년대 후반에는 과거의 사회주의적 의식을 지녔던 지식인들이 그 이념을 포기할 수밖에 없는 상황에서 겪는 여러 가지 생활상의 문제들을 성찰해가는 작품들을 창작하였다. 「창랑

---

1 유진오는 식민지 시기를 대표하는 지식인으로서, 이 시기 평단으로부터 가장 많은 주목을 받았다. 해방 이후에는 창작 활동을 중단하고 다양한 사회활동을 벌였다. 헌법 기초위원, 고려대 총장, 한일회담 수석 대표, 국회의원, 민중당 대통령 후보, 신민당 총재 등을 역임하고, 1987년 노환으로 별세하였다.

정기」는 "거룩한 어머니의 손길"로 비유되는 향수에 바탕해 자신의 유년시절을 회고하는 작품인 동시에, 식민지가 되기 전의 조선을 회고하는 작품이기도 하다. 30여 년의 거리를 둔 과거에 대한 회고 자체가 전망을 상실한 현재의 상황에서 비롯된 것이라고 할 수 있다.

「창랑정기」에서 낭만적으로 그려지고 있는 창랑정은 현재의 마포구 현석동 지역 한강가에 위치해 있었다. 이 작품은 대원군 시대에 이조 판서를 지낸 삼종 증조부 김종호가 창랑정에서 살고 있던 과거와 "하늘을 찌를 듯한 굴뚝으로 검은 연기를 토하"는 공장이 그 자리를 대신하고 있는 현재를 대비시키고 있다. 그러한 대비는 일제 시대 서울이 겪어낸 폭력적인 변화를 압축해서 보여준다. 작품은 최신식 여객기가 여의도 비행장을 활주하다가 하늘로 떠오르는 것으로 끝난다. 여의도 비행장은 1916년 일제에 의해 간이 비행장으로 만들어졌다가 1924년에 정식으로 승인되어서 군과 민간이 공동으로 사용하였던 일제 시대의 대표적인 공항이었다. 특히 여의도 비행장을 날아 오르는 비행기를 "강을 넘고 산을 넘고 국경을 넘어 단숨에 대륙의 하늘을 무찌르려는 전 금속제 최신식 여객기"라고 표현하는 대목에서는, 본격적으로 중국을 침략하던 당시 일제의 강력한 힘을 감각적으로 보여주고 있다.

「김강사와 T교수」의 주요한 갈등은 제목에서 알 수 있듯이, 조선인 김만필과 일본인 T교수 사이에서 발생한다. 일제의 폭압이 맹위를 떨쳐 양심적 지식인의 활동이 위축되던 1930년대 중반이 배경인 이 작품에서, 과거 사회주의운동에도 관여한 바 있는 김만필은 동경제대 독일문학과를 우수한 성적으로 졸업한 수재지만 일년 반 동안 룸펜생활을 한다. 결국 그는 평소 경멸해오던 도쿄제대 교수, 조선총독부 과장, 전문학교 교장에게 부탁을 하고서야 강사 자리 하나를 얻어내는 데 성공한다. 이러한 청탁의 연쇄고리보다 김만필을 더욱 고통스럽게 하는 것은 이 취업이 "정강이의 흠집"에 해당하는 경력, 즉 과거 사상 단체인 문화비판회 활동을 철저히 숨김으로써 가능했다는 사실이다.

그토록 힘들게 얻은 자리이지만, S학교에서의 생활은 결코 순탄하지 않다. 그곳에는 교활하기 이를데 없는 일본인 교수 T가 버티고 있는 것이다. T는 늘 웃음을 띄우고 있는 외양과는 달리 교활하고 비겁한 인물로서, 어느 조직에나 있을 법한 전형적인 모사꾼이다. 도련님 또는 책상물림의 티가 뚝뚝 묻어나는 김강사와 닳고 닳은 T교수의 대비를 통하여 이 작품은 지식인의 이상과 현실의 간극을 날카롭게 형상화하고 있다. 더욱 중요한 것은 T교수가 이전에 사회주의 활동을 한 김강사의 일거수 일투족을 "탐정견"이나 "셰퍼드"처럼 끊임없이 감시하며, 결국에는 김강사를 파멸시킨다는 점이다. 이러한 T교수는 일제의 간교함과 억압을 대표하는 인물로서의 전형성을 지닌다고 볼 수 있다.

강사와 교수를 주요인물로 내세운 소설답게 작품의 주요한 배경은 서울의 S전문학교이다. 이 학교는 유진오가 졸업했으며, 그 후에는 조수와 부수를 거쳐 예과 강사까지 역임했던 경성제대와 1933년부터 강사로 활동했고 이후에는 교수로 재직했던 보성전문을 합쳐 놓은 것으로 보인다. S전문학교의 당당한 교사校舍는 작품 발표 당시 유진오가 전임강사로 근무하던 보성전문의 본관을 닮아 있다. 이 본관은 1934년에 준공되었으며, 영국의 캐임브리지 대학과 미국의 예일 대학 본관을 모방하여 건축된 고딕풍의 호화찬란한 건물이었다. 그러나 구체적인 학교의 실상은 경성제대를 그대로 빼닮았다. 모든 교직원이 일본인으로 되어 있는 것이나 학생 역시도 일본인들 위주로 구성되어 있는 것이 경성제대의 특징에 부합하는 것이다.

S전문학교는 근대적 이성을 내세워 조선을 야만시하며 식민지 지배를 정당화했던 일제를 상징한다고 해도 과언이 아니다. 그것은 공간의 대비를 통해서도 분명하게 드러난다. "S전문학교의 당당한 철근 콘크리트 삼층 교사는 그 주위의 돼지우리같이 더러운 올망졸망한 집들을 발밑에 짓밟고 있는 것같이 솟아 있는 것"이다. 김강사는 취임식을 앞두고, "아침을 먹고 나온 하숙집 풍경, 그 더러운 뒷골목 속에 허덕거리고 있는 함께 있는 사람들, 하숙료를 못 내고 담뱃값에 쩔쩔매는 영화감독, 일년 열두 달 감시를 못 벗어나는 요시찰인인 잡지 기자, 아침부터 밤중까지 경상도 사투리로 푸성귀 장사, 밥값 못 낸 손님들을 붙들고 꽥꽥 소리를 지르는 하숙집 마나님"과 "이 당당한 건물, 가슴에 훈장을 빛낸 장교, 모닝의 교수들 사이"에는 도대체 무슨 관련이 있는 것인가라는 의문을 갖는다. 결론부터 말하자면, 두 세계 사이에 서 있던 김강사는 일본인들의 세계인 S전문학교에서 결국 더러운 뒷골목으로 표상되는 조선인들의 세계로 곤두박질치게 된다.

김만필의 시련은 일본인 교원만 가득한 S전문학교에서 본격적으로 시작된다. 조선인으로서 처음 교원이 된 김만필은 일본인들만 가득한 교관실에서 철저하게 홀로 남겨진다. 일본인 교원들은 신출내기이자 조선인인 김만필에게 아무런 말도 걸지 않는 것이다. 교관실에서는 노골적이고 맹목적인 식민주의적 담론이 공공연히 유통되기도 한다. T 교수는 자신이 조선의 민속에 대해 연구를 했다며, 거짓말하는 여자한 테는 똥을 먹인다거나, 조선 여자들이 살결이 고은 이유는 오줌으로 세 수를 하기 때문이라는 식의 어처구니없는 망발을 내뱉는다. 동료 일본 인 교원들이 모두 껄껄거리며 웃는 그 참담한 교관실에서, 조선인 김만 필이 할 수 있는 일이라고는 "그런 풍속이 어데 있단 말씀이오, 나는 듣 도 보도 못 했소"라는 말을 "겨우" 던지고는 교관실을 빠져나오는 것뿐 이다.

결국 T교수의 감시와 일본인 교원들의 따돌림으로 김강사는 강 박 관념에 쪼들리는 신경쇠약 환자같이 항상 마음의 위협을 느낀다. 이 토록 고통스러운 상황은 조선인이며 과거에는 사회주의 활동에도 열 심이었던 김강사에게는 "당초부터 정해진 운명"이었는지도 모른다. 이 곳에서 김만필이 겪는 괴로움은 유진오의 실제 삶과 무관하다고 할 수 없다. 유진오 역시 누구보다 뛰어난 학자였지만 조선인이라는 이유로 끝내 경성제대 교수가 되지는 못한 것이다.

일본인 관리^{교수}와 조선인 강사의 처지는 그들이 사는 집에서도 확 연하게 구분된다. H과장의 집은 북악산 밑 관사촌이며, T교수의 집도 "훌륭한 문화주택"이다. 관사촌은 삼청동 일대로 짐작되는데, 삼청동은 조선 시대는 물론이고 일제 시대에도 아름다운 풍광과 총독관저나 조 선총독부와의 근접성으로 인해 고급주택촌이 형성되어 있었다. 이에 반해 김강사는 근처의 "뒷골목 속 더러운 하숙"에서 지내며, 그는 하숙 온돌에 누워 "빈대 피 터진 벽"을 바라보고는 한다.

이러한 김강사와 T교수의 대비는 경성의 조선인과 일본인 전체로까지 확장해 볼 수 있다. 조선인 김강사와 일본인 T교수가 분명하게 구분되듯이, 1930년대 중반 서울은 일본인 거주지와 조선인 거주지가 선명하게 구분되었다. 실제로 식민지 시기 경성은 이중도시라고 할만큼 많은 일본인이 조선인과 함께 살고 있었던 것이다. 「김강사와 T교수」가 처음 발표된 1935년 당시 서울의 총인구는 약 44만 명이었고, 그중의 25% 이상이 일본인이었다. 그러나 조선인과 일본인의 거주구역은 조금 과장하자면 국경선이라고 부를 수 있을 만큼, 대략 청계천을 기준으로 하여 전통적인 조선인 거주지 북촌과 일본인 거주지인 남촌으로 구분되었다.

북촌을 대표하는 조선인의 공간이 종로라면 남촌을 대표하는 일본인의 공간이 혼마치本町, 충무로 일대이다. 혼마치를 중심으로 하여 오늘날의 남대문로에서 태평로, 회현동, 을지로, 명동 등에 일본인의 주요 거주지였던 남촌이 형성되었던 것이다. 이러한 공간상의 특징을 반영하듯 T교수가 김강사를 데리고 다니는 곳은 철저히 남촌에 한정되어 있다. 둘은 처음 동경 여자라는 모던 여성이 일하는 세르팡 술집에 갔다가, 이후에는 아사히마치旭町, 지금의 회현동에 있는 일본인 오뎅집으로 가서 술을 더 먹는다. 오뎅집을 나와서는 남촌의 상징인 미쓰코시 백화점 앞에서 택시를 타고 헤어지는 것이다.

일본인의 경성과 조선인의 경성은 매우 대조적으로 형상화된다. 연말을 맞이하여 일본인의 중심인 본정통은 매우 번잡하지만, 조선인들의 무대인 종로는 "일루미네이션만 헛되게 빛나고 세모 대매출의 붉

은 깃발이 쓸쓸한 섣달 대목 거리의 먼지
에 퍼덕이고 있"을 뿐이다. 새해가 되어
도 종로 거리에는 "장식 하나 없고 살을
에는 매운바람이 먼지를 불어 올릴 뿐"인
것이다. 이처럼 초라한 종로의 뒷골목에
는 "김만필과 비슷한 경우에 처해 있는"
젊은 사내들로 우글거린다. 일제 시기 "본
정이 부유한 일본인의 상징이라면 종로
는 빈곤한 조선인의 상징"[2]이라는 역사적
사실이, 「김강사와 T교수」에는 압축적으
로 드러나 있는 것이다. 수백년의 역사를
지닌 종로의 위축과 고작 수십년의 역사
를 지닌 본정의 융성은 식민지라는 조건

과 떼어놓고 생각할 수 없다. 주요 고객인 조선인들의 빈곤화와 북촌의
슬럼화로 인해 종로는 몰락하지 않을 수 없었으며, 총독부의 각종 지원
정책으로 인해 본정은 나날이 번화해지지 않을 수 없었던 것이다. 실제
로 김강사가 S전문학교로 가는 도중에 전차 창으로 보이는 북촌의 풍경
은 "더러운 바라크 집들이 톱니빨같이 불규칙하게 늘어서" 있다.

　　이중도시로서의 경성은 유진오의 「가을」『문장』, 1939.5에도 잘 나타
나 있다. 유진오는 일제의 탄압이 극심해진 1930년대 후반에 "오늘
의 정세하에서 섣불리 미숙한 철학을 내두르니보다는 편편한 시정市井

2　전우용, 「종로와 본정」, 『역사와 현실』, 한국역사연구회, 2001, 189면.

일제 시기 조선신궁터에 자리 잡은 안중근의사기념관

의 사실 속으로 자신을 침체시키는 것이 훨씬 더 위대에의 첩경"[3]이라는 '시정의 리얼리즘'을 내세운다. '시정市井의 리얼리즘'은 쉽게 말해 단장短杖을 들고 거리로 나가 시정 사람들의 일상적인 생활을 살펴봄으로써 새로운 가능성을 탐색하는 창작방법이다. 「가을」은 주인공 기호의 산책이라는 행위를 통해 시정의 리얼리즘이 미학적으로 구현한 작품으로서, 시정 편력의 행위는 자연스럽게 1930년대 말의 서울 시내를 구석구석 드러내는 효과를 발휘한다. 주인공 기호는 본래 "뜨거운 피, 날카로운 의기"를 지닌 지식청년이었지만, 지금은 어떠한 과거의 이념도 견지하고 있지 못하다. 그러한 상황은 겨울을 앞둔 가을의 상황으로 비유되고 있다. 답답한 마음에 산보를 나온 기호는 혜화정혜화동, 창경원창경궁, 원남정원남동네거리, 종묘 뒤 큰 거리, 돈화문 앞 파출소, 운이정운니동, 본정충무로, 황금정을지로, 안동 네거리, 창경원 정문 앞, 동소문을 지나는 것이다. 이 작품에서도 본정의 술집에서는 이랏샤이마시, 스깡히 도다와네, 맛다꾸다요, 시마이나사이요, 마다 하지맛다 등의 일본어가 자연스럽게 울려 퍼진다. 비록 짧은 시간이었지만 서울의 거의 절반이 일본인과 일본어와 일본풍으로 채워져 있었다는 사실은 가슴 아프지만 묻어둘 수만은 없는 서울의 또 다른 얼굴이다. [2017]

......
3 유진오, 「조선문학에 주어진 새길」, 『동아일보』, 1939.1.12.

15

자연의 법칙처럼
오고야 말 광복

—

이육사의 「청포도」, 1939

자연의 법칙처럼 오고야 말 광복

항일활동으로 체포되어 차가운 베이징 감옥에서 순국한 이육사 1904~1944만큼 저항시인이라는 명칭이 어울리는 문인은 없다. 39년 8개월을 이 땅에 머물렀을 뿐인 그의 삶은 조국 독립을 위한 수많은 투쟁과 고난으로 점철되어 있다. 널리 알려졌듯이 필명인 이육사는 장진홍 의사가 일으킨 대구은행 폭파 사건에 피의자로 연루되어 대구 감옥에 수감되었을 때 붙여진 수인번호 '二六四'에서 비롯된 것이다. 이후 이육사는 필명으로 소리가 같은 육사肉瀉, 육사戮史, 육사陸史를 함께 사용하다가 1935년 이후에는 육사陸史를 주로 사용하였다. 다양한 뜻의 '육사'라는 말에는 모두 강렬한 항일정신이 담겨 있다.

그의 항일투쟁은 안동, 대구, 일본, 서울, 중국에서 이루어졌으며, 특히 중국에서의 활약은 일본을 중심으로 활동한 다른 문인들과는 구별되는 이육사의 고유성이라고 할 수 있다. 그는 글과 생각에만 머문 것이 아니라 총을 드는 것도 주저하지 않은 열사였다. 이육사는 무장투쟁단체인 의열단원이였으며 조선혁명군사정치간부학교 1기생이기도 하였다. 민족을 위해 목숨까지 바친 그 고난의 삶은 이육사의 맏형 이원기가 1931년 이영우에게 보낸 서신의 다음과 같은 절규에서도 확인할 수 있다.

활군(육사)이 옥살이하는 정황을 탐문해보니 고통이 보통이 아니고 감방에서 병들어 누웠다고 합니다. 그 위독한 것은 말하지 않아도 알 만하니, 이 왜놈들은 도대체 어떤 인간들입니까? (…중략…) 이따위 세상에서는 비록 부처가 살아 있다 해도 막다른 길에서 통곡할 뿐 헤어날 수 없을 것이니, 차라리 확 죽어버리는 것이 나을 것 같습니다. 아, 생명을 부지한다는 것이 이처럼 고통스럽습니까?[1]

그렇다고 그를 '저항'시인으로만 보는 것은 육사의 삶과 문학에 대한 명백한 과소평가이다. 그는 '저항'시인이기도 하지만 저항'시인'이기도 하기 때문이다. 거대한 산맥의 등뼈와도 같은 그 단단하고 매운 정신은 결코 날 것으로 시에 드러나지 않는다. 이육사의 시는 충분한 미적 단련과 숙고를 거친 후에야 탄생한 결과물이다. 이육사는 1930년대 한국시단의 큰 흐름을 형성한 계급문학, 순수문학파, 모더니즘, 생명파 등의 어느 유형에도 속하지 않았지만, 그 모두를 아우르는 시세계를 펼쳐 나갔다. 그는 깊이 있는 사상과 세련된 언어, 거기에 새로운 감각과 진중한 생명의식까지 한데 아우르는 풍요롭고도 독창적인 시를 창조한 것이다.

그의 시를 지탱하는 가장 큰 힘을 꼽자면 유교적 세계관에서 비롯한 선비정신과 미적 전통을 들 수 있다. 동아시아에서 수천년 동안 갈고 닦여진 미적·인식적·윤리적 단련의 세례를 통해 이육사는 자신만의 고유한 인장을 한국 현대시사에 새길 수 있었던 것이다.

.....
1 도진순, 『강철로 된 무지개』, 창비, 2017, 295면.

이육사는 조선의 유학을 대표하는 퇴계 이황의 14대손으로 1904
년 경북 안동군 도산면 원천리에서 육형제의 둘째로 태어났다. 고향
인 원촌遠村을 빼놓고 이육사와 그의 문학을 이해한다는 것은 불가능하
다. 이 마을은 이황의 5세손이자 육사의 9대조가 터를 잡은 마을이다.
이 곳은 주자학적 질서가 삶의 전체를 촘촘하게 이끌어가는 곳으로서,
이러한 특징을 이육사는 "내 동리란 곳은 겨우 한百餘戶나 되락마락한
곳 모두가 내 집안이 대대로 지켜온 이따에는 말도 아니고 글도 아닌
무서운 규모가 우리들을 키워주엇습니다"「季節의 五行」,『조선일보』, 1938.12.24
라고 밝힌 바 있다. '무서운 규모'란 수백년 동안 원촌을 지배한 유교적
삶의 질서를 의미한다.

퇴계 이황 모소

유교를 자신의 종교라고 밝힌 이육사는 이러한 원촌의 분위기를 적극적으로 내면화하며 성장하였다. 이육사는 「전조기剪爪記」『조선일보』, 1938.3.2에서 자신이 여섯 살 때 『소학』을 배웠으며, 「은하수」『농업조선』, 1940.10에서는 7, 8세쯤에는 한시를 짓고 십여세 무렵에는 사서삼경을 공부하였다고 밝힌 바 있다. 「계절의 오행」『조선일보』, 1938.12.24에서는 열다섯에 이미 "수신제가치국평천하修身齊家治國平天下의 도道를 다 배웠다고 스스로 달떠" 있었다고 고백하기도 하였다.

수백년 길러온 선비정신은 독립운동으로 연결되었다. 역사학자 김희곤에 따르면, 독립운동사의 첫 장1894년 갑오의병이 열린 곳이 안동이고, 가장 많은 독립유공포상자2010년 기준 320여 명를 배출한 곳도 안동이며, 1910년을 전후하여 가장 많은 자결 순국자약 90명 가운데 10명를 배출한 곳 역시 안동이라고 한다.[2] 그중에서도 원촌과 고개 하나를 사이에 둔 하계는 그러한 항일정신의 중심이라고 할 수 있다. 예안의병장을 지냈으며 한일합방이 이루어지자 단식하여 순국한 이만도도 육사의 친척으로서 원촌과 당재라는 작은 고개 하나를 사이에 둔 하계 출신이다. 이육사의 그 뜨거운 삶과 문학의 모태는 안동의 원촌과 그곳을 지배한 유교적 세계로부터 비롯된 것이다.

이육사는 총 44편시조 1편과 한시 3편 포함의 시를 창작하였는데, 이 중에서 직접적으로 원촌이라는 지명이 등장하는 시는 없다. 그렇지만 간접적으로 시인의 고향을 연상시키는 시는 여러 편이 있으며, 필자는 이 중에서도 「청포도青葡萄」『문장』, 1939.8, 「자야곡子夜曲」『문장』, 1941.4, 「광야曠野」

2 김희곤, 『이육사 평전』, 푸른역사, 2010, 251면.

『자유신문』, 1945.12.17를 '육사의 고향 3부작'으로 규정하고자 한다. 이들 시에는 육사의 전통적인 고향 분위기가 깊게 드러나 있기 때문이다. 이 중에서도 「청포도」『문장』, 1939.8는 시인 자신이 생전에 "가장 아끼는 작품"[3]으로 늘 말하고는 했다고 한다.

청포도

내 고장 칠월(七月)은
청포도가 익어가는 시절

이 마을 전설이 주저리주저리 열리고
먼데 하늘이 꿈꾸려 알알이 들어와 박혀

하늘 밑 푸른 바다가 가슴을 열고
흰 돛단배가 곱게 밀려서 오면

내가 바라는 손님은 고달픈 몸으로
청포靑袍를 입고 찾아온다고 했으니

내 그를 맞아 이 포도를 따 먹으면
두 손은 함뿍 적셔도 좋으련

.....
3 위의 책, 199면.

아이야 우리 식탁엔 은 쟁반에

하이얀 모시 수건을 마련해 두렴

「청포도」는 흰 색과 푸른 색의 강렬한 대비를 통하여, "내 고장"의 맑고 깨끗한 이미지를 한껏 고양시키고 있다. 이 곳은 결코 욕 되고 더러운 세력이 자신의 그림자를 드리울 수 없는 성지인 것이다. 또한 육사는 엄혹한 일제 시절이지만 반드시 오고야 말 "손님"에 대한 강렬한 믿음을 보여주고 있다. 손님이 온다는 사실은 마치 칠월이 되면 늘 청포도가 익어가는 것과 같은 불변의 자연적 질서인 것이다. 그렇기에 중요한 것은 맑고 깨끗한 이 곳에서 반드시 올 손님을 담담하게 맞이하는 준비일 뿐이다. 1939년이라는 일제 말기에 수많은 지사들마저 변절의 길을 가는 상황에서, 이육사는 자연의 법칙처럼 도래할 광복을 조금도 의심하지 않았던 것이다.

「청포도」와 관련한 기념물은 이육사의 고향 원촌에 집중되어 있다. 1993년에 안동시 원천리 생가 터에 세워진 시비에도 시 「청포도」가 새겨져 있으며, 2004년에 개관한 이육사문학관 앞에는 청포도샘이, 문학관에서 육사 묘에 이르는 구간에는 청포도 오솔길이 만들어져 있다. 흥미로운 것은 경북 포항에도 여러 기념물이 조성되어 있다는 점이다. 호미곶과 동해면 면사무소 앞에는 「청포도」 시비가 세워져 있으며, 옛날 미쯔와 포도원 인근에는 청포도 문학공원이 조성되어 있다. 이것은 육사가 김대정의 안내로 식민지 시기 거의 유일한 포도원이었던 포항의 미쯔와 포도원을 방문한 후에 영감을 얻어 「청포도」를 창작했다는 증언에 따른 것이다.

「청포도」의 배경을 안동의 원촌이나 포항의 포도원으로 한정짓는 것은 결코 본질적인 일은 아닌지도 모른다. 육사가 「청포도」에서 진정 말하고자 했던 '고장'과 '마을'은 그 어떤 불의의 세력으로부터도 훼손되지 않는 숭고한 공간이자 언젠가는 반드시 빛을 되찾고야 말 공간으로서의 조선이기 때문이다. 당연히 그 조선에는 매운 선비정신을 담뿍 머금은 원촌은 물론이고, 참신한 포도송이로 생명력의 향취를 내뿜던 미쯔와 포도원도 포함된다. 육사의 그 굴강한 정신이 있었기에 한국 근대문학사는 부끄럽지 않은 내면의 당당함을 갖게 되었다고 감히 말할 수 있을 것이다.

(2020)

안동의 생가터에 세워진 「청포도」 시비

16

절대의 순간
써내려 간
양심의 기도문

이육사의 「광야」, 1945

절대의 순간 써내려 간 양심의 기도문

'육사의 고향 3부작' 중에서 두 번째에 해당하는 「자야곡」은 「청포
도」와 거의 반대되는 이미지와 분위기로 가득 차 있다. 「청포도」가 흰
색과 푸른 색의 청신한 대비를 통하여 아름다운 고향과 자연의 법칙처
럼 반드시 오고야 말 광복의 희망을 감미롭게 노래했다면, 「자야곡」에
서는 더 이상 그러한 희망의 밝은 분위기는 찾아보기 어렵다.

제목부터 생명의 푸른 빛이 가득한 '청포도'에서 새까만 어둠으로
가득한 '자야곡'으로 바뀐 것이다. 자야곡은 자야子夜의 노래라는 뜻으로
서, 자야는 자시子時, 밤 11시부터 새벽 1시인 한밤중을 의미한다. 또한 6연 12
행으로 되어 있는 「자야곡」의 첫 번째 연과 마지막 연은 "수만호 빛이라
야 할 내 고향이언만 / 노랑나비도 오쟎는 무덤 위에 이끼만 푸르리라"
이다. 수만호는 빛이 아름답고 광택이 나는 석영의 하나인 수마노水瑪瑙
를 의미하는데, 본래 고향은 그 아름다운 빛깔로 가득해야 하건만 지금
은 그 빛은 바랄 수도 없고 노랑나비도 오지 않는 곳이 되었다. 그 결과
무덤 위에 죽음을 연상시키는 푸른 빛을 지닌 이끼만 가득할 뿐이다. 시
의 나머지 부분에도 "검은 꿈", "짜운 소금", "바람", "눈보라", "매운 술"
등의 표현이 고향의 암담하고 괴로운 현실을 더욱 부각시킨다.

「청포도」로부터 「자야곡」까지는 고작 2년의 시간도 지나지 않았
는데, 어떻게 고향의 느낌은 이토록 달라진 것일까? 그 원인은 시대적

차원과 작가 개인 차원의 이유 두 가지를 모두 생각할 수 있다. 2년여의 시간 동안 일제의 탄압은 극단을 향해 치닫는다. 1939년 10월에는 국민징용령이 실시되었고 친일문학단체인 조선문인협회가 결성된다. 1940년 2월에는 총독부에서 창씨개명을 실시하였고, 8월에는『조선일보』와『동아일보』가 강제 폐간당한다. 1941년 3월에는 초등학교 규정을 공포하여 조선어 학습을 전면적으로 폐지하였다. 바야흐로 일제는 조선인의 말과 성을 빼앗고, 황국신민화의 단계로까지 우리 민족을 내몰았던 것이다.

누구보다 민족의 아픔과 함께 해왔던 이육사 개인에게도 이 시기는 고통과 비극이 점차 강화되는 시기였다. 1941년 이육사는 폐질환으로 경주의 옥룡암 등에서 요양을 해야 했으며, 가을에는 명동 성모병원에 입원한다. 이때 친동생처럼 가까이 지내던 시인 이병각이 이육사가 입원해 있는 성모병원에서 폐병으로 요절하는 아픔을 겪는다. 또한 이해에는 유교에서 절대적인 존재로 여기는 아버지 이가호가 별세한다. 이러한 절망의 막다른 골목에서 탄생한 시가 바로「자야곡」인 것이다.

이후에도 이육사가 겪는 고난의 강도는 가파르게 상승한다. 1942년 6월에 어머니가 별세하고, 두 달 후에는 가장 역할을 하던 맏형 이원기마저 별세하는 것이다. 의지할 가족은 사라지고 자신의 폐병도 극한에 이른 상황. 범부라면 자신 하나도 추스르기 어려운 고통 속에서 이육사는 물러서기는커녕 오히려 앞을 향해 당당하게 나아간다. 1943년 4월 주위의 만류를 무릅쓰고 조국 광복을 위해 홀연히 베이징으로 떠나는 것이다. 역사학자 김희곤에 따르면, 이육사가 베이징에 간 것은

이육사 묘소

당시 중국지역 독립운동계의 양대 세력인 임시정부와 조선독립동맹의 전선통일에 그가 일조하고자 했기 때문이라고 한다.[1] 이육사의 중국행은 시인의 개인적 사정이나 시대적 상황을 고려할 때, 일종의 순국을 향한 길이었다고 해도 과언이 아니며, 결국 그는 1944년 1월 16일에 베이징 감옥에서 짧지만 강렬한 삶을 마감한다. 그 죽음을 마주한 절대의 순간 유언처럼 창작한 시가 바로 「광야」이다.

「광야」는 「꽃」과 더불어 해방 이후 1945년 12월 17일 자 『자유신문』에 발표된 이육사의 유작이다. 이것은 마치 일제 말기 또 한 명의 저항시인이라 불리던 윤동주의 작품들이 해방 이후에야 유작의 형식으로 우리 민족의 품에 전달된 것과 비슷하다.

......
1 김희곤, 『이육사 평전』, 푸른역사, 2010, 228~231면.

광야

까마득한 날에
하늘이 처음 열리고
어데 닭 우는 소리 들렸으랴

모든 산맥들이
바다를 연모해 휘달릴 때도
차마 이곳을 범하든 못 하였으리라

끊임없는 광음을
부지런한 계절이 피어선 지고
큰 강물이 비로소 길을 열었다

지금 눈 나리고
매화향기 홀로 아득하니
내 여기 가난한 노래의 씨를 뿌려라

다시 천고의 뒤에
백마 타고 오는 초인이 있어
이 광야에서 목 놓아 부르게 하리라

이 작품은 광야廣野와 황야荒野의 두 가지 의미 사이에서 고유한 시적 의미를 확보하고 있는 시이다. 제목이기도 한 광야曠野는 "아득하게 넓은 벌판"과 "버려두어 거친 들판"이라는, 즉 신성한 땅이라는 광야廣野와 황폐한 땅이라는 황야荒野의 두 가지 의미를 지니고 있다. 이육사는 다분히 이러한 중의성을 의식하면서 시적 효과를 최대치로 끌어올린다. 이 작품은 '과거-현재-미래'로 이어지는 시간적 질서에 따라 시상이 전개되는데, 이러한 시간의 흐름에 따라 이곳은 '광야廣野-황야荒野-광야廣野'로 변하는 것이다.

과거에 이 땅은 닭 울음 소리조차 들리지 않으며 그 강한 산맥조차 넘볼 수 없는 신성한 곳廣野이었다. 그러나 현재 이 곳은 눈이 내리는 고난의 땅荒野이 되었다. 이러한 상황에서 시인은 이 곳을 다시 신성한 곳廣野으로 되돌리기 위한 필사의 노력을 기울이고자 한다. 그러한 도전을 가능케 하는 것이 바로 여전히 남아 있는 매화 향기이다. 또한 이 매화향기는 이 시의 광야를 만주 대륙과 연결지어 바라본 그동안의 논의를 교정할 수 있는 중요한 근거가 된다. 매화는 황해도 이남 지역에서 자라기 때문에 만주에서 매화를 발견하는 것은 불가능하기 때문이다.

홀로 아득한 매화 향기를 통해 이 시에 등장하는 광야는 시인의 고향인 원촌과 자연스럽게 연결된다. 매화는 매서운 눈보라와 추위 속에서도 꽃을 피우는 절의節義의 상징으로서, 조선 시대 선비들이 아끼던 꽃이다. 특히 이육사의 선조이기도 한 퇴계 이황은 매화를 각별히 사랑하였다. 퇴계는 매화를 매형梅兄, 매군梅君이라고 부를 정도로 가까이 했으며, 죽기 직전에 시자를 시켜 매화에게 물을 주도록 했다고 한다. 이육사는 「전조기」『조선일보』, 1938.3.2나 「은하수」『농업조선』, 1940.10와 같은 산문에서 어린 시절 집의 화단에도 옥매화, 분홍매화 등이 있었음을 밝히고 있다.

이러한 매화향기를 바탕으로 이육사는 이 땅에 "가난한 노래의 씨를 뿌"리고자 한다. 「청포도」에서 손님은 자연의 순환질서처럼 반드시

원촌의 광야

올 존재이지만, 지금은 그러한 기다림을 뛰어넘는 필사의 투쟁을 통해서만 새로운 세상은 도래할 수 있는 것이다. 이러한 고투의 과정을 거친 후에야 이 땅은 초인이 오는 광야廣野가 될 수 있다. 고난과 시련이 심해질수록 더욱 강렬하게 새로운 세상을 꿈꾸며 저항하는 것은 오직 고매한 정신만이 보여줄 수 있는 일이다. 실제로 수많은 문인들은 일제 말기에 제 한 몸을 건사하기 위해 온갖 오욕의 난경을 보여주었다. 이육사는 그 어지러운 난무 속에서도 진정한 의로움과 아름다움의 세계를 온몸으로 보여주었던 것이다. 그렇기에 「청포도」, 「자야곡」, 「광야」로 이어지는 이육사의 고향 3부작은 우리 민족이 가장 어려웠던 시절에 써내려간 양심의 기도문이라고 말할 수 있을 것이다.

〔2020〕

17

천년 고도古都에서
태어난
환상의 지도

박목월의 「춘일」, 1946

천년 고도古都에서 태어난 환상의 지도

해방 직후인 1945년 12월에 당시 조선문단을 대표하던 김남천, 이원조, 이태준, 한효, 한설야, 임화, 이기영, 김사량이 봉황각이란 중국 요리집에 모인다. 문인들의 친일 문제를 논의하기 위해서이다. 이 자리 에서는 지금도 음미할 만한 여러 논점들이 제시된다.

이태준은 8·15 이전에 가장 위협을 느낀 것은 "문학보다 문화요 문화보다 다시 언어"였다면서, 조선어가 말살되는 상황에서 일본어로 글을 쓴 것은 절대 용납할 수 없다는 논지를 펼친다. 이태준의 이 발언 은 이 자리에 모인 문인 중에서 일본어 소설 「빛 속으로光の中に」『문예수도』, 1939.10로 아쿠타가와상 후보작에까지 올랐던 김사량을 겨냥한 것이었다.

이에 일제 말기 조선의용군의 중심지인 태항산으로 탈출하여 항 일활동을 벌인 김사량은 문화인이란 "이보 퇴각 일본 전진"의 자세로 싸우는 자이며, 언어가 중요한 것이 아니라 "무엇을 어떻게 썼느냐가 논의될 문제"라고 반박한다. 그러나 심중에는 일본어 글쓰기에 대한 자괴감이 있었는지, 일제 말기 문인의 가장 이상적인 모습으로 "붓을 표면에서는 꺾었으나 그래도 골방 속으로 책상을 가지고 들어가 그냥 끊임없이 창작의 붓을 들었던 이"를 제시하며, 그런 문인이 있었다면 "우리는 그 앞에 모자를 벗지 않을 수가 없습니다"[1]라고 덧붙인다.

1 김사량, 「문학자의 자기 비판」, 『인민문학』, 1946.2.

187

사용이 금지된 조선어로, 그것도 발표를 기약할 수도 없는 작품을 쓴다는 것은, 결단코 범인凡人이 흉내낼 수 있는 일이 아니다. 그러나 한국문학사에서는 다행히도 조선어가 사라지고 일제에의 맹목적인 복종만이 요구되는 시대에도, 소중한 조선어로 우리의 삶과 자연을 노래한 문인들이 있었다. 오늘 살펴보려고 하는 박목월朴木月, 1916~1978도 바로 그 자랑스러운 얼굴 중의 하나이다.

윤석중尹石重, 1911~2003은 「어린이날 노래」, 「퐁당 퐁당」, 「고추 먹고 맴맴」등 약 1200편의 동시를 발표한 한국의 대표적인 아동문학가이다. 그는 1940년대 도쿄에서 공부하다가 방학을 맞아 서울로 가는 길에 경주에 있는 박목월을 방문한다. 운석중은 1930년대 잡지 『어린이』, 『소년중앙』, 『소년조선일보』의 편집자로 일하면서 동요작가인 박목월과 인연을 맺었던 것이다. 박목월은 중학교 3학년이던 1932년부터 동요를 투고하다가, 1933년 6월 『신가정』에 「제비맞이」가 현상 당선되면서 정식으로 등단한 동요 시인이었다. 동요 시인으로 활동하던 당시에는 목월木月이라는 필명 대신 본명 영종泳鍾을 사용하였다.

윤석중은 박목월의 집에서 하룻밤을 묵으면서 밤을 새워 동요이야기를 하다가 "발표할 데도 없고, 불러 줄 아이도 없는 노래를 자꾸 지어서는 무얼 하누……"라고 탄식한다. 그 말을 듣자 박목월은 정색을 하면서 땅을 파고 묻어 두면 되지 않겠느냐고 말했다고 한다.[2] 이 당시 박목월은 실제로 주옥같은 시를 우리말로 써서 해방의 날까지 땅에 파

......

2 윤석중, 「목월과의 사귐」, 『박목월, 순한 눈망울을 스쳐간 인연들의 회상록』, 국학자료원, 2008, 35면.

묻어 두었으니, 그것이 바로 『청록집』에 수록된 15편의 명시들이다.

1916년 경북 월성군^{현 경주시} 건천읍 모량리 571번지에서 태어나 자란 박목월은, 해방 이전까지 경주의 품 안에서 시인으로 성장하였다. 그의 산문 「나와 『청록집^{靑鹿集}』 시절」에서 박목월은 문학청년 시절 경주에서 문학에 뜻을 둔 친구는 김동리, 이기현 등이 있었지만, 어울릴 기회는 많지 않아 "나는 늘 혼자였다"며 "실로 내가 벗할 것이란 황폐한 고도^{古都}의 산천과 하늘뿐이었다"고 고백한다. 그래서 경주의 동부 금융조합 서기 일이 끝나면 반월성으로, 오릉으로, 남산으로, 분황사로 돌아다녔다는 것이다. 경주에서 꽃 같은 젊음을 보내며, 왕릉에 누워서 달을 보거나 오래된 기와 조각을 툭툭 차면서 길을 걷는 박목월의 모습이 손에 잡히듯 생생하다.

경주 오릉

　　『청록집』은 "이 풀 길 없는 고독이 안으로 응결"[3]되어 탄생한 것이다. 『청록집』에 수록된 15편의 작품 중에서 「춘일春日」은 직접적으로 경주를 배경으로 한 작품이다.

　　춘일

　　여기는 慶州

　　新羅千年……

　　타는 노을

　　아지랑이 아른대는

　　머언 길을

　　봄 하로 더딘 날

　　꿈을 따라가며는

　　石塔 한 채 돌아서

　　鄕校 門 하나

　　丹靑이 낡은 대로

　　닫혀 있었다.

　　「춘일」은 교촌에 있는 향교가 배경이며, 열릴 듯 안타깝게 닫혀 있
‥‥‥
3 박목월, 「나와 『청록집』 시절」, 『박목월』, 문학사상사, 2007, 271면.

는 향교문과 '타는 노을'의 이미지를 통해서 천년 고도에 대한 아련한 그리움을 감추듯 드러낸 작품이다. 이러한 애수는 일제 말기라는 상황과 맞물려 민족적 정서를 자극하는 차원으로까지 확장된다.

일반적으로 박목월의 시세계는 크게 자연을 대상으로 한 초기『청록집』(을유문화사, 1946),『산도화』(영웅출판사, 1955), 가족과 일상을 소재로 한 중기『난(蘭)』(기타신구문화사, 1959),『청담』(일조각, 1964),『경상도의 가랑잎』(민중서관, 1968), 존재의 근원을 탐구한 후기『무순』(삼중당, 1976)로 나뉘어진다. 그런데 박목월에게는 경주를 소재로 한 작품이『청록집』시절부터 말년에 해당하는「무제無題」『심상』, 1977.7에 이르기까지 한결같이 나타난다.「불국사」,「선도산하」,「사향가」,「춘일」,「청운교」,「토함산」,「왕릉」,「보랑」,「무제」등을 대표적으로 들 수 있으며, 이들 작품은 불국사, 선도산, 청운교, 토

교동에 있는 경주향교

함산, 안압지, 석가탑 등의 명승고적을 박목월 식의 절제된 언어와 빼어난 음악성으로 표현한 가작佳作들이다. 특히 「사향가思鄕歌」는 경주가 시인에게 얼마나 신성한 곳인지를 잘 보여준다.

사향가

밤차를 타면
아침에 내린다.
아아 慶州驛.

이처럼
막막한 地域에서
하룻밤을 가면
그 안존하고 잔잔한
영혼의 나라에 이르는 것을.

千年을
한가락 微笑로 풀어버리고
이슬 자욱한 풀밭으로
맨발로 다니는
그 나라
百姓. 고향사람들.

땅위와 땅아래를 분간하지 않고

연꽃하늘 햇살속에

그렁저렁 사는

그들의 항렬을. 姓받이를.

이제라도

갈까부다.

무거운 머리를

車窓에 기대이고

이승과

저승의 강을 건느듯

하룻밤

새까만 밤을 달릴가부다

무슨 소리를.

발에서 足枷

손에는 쇠고랑이

귀양온 영혼의

무서운 刑罰을.

이 자리에 앉아서

돌로 화하는

돌결마다

193

구릿빛 싯벌건 그 무늬를

— 『난. 기타(蘭.其他)』, 신구문화사, 1959

경주는 시인이 사는 서울에서 하룻밤을 가야 닿을 수 있는 곳이지만, 서울과 경주는 "막막한 地域"과 "그 안존하고 잔잔한 영혼의 나라"에 해당할 정도로 대비적이다. 시인의 경주에 대한 동경은 점차 확대되어 서울과 경주는 "이승과 저승"에 해당하는 극단적 대비를 이룬다. 경주가 이토록 위대한 것은 이름난 곳이 많아서가 아니라 경주에 사는 사람들이 "千年을 / 한가락 微笑로 풀어버리고" 사는, "연꽃하늘 햇살 속에 / 그렁저렁" 사는 위인들이기 때문이다. 서울에서의 삶을 "귀양온 영혼의 / 무서운 刑罰"이라고 생각하는 시인에게 경주는 어머니의 몸과도 같은 영원한 귀의처인지도 모른다. 그렇기에 그곳은 마지막 연에서 알 수 있듯이, 결코 현실에서는 도달가능한 곳이 아니다.

한동안 박목월이 시로 표현한 자연에 대한 논란이 있었다. 일테면 「나그네」의 "술 익은 마을마다 / 타는 저녁놀"이 피폐한 일제 말기의 조선 현실을 미화했다는 식의 비판이 있었던 것이다. 이에 대해서는 그동안 충분한 반박이 있었으며, 현재는 「나그네」와 같은 작품에 등장하는 자연이 실제로 존재하는 현실을 모방한 것이 아니라 시인이 어둠의 극단에 이른 현실을 이겨내기 위한 방편으로 창조한 상상의 공간이자 미의 유토피아라고 보는 견해가 일반적이다. 박목월 자신도 일제 말기의 그 어둡고 불안한 시대에 푸근하게 은신할 수 있는 곳이 그리웠으나, 당시의 조국은 일본 치하의 불안하고 되바라진 땅이었기에 자기 나름대로 "환상의 지도"⁴를 마련했다고 밝힌 바 있다. 그러나 「사향가」
에 나타난 그 절절한 향수를 떠올린다면, 박목월이 창조한 그 아름다운
'환상의 지도'는 분명 경주라는 고향이 있었기에 창조된 유토피아라고
규정할 수 있을 것이다.

[2020]

. . . . . .
4 박목월, 「구강산(九江山)의 청록(靑鹿)」, 『박목월』, 문학사상사, 2007, 316면.

18

구경^{究竟}적 생의 형식의 탐구와 그 타개

구경究竟적 생의
형식의 탐구와
그 타개

—

김동리의 「역마」, 1948

구경究竟적 생의 형식의 탐구와 그 타개

주말의 화개장터는 언제나 사람들로 붐빈다. 경남 하동군 화개면 탑리에 위치한 화개장터는, 섬진강에서 돛단배가 드나들 수 있는 최상류 지점에 위치하여 조선시대 때부터 지리산 일대와 남해를 이어주는 상업 중심지로 기능하였다. 해방 이전에는 조선의 5대 시장 중 하나에 꼽힐 정도로 번성했지만, 교통의 발달과 유통과정의 변화 등으로 해방 이후 쇠퇴의 길을 걸었다. 오늘날 화개장터는 하동군과 지역민들의 뜻을 모아 문화관광형 전통시장으로 새롭게 부활하고 있다. 특색 있는 전통시장으로의 부활은 한국의 대표적 단편소설인 김동리의 「역마」『백민』, 1948.1가 있었기에 가능한 일이다. 화개장터에는 「역마」를 테마로 한 역마상과 옛 보부상의 조형물이 설치되어 있으며, 이외에도 장돌뱅이들의 저잣거리와 난전, 주막, 대장간 등이 「역마」의 명성으로 인해 단순한 건축물 이상의 아련한 향기를 내뿜는다.

화개장터비

김동리의 「역마」는 시간적 배경이 대단히 모호하지만, 주요 공간인 화개장터에 대한 묘사는 매우 상세하다.

시작 부분에 자세하게 묘사된 화개장터의 기본적인 특징은, 이곳이 만물이 만나고 헤어지는 유랑의 공간이라는 점이다. 경상 전라의 접경인 화개장터에서는 구례와 화개협에서 흘러내린 냇물이 섬진강과 만나고, 하동, 구례, 쌍계사의 세 갈래 길이 얽혀든다. 장날이면 지리산 화전민들의 산채가 화갯골에서 내려오고, 전라도 황아 장수들의 생필품들이 구례길에서 넘어오며, 하동길에서는 섬진강 하류의 해물이 올라온다. 이처럼 여러 가지 산물과 지리와 인간이 어우러지고 갈라서는 화개장터의 유동적인 성격이 주인공 성기에게 성격화된 것이 바로 역마살驛馬煞이다. 전통사회에서 인간의 운명을 바라보는 대표적인 방법으로는 풍수風水와 사주四柱를 들 수 있다. 풍수가 공간의 기氣와 관련하여 인간의 운명을 바라본다면, 사주는 시간의 기와 관련하여 인간의 운명을 바라본다. 성기의 역마살은 화개장터라는 공간의 기가 시간의 기로 전환되어 운명화된 것이다.

제목이기도 한 역마는 당사주唐四柱, 중국 당나라 이허중의 점서에 그림을 넣어 도해하고 한글로 알기 쉽게 풀이한 책의 역마살을 가리킨다. 역마는 늘 분주하게 이리저리 떠돌아다녀야 하는 운명을 말한다. 오늘날에는 그리 나쁠 것도 없는 팔자지만, 정착을 기본으로 하는 농경사회에서 떠돌아다니는 삶은 주로 하층민남사당, 장똘뱅이 등들의 몫이기에 역마살은 액운일 수밖에 없다. 옥화는 역마살을 타고난 아들 성기의 액운을 없애기 위해 동분서주한다. 성기를 쌍계사로 보내거나 책장사를 시켜 역마살을 때우려고도 하고, 색시와 짝을 지어서 생활이라는 진창에 꽉 붙들어매려고도 한다. 남사당의 딸이자 운수납자雲水衲子, 구름이나 물처럼 떠돌아 다니는 승려를 성기의 아버지로 둔 옥화는 어떻게 해서든 성기만은 역마살의 액운으로부터 벗어나도록 하고 싶은 것이다. 옥화의 비원은 체장수 영감이 데려온 계연이를 통해 거의 성사 단계에 이른다. 옥화는 계연과 성기를 맺어주기 위해 갖은 노력을 기울이고, 성기도 계연과 깊은 연정을 나누는 것이다. 둘이 가정을 이루어 한 곳에 정착한다면, 성기는 남사당 할아버지나 운수납자인 아버지와는 달리 뿌리내린 삶을 살 수 있다. 그러나 옥화의 소원이 성취되려는 순간에, 아이러니하게도 다른 누구도 아닌 옥화 스스로 계연이가 자신의 이복동생이라는 것을 알아내는 바람에 모든 일은 허사가 되어 버린다.

　그토록 사랑하는 계연이를 떠나보낼 수밖에 없었던 성기는 한참을 앓아 누웠다가 계연이를 처음 만났던 여름이 돌아오고 나서야 다시 몸을 추스른다. 역마살의 극복이라는 옥화의 비원에서 벗어난 성기는 새로 맞춘 나무 엿판을 느직하게 엉덩이 즈음에다 걸어매고 길을 나선다. 그런 성기 앞에는 화갯골로 난 길과 구례로 난 길, 그리고 하동으로 난 세 갈래 길이 펼쳐져 있다. 이 세 갈래 길은 모두 고유한 의미를 지닌다. 화갯골로 난 길은 쌍계사로 이어진 길이고, 그것은 성기가 역마살을 극복하려던 노력과 연결된다. 구례 쪽으로 난 길은 계연이 체장수 영감과 떠나간 길로서, 성기가 계연과의 인연을 계속 이어갈 가능성을 암시한다. 마지막 하동으로 난 길은 유랑의 삶을 의미하고 그것은 역마살이라는 자신의 운명에 순응하는 것이 된다. 역마살과 관련해서 성기는 극복, 거부, 순응이라는 세 가지 선택지를 마주한 것이다. 이 중에서 성기가 선택하는 것은 하동으로 난 길, 즉 역마살에의 순응이다. 그러나 이것이 「역마」의 전부는 아니다.

성기가 엿판을 걸머지고 하동 쪽으로 떠나는 장면에서, 온 천지는 성기를 축복하는 것마냥 생명력으로 충만하고 들떠 있어 아름답다. 가는 비가 지나가고 유달리 맑게 개인 화개장터에는 뻐꾸기의 건드러진 울음소리가 울려 퍼지고, 늘어진 버드나뭇가지에는 햇빛이 밝게 젖어 흐른다. 만사에 무력하고 소극적이던 성기도 이때만은 제법 육자배기 가락으로 콧노래까지 흥얼거린다. 세상만물이 어찌나 행복하고 아름다운지 이 대목을 읽을 때면, 나도 당장 엿판이라도 하나 맞추어 성기를 따라가고 싶을 정도이다. 흥미로운 것은 이러한 성기의 모습에서 옥화가 그토록 염려한 액운으로서의 역마살을 떠올리기는 힘들다는 점이다. 한국소설사 전체를 놓고 보아도 찾아보기 어려울 정도로 밝고 흥겨운 이 장면에서, '늘 분주하게 돌아다니며 객지생활로 고생한다'는 역마살의 부정적인 의미와 정서를 발견한다는 것은 사실상 불가능하다.

이러한 성기의 선택이 지닌 의미를 제대로 이해하기 위해서는 「역마」보다 두 달 뒤에 발표된 평론 「문학하는 것에 대한 사고」『백민』, 1948.3를 나란히 펼쳐놓고 볼 필요가 있다. 이 글에서 김동리는 그 유명한 '구경적究竟的 생의 형식의 탐구'라는 자신의 문학관을 펼친다. 참된 문학이란 '생명현상으로서의 삶'이나 '직업적 삶'을 넘어서서 '구경적 삶'을 다루어야 한다는 것이 주장의 요지이다. 김동리는 이러한 '구경적 삶'이 "우리와 천지 사이엔 떠나려고 해도 떠날 수 없는 유기적 관련이 있다는 것"을 자각하고, "자아 속에서 천지의 분신인 자기"를 발견하는 것을 통해 가능하다고 보았다. 인간과 자연 사이의 유기적 관련 속에서 참된 삶의 가능성은 비로소 개시된다는 주장이다.

그리고 보면 성기의 하동행은 먹고 잠자고 생식하는 것을 본질로 하는 '생명현상으로서의 삶'이나 경제적 이윤을 추구하는 '직업적 삶'과는 뚜렷하게 구별된다. 이 작품에서 계연과의 사랑은 본능에 충실한 것으로 묘사되고 있다. 계연의 정신적 자질은 거의 드러나지 않지만, 그녀의 육체적 매력은 두드러지게 강조되는 것이다. 계연의 아리따운 두 눈은 다섯 번이나 "꽃"에 비유되며, "작고 도톰한 입술"이라는 표현도 무려 다섯 번이나 등장한다. 칠불암 산행길에서 성기와 계연은 "들짐승"에 비유되며, 둘의 입술이 포개지는 순간 계연의 작고 도톰한 입술에서는 "한나절 먹은 딸기, 오디, 산복숭아, 으름들의 달짝지근한 풋내와 함께 향토흙을 찌는 듯한 향긋하고 고소한 고기[肉] 냄새가 느껴"진다. 성기와 계연의 애정은 김동리가 말한 '생명현상으로서의 삶'에 바탕한 것이라고 할 수 있다. 그렇다면 성기가 구례쪽을 향하다가 몸을 돌리는 모습은, 정착을 거부하는 것에서 나아가 '생명현상으로서의 삶'을 거부하는 것으로 새겨보는 것도 가능하다. 또한 성기의 선택 속에서 생활의 편리와 연관된 '직업적 삶'을 발견하는 것도 어려운 일이다. 그가 현대인들의 가장 큰 관심인 '직업적 삶'에 관심을 두었다면, 아무런 보장도 없는 엿장수의 삶보다는 옥화의 곁에 머물거나 아버지를 찾아 강원도 쪽으로 가는 것이 더 나은 선택이기 때문이다.

한국의 그 많은 지역 중에서도, 김동리가 '구경적 삶'의 현장으로 화개장터와 그 주변을 선택한 이유는 무엇일까? 그것은 작가의 개인적인 체험과 관련된 것으로 보인다. 김동리와 가장 인연이 깊은 공간으로는 말할 것도 없이 그의 고향인 경주를 첫 손에 꼽을 수 있다. 김동리는 경북 경주에서 태어났으며 아명은 창봉昌鳳, 호적명은 창귀昌貴, 자는 시종始鍾, 호는 동리東里이다. 그는 나고 자란 '신라 천년의 경주'에 대한 애정을 수많은 소설과 수필을 통해 평생 동안 피력하였다. 그러나 김동리는 화개장터와도 적지 않은 인연을 맺었다. 화개장터와 가까운 사천에 위치한 광명학원에서 1937년 봄부터 1941년 6월까지 강사로 생활하였으며, 이후에는 강제 징용장이 나온다는 제보를 받고 1943년에 6개월간 쌍계사 인근에 숨어 지낸 적도 있다. 이 당시 김동리는 "나는 지금도 진달래 철쭉으로 뒤덮인 화개협이라면 절로 무릉도원 같은 것을 연상케 된다"[1]라고 회고할 정도로, 화갯골의 아름다움에 깊이 빠져들었다. 이 당시 화갯골이 이토록 아름답게 다가왔던 이유는 당시 김동리가 처한 상황이 너무도 어두웠기 때문일 것이다. 쌍계사 근처로 숨어들기 직전에 김동리는 평생을 의지한 맞형 김정설의 구속, 광명학원의 폐쇄, 조선어 잡지 『문장』의 폐간, 큰아들 진홍의 갑작스러운 죽음 등을 연이어 겪어야만 했다. 이토록 고통스럽던 김동리에게 화갯골의 아름다움은 그 무엇과도 비교할 수 없는 큰 위안과 감동을 주었을 것이다. 「역마」에서 성기와 계연이 칠불암 구경을 가는 장면에서는 온갖 동식물로 빛나는 화갯골의 아름다움이 생생하게 그려지고 있다.

　　김동리의 또다른 대표작 「황토기」『문장』, 1939.5와 비교했을 때 「역마」의 의미는 보다 뚜렷하게 드러난다. 황토골은 용이 흘린 피傷龍說과 雙龍說 혹은 혈을 찔려 맥이 끊어진 산이 흘린 피絶脈說로 이루어졌다는 전

······
1　김정숙, 『김동리 삶과 문학』, 집문당, 1996, 192면.

설을 가진 마을이다. 이 전설은 추락과 저주 및 거세의 의미를 함축하고 있다. 이러한 황토골의 의미를 체화한 인물들이 바로 억쇠와 득보이다. 그들은 엄청난 힘을 소유하고 있으나 그것을 긍정적인 방향으로 승화시키지 못한 채, 종일 먹고, 놀고, 마시고, 싸우는 것으로 탕진한다. 그들은 자신들에게 주어진 운명에 순종할 뿐이며, 그 이상의 형이상학을 발견하지 못하는 것이다. 그 결과 「황토기」에는 독주毒酒와 칼날과 핏물만이 가득하다. 주어진 운명에 순종하여 무로 이어지는 탕진에 골몰하는 장사들의 삶과 운명에 순응하나 그 이상의 세계로 나아가는 성기의 삶은 비슷하면서도 무척이나 다른 것이다. 이러한 차이는 각각의 작품이 창작된 시기암울한 일제 말기와 해방 직후의 시대적 분위기가 반영된 결과로도 볼 수 있다.

김동리는 '가장 한국적인 작가'로 일컬어진다. 신라 정신과 불교의 공空사상에 연결되는 세계관은 물론이고, 서사를 채우는 구체적인 육체도 전통적인 우리네 풍속인 경우가 대부분이다. 제목부터 토속적 냄새가 물씬 풍기는 「역마」야말로 대표적인 사례이다. 흥미롭게도 계연과 옥화가 이복동생이라는 결정적 증거로 제시되는 것

동리목월문학관에 자리한 김동리 흉상

은 둘의 귓바퀴에 사마귀가 있다는 것과 옥화의 의심^{계연과 자신이 이복자매} ^{라는 생각}을 확인해주는 점쟁이의 말뿐이다. 김동리의 「역마」에는 당사주, 역마살, 명도점 등을 한 치의 의심도 없이 받아들이는 조금은 슬프지만, 신명으로 가득찬 한국인의 옛 얼굴이 고스란히 담겨져 있다. 　　　　(2018)

19

나라 잃은 선비의
슬픈 노래

—

조지훈의 「계림애창」, 1956

나라 잃은 선비의 슬픈 노래

한 나라의 문화는 전통 지향성과 새것 지향성이 서로 힘겨룸을 하면서 발전해 나간다. 옛 것에만 집착할 경우 그 문화는 고루해져서 결국 생명력을 잃게 될 것이며, 새 것만 지향할 경우에는 그 문화가 정체성을 잃어 독자적 존립 자체가 위태로워질 것이다. 문학 역시도 예외는 아니어서 건강한 발전을 위해서는 전통 지향성과 새것 지향성의 힘겨룸이 조화를 이루어야만 한다.

한국의 현대사는 새것 지향성이 문학을 비롯한 문화 전반을 압도한 시기라고 할 수 있다. 그러나 이 광풍 속에서도 우리 고유의 것을 통해 새로운 가능성을 모색한 문인들이 있었으니, 그중 대표적인 시인이 바로 조지훈趙芝薰, 1920~1968이다. 조지훈은 시인으로만 한정하기에는 그 쌓은 업적의 산이 매우 높다. 그는 시인이면서 논객이고, 동시에 지사이자 학자였다. 그가 여섯 권의 시집을 통해 남긴 그 완미한 시, 4·19나 5·16과 같은 역사의 격동기마다 토해낸 사자후「선비의 직언」,「지조론」등, 「멋의 연구」와 같은 논문을 통해 구축한 한국학의 세계는 후대의 기림을 받을만한 것이다.

그러한 삶을 뒷받침한 것은 바로 조선 500년을 이어온 선비정신이다. 조지훈의 고향은 경북 영양군 일월면 주곡주실이라고도 함으로, 이 곳은 한양 조씨들이 대를 이어 살아온 마을이다. 그의 조상은 이상적인 도학정치를 구현하기 위해 애쓰다가 쓰러진 정암 조광조趙光祖, 1482~1519이다. 그 정신을 이어받은 지훈의 증조부 조승기는 의병대장으로 항일활동을 하다가 한일합방 이후 자결하였으며, 조부 조인석도 학문과 덕망으로 추앙받았다. 이런 집안 분위기에서 조지훈은 일제가 주도하는 신교육 대신 전통적인 유학을 주로 배우며 성장하였다. 어린 조지훈이 신교육을 받은 것은 영양보통학교에 잠시 다녔을 때뿐이다. 수백 년간 주실 마을을 채워온 올곧은 선비정신 속에서 조지훈은 정신의 뼈와 살을 형성한 것이다.

거기에 덧보태 조지훈은 한국의 정신을 형성하는 또 하나의 축인 불교에도 전문가적 소양을 갖추고 있었다. 1941년 불교계 학교인 혜화전문학교동국대 전신를 졸업하였고, 1941년 4월에는 오대산 월정사의 외전강사로 입산하여 1년여를 머물렀다. 이 당시 조지훈은 각종 경전을 읽는 것은 물론이고 선禪 체험을 하기도 했다. 수필 「돌의 미학」1964에서는 월정사에 가기 일년 전에 일본 교토의 묘심사妙心寺에서 선禪에 든 적이 있다는 체험을 고백하기도 하였다.

이러한 성장배경을 통해 형성된 조지훈의 개성을 일찌감치 알아본 이가 바로 정지용鄭芝溶, 1902~1950이다. 정지용은 「고풍의상」, 「승무」, 「봉황수」 등의 작품으로 조지훈을 문단에 등단시키며 "시詩에 있어서 깃과 죽지를 고를 줄 아는 것도 천성天成의 기품이 아닐 수 없으니 시단詩壇에 하나 신고전新古典을 소개紹介하며……뿌라보우"「詩選後」, 『문장』, 1940.2라는 추천사를 남겼다. 정지용은 조지훈의 문학이 지닌 '고전적 성격'을 예리하게 포착했으며, 그러한 개성이 우리 시단에 축복이 될 것을

경북 영양의 주실마을에 있는 호은종택, 조지훈 생가

주실마을의 지훈문학관

알았던 것이다.

실제로 조지훈의 시는 한국의 고유의상이나 한국불교의 전통 춤과 같은 제재 뿐만 아니라 형태나 기법 역시도 전통적인 세계에 깊이 뿌리박고 있다. 조지훈의 시에는 시조나 한시漢詩의 영향이 짙게 베어 있는데, 이것은 그가 한시를 직접 번역하고 창작할 수 있는 능력의 소유자라는 사실과 무관하지 않다. 조지훈 전집에는 무려 36편의 번역 한시와 19편의 창작 한시가 수록되어 있다.

조지훈을 일컬어 '동양적인 세계를 우리의 새로운 시사에 수립한 거장'박목월, '현대를 살다간 이조적李朝的 사림의 마지막 인물'박노준, '우리 민족의 크고도 섬세한 손'오탁번, '보편적 인문주의자'윤석성라고 칭하는 것은 결코 과장이 아니다.

조지훈이 자신이 나고 자란 경북을 주된 시적 대상으로 삼은 것은, 그의 시세계 중에서 네 번째 시기에 해당하다. 『조지훈 시선』1956과 『청록집 이후』1968의 후기에서 조지훈은 스스로 자신의 시세계를 여섯 단계로 나누었다. 그 각 단계는 ① 서구적 감각의 화사와 퇴폐의 시습작기와 문단 데뷔 직전의 동인지 시기, ② 민족정서에 대한 애착과 사라지는 것에 대한 애수의 시『문장』지 추천 시기, ③ 선미禪味와 관조의 시오대산 월정사의 시기, ④ 방랑과 운수심성雲水心性의 자연 운둔시해방 직전, 조선어학회 시대, ⑤ 인생 사랑과 미움에 대한 고요한 서정의 시해방 전후의 시기, ⑥ 현실 참여 및 사회 비판시사회적 변동의 시기[1]로 요약된다.

이 중에서 경북이 문학적 대상이 된 때는 암흑기에 해당하는 일

1 오세영, 「조지훈의 문학사적 위치」, 최승호 편, 『조지훈』, 새미, 2003, 45면.

제 말기이다. 월정사에서 나온 조지훈은 1942년 봄부터 조선어학회의 『큰사전』 편찬사업을 돕다가 회원 전원이 검거되는 바람에 고향으로 돌아온다. 일제는 상징적인 차원에서 우리 민족을 대표한다고도 할 수 있는 조선어학회를 가혹하게 다루었고, 조지훈은 간신히 검거를 피해 고향으로 내려온 것이다. 이 무렵을, 조지훈은 「나의 역정」『고대문화』. 1955.12.5에서 성지순례와도 같은 심정으로 경주를 다녀오거나 여러 곳을 방랑한 시기라고 회고하였다. 경주 순례와 낙향 중의 방랑시편에 해당하는 작품으로는 「파초우芭蕉雨」, 「낙화落花 (1)」, 「낙화 (2)」, 「정야靜夜 (1)」, 「정야 (2)」, 「고목枯木」, 「낙엽落葉」, 「완화삼玩花衫」, 「계림애창鷄林哀唱」, 「의루취적倚樓吹笛」, 「북관행北關行 (1)」, 「북관행 (2)」, 「송행送行 (1)」, 「송행 (2)」, 「밤길」 등을 들 수 있다.

조지훈이 1942년 봄에 경주에 사는 박목월을 방문한 것은 널리 알려진 사실이다. 둘의 만남은 이후 청록파를 탄생시키는 밑거름이 되었다는 점에서 문단적 사건이라고 할 수 있다. 이때 조지훈은 보름 정도 경주의 곳곳을 방문했는데, 이 경험을 바탕으로 하여 창작한 것이 바로 「계림애창」이다.

계림애창

임오년 이른봄 내 불현듯 徐羅伐이 그리워 飄然히 慶州에 오니 복사꽃 대숲에 철아닌 봄눈이 뿌리는 四月일네라. 보름 동안을 옛터에 두루 놀 제 鷄林에서 이 한

213

首를 얻으니 대개 麻衣太子의 魂으로 더불어 같은 韻을
밟음이라, 弔古傷今의 하염없는 歎息일진저!

1

보리이랑 우거진 골 구으는 조각돌에
서라벌 즈믄해의 水晶하늘이 걸리었다

무너진 石塔우에 흰구름이 걸리었다
새소리 바람소리도 찬돌에 감기었다

잔띠우던 구비물에 떨어지는 복사꽃잎
玉笛소리 끊인골에 흐느끼는 저풀피리

비가오나 눈이오나 瞻星臺 위에 서서
하늘을 우러르는 나의 넋이여!

2

사람가고 臺는 비어 봄풀만 푸르른데
풀밭 속 주추조차 비바람에 스러졌다

돌도 가는구나 구름과 같으온가
사람도 가는구나 풀잎과 같으온가

저녁놀 곱게 타는 이 들녘에

끊쳤다 이어지는 여울물 소리

무성한 찔레숲에 피를 흘리며

울어라 울어라 새여 내설움에 울어라 새여!

　계림은 경주의 옛이름이다. 시인은 마의태자麻衣太子의 혼으로 이
시를 쓰고 있다. 마의태자는 신라 마지막 왕인 경순왕의 아들로 신라가
고려에 항복하자 통곡하며 금강산에 들어가 베옷麻衣을 입고 초근목피
로 여생을 보낸 인물이다. 시인 역시 마의태자와 같은 망국민으로서 그

찬란한 신라의 유적 앞에서 주체할 수 없는 상실감과 서러움을 표현하고 있다. 아마도 경주를 노래한 시 중에 조지훈의「계림애창」만큼 애상적인 시는 드물 것이다.

이 무렵에 발표된 15편의 시에는 슬픔과 상실감과 좌절의 정서가 가득하다. 특히 그것은 떨어지는 꽃이나 잎의 이미지를 통해 반복적으로 드러난다. "꽃이 지기로소니 / 바람을 탓하랴"「낙화」, "이 밤 자면 저 마을에 / 꽃은 지리라"「완화삼」, "하나 둘 굴르는 / 낙엽落葉을 따라"「낙엽」, "꽃 지는 소리 / 하도 가늘어"「낙화 (2)」, "소리 없이 떨어지는 / 은행 잎 / 하나"「정야 (1)」, "한두 개 남았던 은행잎도 간밤에 다 떨리고"「정야 (2)」, "기울은 울타리에 호박꽃이 떨어진다"「북관행 (1)」, "자욱히 꽃잎이 흩날리노라"「송행 (1)」 등을 대표적으로 들 수 있다. 꽃이나 잎은 생명의 상징이다. 그렇기에 그러한 꽃이나 잎이 떨어지고 죽어가는 상황은 민족의 정체성이 사라져가던 일제 말기를 자연스럽게 떠올리도록 한다.

또한 "달빛 아래 고요히 / 흔들리며 가노니……"「완화삼」, "이 밤을 어디메서 / 쉬리라던고"「파초우」, "나그네는 홀로 가고 / 별이 새로 돋는다"「고목」, "산골 주막방 이미 불을 끈 지 오랜 방에서"「정야 (2)」 등에 나타나는 정처 없는 방랑자의 이미지 역시 조국과 자연을 상실한 식민지인의 자기 표상에 해당한다. 어떤 경우에는 망국민의 슬픔을 "꽃이 지는 아침은 / 울고 싶어라"「낙화」라고 직접적으로 표출하거나, "산새가 구슬피 / 우름 운다"「완화삼」, "학鶴이 운다 / 사슴도 운다"「의루취적」, "산길 칠십리七十里를 뻐꾸기가 우짖는다"「북관행 (2)」처럼 주변의 동물에 의탁하여 표현하기도 하였다.

조지훈의 경주 순례와 낙향 중의 방랑시편은 누구보다 우리 것을 아끼고 사랑했던 시인이, 일제 말기에 경험한 그 참담한 아픔을 고전적인 미적 기율에 바탕해 표현한 우리 현대시의 슬프지만 아름다운 명작이다.

(2020)

20

전쟁의 지옥을
건너는 법

—

하근찬의 「수난 이대」, 1957

전쟁의 지옥을 건너는 법

한나 아렌트Hannah Arendt, 1906~1975는 『폭력의 세기』에서 "20세기는 전쟁과 혁명의 세기가 되었으며, 그러므로 전쟁과 혁명의 공통분모라고 일반적으로 믿어지는 폭력의 세기가 되었다"라고 말한 바 있다. 아렌트의 말은 20세기 내내 러일전쟁을 시작으로 하여 만주사변, 중일전쟁, 태평양전쟁, 6·25, 베트남 전쟁 등을 20세기 내내 겪은 한국인에게는 더욱 절실하게 다가온다.

우리가 겪은 전쟁을 증언하는 것이야말로 자신의 문학적 사명이라고 여긴 대표적인 작가가 바로 하근찬河瑾燦, 1931~2007이다. 1931년에 태어난 하근찬은 "전쟁의 그늘 속에서 태어나 전쟁과 함께 자랐고, 또 꿈 많던 시절을 전쟁 때문에 괴로움으로 지샌 것만 같이 회상"된다면서, 자신의 작품들을 "전쟁피해담"[1]이라고 규정하였다.

하근찬이 전쟁에 대한 고발을 자신의 문학적 사명으로 여긴 이유는, 본인이 누구보다 전쟁의 피해를 많이 보았기 때문이다. 그는 한국전쟁 중 아버지가 아무런 죄도 없이 반동으로 몰려 총살당하는 끔찍한 일을 경험하였으며, 본인도 수많은 사망자가 발생한 국민방위군에 끌려가 온갖 고초를 겪었던 것이다. 이러한 경험을 한 하근찬은 6·25로부터 거의 반세기가 지난 후에도, "그것은 사람이 만든 지옥이었다. 열

1 하근찬, 「전쟁의 아픔, 기타」, 『산울림』, 한겨레, 1987, 4면.

아홉 살이던 나는 그때 이데올로기에 대해서, 전쟁에 대해서, 인간에 대해서 끝없는 절망을 느꼈었다"[2]고 6·25를 회고할 정도이다. 하근찬은 일제 말의 폭력도 나름대로 체험하였는데, 전주사범학교 1학년 때이던 1945년 4월부터 8월 15일까지 경험한 4개월여의 기숙사 생활을, "이른바 일본군국주의 교육의 맛"[3]을 실컷 보았던 때로 기억하고 있다.

전쟁피해담이라고 규정한 하근찬의 소설은 경북 영천을 주요한 배경으로 삼고 있다. 하근찬은 1931년 경상북도 영천에서 태어나 성장하다가 열 살 무렵 교사였던 아버지의 전근으로 고향을 떠난다. 이후에는 교원임용시험에 합격할 때까지 전북 지역에서 살다가, 1948년에 영천초등학교 교사로 근무하게 되면서 귀향한다. 이후 1956년에는 영천초등학교 동료교사와 결혼하여 영천에 신혼집을 마련하였으며, 1957년 『한국일보』 신춘문예에 「수난이대」가 당선되었다는 소식도 영천에서 듣게 된다.

고향을 떠나 있을 때에도 하근찬은 고향 영천에 대한 각별한 감정을 가졌던 것 같다. 「진정한 고향은 마음 속에」라는 산문에서는 6·25가 일어나기 한두 해 전에 혼자서 고향에 갔을 때의 감상과 다짐을 밝히고 있다. 이 글에는 고향을 방문했을 때 가슴속에 고향에 대한 목마른 그리움이 짙게 배어 있는 것을 깨달았으며, 나중에 작가가 되면 "반드시 경상도 사투리를 쓰리라고 다짐했다"[4]는 기억이 명시되어 있다. 실제로 하근찬이 창작한 대부분의 작품은 경상도 사투리를 쓰는 경상

2 하근찬, 「인간에 대한 끝없는 절망」, 『내 안에 내가 있다』, 엔터, 1997, 33면.
3 하근찬, 「과거와 현재의 오버랩」, 『文藝』, 1988.여름, 313면.
4 『내 안에 내가 있다』, 엔터, 1997, 16~17면.

도 사람들의 이야기이다.

하근찬의 소설은 대부분 가난한 농촌을 배경으로 일제 말기나 한국전쟁과 같은 민족사의 비극과 이로부터 비롯된 여러 사회문제를 형상화한 것들이다. 「수난이대」는 작가의 등단작이자 대표작으로서 하근찬 문학의 특징이 고스란히 담겨 있는 작품이다.

「수난이대」에 등장하는 주요 인물은 제목처럼 아버지 박만도와 아들 박진수이다. 아버지 박만도는 일제시대에 징용에 끌려가 남태평양의 어느 섬에서 화약으로 동굴을 파다가 팔 하나를 잃었다. 그런 그가 아침부터 신이 났다. 이유는 한국전쟁에 참전한 삼대 독자인 아들 진수가 살아서 돌아오기 때문이다. 그러나 아들을 위해 고등어까지 사서 손에 든, 만도의 눈 앞에 진수는 다리 하나를 잃은 모습으로 나타난다. 만도는 너무나 큰 실망에 진수에게 화를 내기도 하지만, 어떻게 살아가야 할지 모르겠다는 아들을 향해 "목숨만 붙어 있으면 다 사능 기다"라는 위로의 말을 건네기도 한다. 마지막 장면은 집으로 돌아오던 두 부자가 외나무다리를 건너는 것이다. 팔 하나가 없는 아버지가 아들을 업고, 다리 하나가 없는 아들이 아버지가 자신을 위해 산 고등어를 손에 든 채 외나무 다리를 건넌다. 이 부자는 눈물 나는 협동을 통해 전쟁과 거짓 문명으로부터 벗어나 참된 삶이 있는 본래의 삶으로 되돌아가는 것이다.

실개천이 흐르고 주막이 있는 「수난이대」의 농촌 마을은 영천을 그 배경으로 하고 있다. 이것은 김동혁이 작가의 전기 자료, 작품의 줄거리, 현지답사를 통해 실증적으로 밝혀 놓았다. 이 작품에 나타난 주인공 만도의 동선은 '용머릿재 – 외나무다리 – 주막집 – 시장 – 정거장 – 주막 – 외나무다리'로 정리해 볼 수 있는데, 용머릿재는 마현산 일대, 외나무다리가 놓인 시냇가는 남천, 주막집은 남천의 둔치 인근, 시장은 영천의 재래시장, 정거장은 영천역에 해당한다.[5]

하근찬은 자신의 몸속에 생생하게 살아 있는 고향 영천을, 우리 민족이라면 누구나 공감할 만한 전형적 공간으로 형상화하였다. 「수난이대」가 보편적 감동을 자아낼 수 있는 이유는, 이 작품이 미학적으로도 매우 잘 짜여진 작품이기에 가능한 일이다. 「수난이대」는 텍스트의 모든 요소들이 함께 작동하면서 작품의 의미를 확립시켜주는 유기적 통일성organic unity을 갖춘 작품이다. 잘 짜여진 레고 블록처럼 하나의 사

5 김동혁, 「'문학적 공간'의 분석을 통한 '지리적 공간'의 재구성」, 『어문론집』 46, 중앙어문학회, 2011, 239~266면.

1918년에 생긴 이래로 만도와 진수의 출향과 귀향을 지켜본 영천역

영천의 남천에 놓인 하근찬 징검다리, 멀리 용머릿재가 보이는 듯하다.

건이나 장소 혹은 소도구 하나도 허투루 쓰인 것을 발견할 수 없다. 이 작품에서 만도는 진수를 만나러 가는 길에 주막을 떠올리고, 서술자는 굳이 "만도는 여간 언짢은 일이 있어도 이 여편네의 궁둥이 곁에 가서 앉으면 속이 절로 쑥 내려가는 것이었다"는 설명을 덧붙인다. 이 주막은 나중에 만도와 진수를 정서적으로 결합시키는 결정적인 역할을 한다. 처음 다리 하나를 잃은 아들의 모습에 크게 실망한 만도는, 주막에 들르고서야 아들을 향한 본연의 따뜻한 부정父情을 회복한다.

그리고 아들을 위해 산 고등어도 이 작품의 감동을 만들어내는 핵심적인 역할을 한다. 만약 고등어가 없었다면, 외나무 다리를 건너는 마지막 장면에서 진수가 만도에게 일방적으로 의지하는 꼴이 되어 버리고 말았을 것이다. 그러나 그 순간 진수가 고등어를 손에 들고 다리를 건넘으로써, 만도 역시도 진수에게 의지하는 모양새가 된다. 고등어는 단순한 밥반찬이 아니라, 전쟁으로 상처 받은 두 부자가 힘을 합쳐 본래의 삶을 되찾는다는 작품의 주제를 가능케 하는 주인공인 것이다. 이처럼 '서사의 경제학'이 철저하게 지켜진 결과, 이 작품은 단편의 분량으로 민족사의 아픔과 극복이라는 거대한 주제를 살뜰하게 담아내고 있다.

「수난이대」는 요즘 유행하는 말로 웃픈웃기고 슬픈 소설이기도 하다. 슬픔을 자아내는 요소는 말할 것도 없이 아버지와 아들의 훼손된 육체이다. 특별한 기술이나 지식도 없는 이들 부자에게 훼손된 육체는 생존 자체를 위협하는 요소이다. 그럼에도 이 작품은 웃음을 자아내는데, 그것은 대부분 인물들의 언행에서 비롯된다. 만도는 기본적으로 단순하고 다분히 익살기가 넘치는 인물이다. 만도가 주막에서 주모와 말을 주고받는 것이라든가, 냇가에서 오줌을 누는 장면 등이 그러하다. "세상을 잘못 타고 나서 진수 니 신세도 참 똥이다, 똥"과 같은 향토색 짙고 정감 넘치는 방언 역시 순박한 두 부자의 맑은 심성을 부각시키는 동시에 우리에게 웃음을 주는 주요한 요소라고 할 수 있다. 무엇보다도 "우째 살긴 뭘 우째 살아. 목숨만 붙어 있으면 다 사능 기다"라는 낙관이야말로 그 어떤 외나무 다리도 건널 수 있는 근원적인 힘이 되는 것이다.

흔히 「수난이대」1957, 「나룻배 이야기」1959, 「흰 종이 수염」1959을 하근찬의 초기 3부작으로 꼽는다. 이들 작품은 모두 농촌마을에서 평화롭게 살던 사람들이 전쟁으로 인해 끔찍한 장애를 입고 돌아오는 이야기이다. 이들 작품에서는 고향과 타향이 선명한 이분법을 이룬다. 고향이 따뜻한 사람들의 인정이 가득한 자연의 세계라면, 타향은 전쟁의 포성이 가득한 거짓 문명의 세계이다. 이 시기 하근찬은 문명 자체를 하나의 거대한 폭력과 거짓으로 가득 찬 부정적인 대상으로 보았다. 「수난이대」에서 정거장에 있는 시계는 고장난 채 유리가 깨어져 있으며 먼지가 꺼멓게 앉아 있다. 또한 「나룻배 이야기」에서 양복을 입거나 어깨에 총을 맨 사람들은 멀쩡한 고향 사람들을 데려다가 못 쓰게 만드는 고약한 사람들이다.

이들 소설에 등장하는 인물들은 가난하고 무식한 사람들이지만, 결코 그 대단한 전쟁이나 문명에 굴복하지 않는다. 그들은 어떻게 해서든지 그것을 극복해내고자 한다. 그러한 힘은 바로 자연에 가까운 그들의 순수함과 생명력에서 비롯된다. 그러한 극복의 의지가 「수난이대」에서는 외나무 다리 건너기로, 「나룻배 이야기」에서는 잘난 외지인들을 배에 태우지 않는 것으로, 「흰 종이 수염」에서는 우스꽝스러운 아버지의 모습을 외면하지 않는 것으로 드러났다. 대부분의 작가들이 추상적인 공간을 배경으로 전쟁에서 비롯된 존재론적 고통을 이야기하던 전후戰後에, 하근찬은 한국인에게 가장 익숙한 인물과 공간을 통해 전쟁의 비인간성을 고발했던 것이다. 그리고 그러한 창작의 한복판에는 경북 영천이 존재한다.

[2020]

21

방언의 미학

—

박목월의 「사투리」, 1959

방언의 미학

한국 근대시사에서 방언方言을 적극적으로 활용한 대표적인 시인
으로 백석白石, 1912~1996을 들 수 있다. 「여우난골족族」1935과 같은 작품
은 "명절만 나는 엄매 아배 따라 우리집 개는 나를 따라 진할머니 진할
아버지가 있는 큰집으로 가면"으로 시작되는데, 여기서 '엄매', '아배',
'진할머니', '진할아버지'는 모두 백석이 나고 자란 평안북도 정주 지방
의 방언이다. 백석은 방언의 전면적인 사용을 통하여 개체 차원은 물론
이고 민족 차원의 시원始原을 끊임없이 환기시켰던 독특한 개성의 시인
이다. 백석과 더불어 방언을 자유자재로 구사한 시인으로 김소월金素月,
1902~1934을 들 수 있다. 선행연구에 따르면, 김소월이 남긴 230여 편의
시에는 방언 내지 방언에 준하는 말들이 800여 개에 달한다고 한다.[1]
김소월은 방언을 통해 독특한 시의 리듬을 창출하고 민족적 정서를 노
래하는 데 성공하였다.

이와 관련하여 시인 정지용鄭芝溶, 1902~1950이 1940년 9월에 박목
월을 문단에 추천하면서 "북에는 소월이 있었거니 남에 박목월이가 날
만한다. 소월의 툭툭 불거지는 삭주귀성조朔州龜城調는 지금 읽어도 좋더
니, 목월이 못지 않아 아기자기 섬세한 맛이 좋다"「시선후기」, 『문장』, 1940.9
는 추천사를 남긴 것은 주목할 만하다. 김소월이 그러했던 것처럼, 박

1 김용직, 「방언과 한국문학」, 『문학과 방언』, 역락, 2001, 41면.

2013년에 복원된 박목월 생가

목월 역시 방언의 적극적인 사용을 통해 향토적 서정과 전통적 가락을
창조하는 데 성공한 시인이기 때문이다.

　　서정주가 박목월을 일컬어 "남방적 향토정서를 표현"[2]한 최고의
시인으로 평가한 것처럼, 박목월은 가장 향토성이 강한 시인으로 일컬
어진다. 오세영은 이러한 향토정서를 구현하는 수단으로써, 박목월이
"향토에 대한 서경적 묘사", "향토적 삶의 소도구", "경상도 방언"을 활
용했다고 말한다.[3] 이러한 향토성을 구현하는 데 모어이자 토박이말인

⋯⋯
2　서정주, 『한국의 현대시』, 일지사, 1969, 78면.
3　오세영, 「박목월론」, 『현대시와 실천비평』, 이우출판사, 1983, 88~110면.

방언이 활용된 것은 어찌 보면 당연한 일이다. 본래 방언은 서민들의 삶 속에서 살아 움직이는 언어이며, 지역성과 현장성을 진하게 지니고 있기 때문이다.

　방언이 많이 사용된 박목월의 대표적인 시로는 「아가」, 「눌담」, 「산그늘」, 「목단 여정」, 「한정」, 「낙랑공주」, 「진주행」, 「적막한 식욕」, 「치모」 등을 들 수 있다. 이들 시에 나타난 영남 방언으로는 "상기늘", "해으름해거름", "고누는겨누는" 등의 단어와 "아인기요"나 "안는기요"와 같은 종결형 어미가 꼽힌다.[4] 이 중에서도 「사투리」는 제목처럼, 박목월에게 사투리가 의미하는 것이 무엇인지를 직접적으로 보여주는 작품이다.

　　사투리

　　우리 고장에서는

　　오빠를

　　오라베라 했다.

　　그 무뚝뚝하고 왁살스러운 악센트로

　　오오라베 부르면

　　나는

　　앞이 칵 막히도록 좋았다.

.....
4　이상규, 『방언의 미학』, 살림, 2007, 131~139면.

나는 머루처럼 透明한

밤하늘을 사랑했다.

그리고 오디가 샛까만

뽕나무를 사랑했다.

혹은 울타리 섶에 피는

이슬마꽃 같은 것을……

그런 것은

나무나 하늘이나 꽃이기보다

내 고장의 그 사투리라 싶었다.

참말로

경상도 사투리에는

약간 풀냄새가 난다.

약간 이슬냄새가 난다.

그리고 입안이 마르는

黃土흙 타는 냄새가 난다.

— 『난. 기타(蘭.其他)』(신구문화사, 1959)

이 시에서 사투리는 언어 이전에 생명 그 자체이다. 언어가 천연색天然色의 입체를 흑백의 평면으로 바꾸는 것이라면, 사투리는 자연을 있는 그대로 미메시스mimesis하는 경이로운 수단이다. 그렇기에 "경상도 사투리"에는 풀냄새와 이슬냄새와 입안을 마르게 하는 황토흙 타는 냄새까지 나는 것이다. 그것은 삶의 실감에 직접적으로 맞닿아 있기에, 소녀가 시인을 "오빠"가 아닌 "오오라베"라고 불러줄 때, 시인은 "앞이 콱 막히도록 좋"은 것이 아니라 "앞이 캄 막히도록 좋"다. 시인이 사랑하는 나무나 하늘이나 꽃은 "내 고장의 그 사투리"로만 표현이 가능하며, 그렇기에 시인이 "내 고장"과 "내 고장의 자연"과 그리고 "내 고장의 사람"에 다가가는 수단으로서의 언어는 사투리일 수밖에 없다.

　　시인이 추구한 방언의 미학이 꽃을 피우는 것은 『경상도의 가랑잎』 민중서관, 1968에 이르러서이다. 이 시집에 수록된 시들의 대부분에는 영남 방언이 적극적으로 구사되어 있으며, 그중에서도 「만술아비의 축문」은 자연스러운 시적 리듬과 방언의 능숙한 구사를 통하여 한국인의 심성 깊숙한 곳에 담겨진 인생 철학을 보여주는 수준에까지 이르고 있다.

萬術 아비의 祝文

아베요 아베요

내 눈이 티눈인 걸

아베도 알지러요.

등잔불도 없는 제삿상에

축문이 당한기요.

눌러 눌러

소금에 밥이나마 많이 묵고 가이소.

윤사월 보리고개

아베도 알지러요.

간고등어 한손이믄

아베 소원 풀어드리련만

저승길 배고플라요

소금에 밥이나마 많이 묵고 묵고 가이소.

여보게 萬術 아비

니 정성이 엄첩다.

이승 저승 다 다녀도

인정보다 귀한 것 있을락꼬.

亡靈도 感應하여, 되돌아가는 저승길에

니 정성 느껴느껴 세상에는 굵은 밤이슬이 온다.

— 『경상도의 가랑잎』(민중서관, 1968)

　　전통 사회에서 축문祝文은 가장 엄숙한 언어의 형식이다. 그것은
유교 사회에서 신조상신을 섬기는 언어이기 때문이다. 그러나 만술은 그
러한 권위를 뒷받침할 지식"내 눈이 티눈"도 능력"등잔불도 없는"도 없다. 가진
것이라고는 죽은 아버지 배고프지 말라고 소금밥이나마 꾹꾹 눌러 담
는 정성 뿐이다. 그런데 2연에서는 이 정성이 기적을 일으킨다. 죽은 아
버지는 만술의 정성에 감동해서"엄첩다" 감응을 하는 것이다. 가진 것이
라고는 마음뿐인 만술의 정성은 이승과 저승을 건너뛰고, 결국에는 인

간과 자연의 경계까지도 넘나든다. 이 거룩한 사투리 축문이 읽히는 고요한 밤에, 세상에는 감응의 증표인 "굵은 밤이슬"이 오는 것이다. 만술과 죽은 아버지, 이승과 저승, 그리고 인간과 자연의 벽이 허물어지는 이 장엄한 순간을 표현할 수 있는 언어로 방언 이외의 다른 말을 떠올리기는 어렵다.

1960~1970년대 박목월의 시에서 방언의 사용이 늘어나는 현상을 어떻게 이해할 수 있을까? 지금까지는 자연을 대상으로 하던 시세계가 일상적 삶을 대상으로 하는 시세계로 변모하면서 발생한 현상으로 이해하고는 하였다. 이와 관련해 방언과 방언을 낳은 표준어의 간략한 역사를 이해할 필요가 있다. 표준어는 19세기 서양에서 발생한 국가주의 시대의 산물로서, 국민의 의사 전

경주 사정동
영묘사지에서 출토된
얼굴모양 수막새

달 수단을 통일하여 국가적 역량을 결집하기 위해 만들어진 것이다. 우리의 경우 '서울말'을 중심으로 한 표준어 개념은 조선총독부에 의해 정책적으로 처음 도입되었고, 1930년대에는 조선어학회의 주도로 표준어 사정査定이 이루어지기도 하였다. 그 결과물이 『조선어 표준말 모음』1936으로서, 이 책은 표준어를 "현재 중류사회에서 쓰는 서울말"로 정의하고, 6,111개의 단어를 표준어로 선정하였다.[5] 한국 사회는 광복

5 정승철, 『방언의 발견』, 창비, 2018, 52~53면.

이후에도 표준어를 정책적으로 채택하였고, 산업화 시대를 거치면서 더욱 강력하게 표준어 정책을 추진하였다.

이러한 상황에서 방언은 소멸되어야 할 과거의 것으로 치부되어 교정과 극복의 대상으로만 여겨졌다. 이것은 중앙집권적인 사회 체제의 심화현상과도 맞물린 것이다. 이러한 상황에서 향토를 사랑하고, 거기에서 비롯된 정서와 가락으로 시를 썼던 박목월은 누구보다 민감하게 방언이 지닌 미학과 가치에 관심을 기울였다. 일제 말기 박목월이 '환상의 지도'에서 아름다움을 구현하며 광기의 시대를 건너려 했다면, 효율을 최우선시하며 모든 것이 표준화되는 산업화 시대에는 '향토의 언어'에서 새로운 아름다움과 삶의 진실을 건져 올리려 했던 것인지도 모른다. 만술의 그 갸륵한 마음이 담긴 방언이 무지와 차별의 표시가 아니라 개성과 존엄의 표시로 받아들여지는 사회는, 시인의 꿈인 동시에 우리 모두가 간직해야 할 꿈이다.

(2020)

22

신과 인간이 결합된
한국 인간주의

—

김동리의 「등신불」, 1961

신과 인간이 결합된 한국 인간주의

김동리는 가장 한국적인 작가이다. 한국적인 특성을 떠받치는 두 개의 기둥 중 하나가 「무녀도」 등에서 보여준 우리 민족 고유의 무㢱였다면, 다른 한 기둥은 불교라고 할 수 있다. 불교의 문학적 형상화와 관련해서도 그가 경주에서 나고 자랐다는 것은 커다란 행운이다. 경주는 불교 왕국이었던 신라의 수도이기 때문이다. 흔히 경주를 '담장 없는 역사박물관'이라고 일컫는데, 그 박물관을 채우는 구체적인 세목은 대부분 불교에서 비롯된 것들이다. 한국인이라면 한 번쯤 가 본 적이 있는 불국사, 석굴암이나 불국토를 꿈꾸던 신라인들의 염원이 곳곳에 아

경주 불국사

로새겨진 남산만 떠올려보아도 경주와 불교가 얼마나 가까운 사이인 지는 쉽게 알 수 있다. 불교가 경주에 남긴 무형의 정신자산도 대단한 데, 최고의 고전으로 꼽히는 일연一然, 1206~1289의 『삼국유사』를 수놓은 그 많은 대승고덕들의 주요 활동무대도 다름 아닌 경주이다.

김동리는 불교에서 소재나 정신을 취해온 여러 작품을 남겼다. 이 중에서도 가장 대표적인 작품은 「등신불」『사상계』, 1961.11이다. 이 작품은 다솔사 소속의 광명학원에서 교편을 잡고 있던 20대 중반 시절, 백형 범보凡父와 만해 한용운이 나누는 소신공양 이야기에 충격을 받고 훗날 이를 토대로 완성해 낸 것이라고 한다.[1] 「등신불」의 한복판에는 주인공 '내'가 태평양전쟁이 한창이던 1943년에 학병으로 끌려갔다가 간신히 탈출하여 머문, 양자강 북쪽에 있는 정원사淨願寺의 금불각에 안치된 등 신불等身佛이 있다.

이 등신불은 당나라 때 소신공양燒身供養, 부처님에게 공양하기 위해 자신의 몸을 불사르는 것을 한 스님 만적萬寂의 타다 굳어진 몸에 금물을 입힌 불상을 말한다. 만적속명은 기(耆)은 어머니의 학대로 집을 나간 이복형 사신喇信을 찾아 나섰다가 스님이 되고, 나중에 소신공양까지 하게 된다. 만적이 몸을 태우던 날 여러 가지 신기하고 영험한 일이 일어나 새전賽錢이 쏟아지며, 이 돈으로 타다 남은 그의 몸에 금물을 입혀서 탄생한 것이 바로 이 등신불이다.

'나'는 등신불을 보고서는 아래턱을 덜덜덜 떨면서 "저건 부처님도 아니다! 불상도 아니야!"라고 외치고 싶을 정도의 큰 충격을 받는다.

.....
1 김동리, 「만해 선생과 '등신불'」, 『나를 찾아서』, 민음사, 1997, 179~184면.

충격을 받은 이유는 등신불이 너무도 인간적인 특징을 많이 지니고 있기 때문이다. 등신불은 아름답고 거룩하고 존엄한 여타의 불상과는 달리, "허리도 제대로 펴고 앉지 못한, 머리 위에 조그만 향로를 얹은 채 우는 듯한, 웃는 듯한, 찡그린 듯한, 오뇌와 비원이 서린 듯한, 그러면서도 무어라고 형언할 수 없는 슬픔이랄까 아픔 같은 것이 보는 사람의 가슴을 꽉 움켜잡는 듯한, 일찍이 본 적도 상상한 적도 없는" 인간적 모습을 갖추고 있다.

그렇다고 해서 이 등신불이 인간적인 속성만 지닌 것은 아니다. 금불각의 가부좌상은 고뇌와 비원이 서린 듯한 얼굴임에도 불구하고, "과거의 어떠한 대각보다도 그렇게 영검이 많다는 것은 무슨 까닭인가"라고 자문하는 것에서 알 수 있듯이, 인간적 특징과 신적인 특징이 혼합된 존재로 형상화된다. '내'가 경험하는 충격은 대부분의 종교가 신과 인간 사이에 절대적인 위계를 설정한다는 점을 고려할 때, 당연한 반응이다. '내'가 신과 인간이 결합된 형상으로 드러난 등신불 앞에서 그토록 당황하는 것은 "습관화된 개념으로써는 도저히 부처님과 스님을 혼동할 수 없는 것"이라는 일반적인 사고에 익숙하기 때문이다.

'신과 인간이 결합된 등신불'은 김동리의 '한국 인간주의'라는 독특한 개념에서 비롯된 것이다. 김동리는 「한국문학과 한국 인간주의」 『김동리 문학앨범』, 웅진, 1995에서 '한국 인간주의'가 근대 인간주의르네상스 휴머니즘를 발전시킨 인류의 보편적인 이상이라고 주장한다. 중세 기독교의 신본주의神本主義에 대립하여 르네상스 휴머니즘은 적극적인 반신적反神的 성격을 띠게 되었으며, 그 결과 근대 인간주의는 무신론과 허무주의로 변모하여 급기야는 두 차례의 세계대전이라는 비극까지 낳았다는 것이다. 이를 극복하기 위해서는 처음부터 신과 인간의 합작이라고 할 수 있는 '한국 인간주의'를 대안으로 삼아야 한다고 주장한다. 이때의 '한국 인간주의'는 신과 인간의 합작인 동시에 신과 자연의 합작이어서 '신을 내포한 인간'이라고 할 수 있다. 정리하자면, "테제^{정립}로서의 신 본주의에 안티테제^{반정립}로 일어난 근대 인간주의가 진테제^{종합}로 전개된 것"이 바로 '한국 인간주의'라는 것이다.

이런 맥락에서 '신성과 인성이 결합된 등신불'은 김동리의 사상이 응축된 '한국 인간주의'의 상징이다. 이러한 '한국 인간주의'는 「무녀도」에 나타난 대칭성의 사고와도 통한다. 자타^{自他}의 구별이 없으며 부분과 전체는 하나라는 대칭성의 사고는 불교의 핵심에도 존재한다. 이런 측면에서 김동리의 문학은 불교와도 자연스럽게 어울리는 것이다.

「등신불」에서 만적이 등신불이 되어 가는 과정은 대칭성의 사고를 깨닫는 과정이라고 할 수 있다. 만적의 어머니는 '신과 인간'이나 '인간과 자연'의 융합은커녕 극단적으로 자기만을 내세우는 인물이다. 그녀는 일찍 남편을 여의자, 아들인 만적을 데리고 사구^{謝仇}라는 사람과 재혼한다. 사구에게는 신^信이라는 아들이 있었는데, 사씨 집의 재산을 탐낸 만적의 어머니는 신의 밥에 독약을 감춘다. 이 일로 신은 집을 나가고, 신을 찾아 나선 만적은 결국 출가를 하게 된 것이다.

출가 이후에도 만적은 참된 깨달음의 세계를 향해 계속 나아간다. 만적은 자신을 거두어준 취뢰^{吹賴} 스님이 열반하였을 때 그 은공을 갚기 위하여 처음 소신공양을 시도한다. 그러나 당대의 선지식인 운봉^{雲峰}

선사는 "만적의 그릇^器됨을 보고 더 수도를 계속"하라며 소신공양을 허락하지 않는다. 운봉 선사는 만적이 5년 동안 더 수행을 하고, 우연히 문둥병이 든 사신을 만나고 돌아온 후에야 소신공양을 허락한다. 사신을 만났을 때 만적은 자신의 염주를 벗어 사신의 목에 걸어주는데, 이 행동은 만적이 자기^{自己}라는 것에 대한 집착에서 벗어났음을 상징한다.

불교에서 깨달은 자를 의미하는 보살^{bodhisattva}은 대칭성의 논리를 극한까지 밀어붙인 자이다. 순수한 증여가 어떤 식으로 이루어져야 하는지를 『금강반야경』에서는 "위대한 보살은 '누가 누구에게 무엇을'이라는 세 가지 생각조차 떨쳐버리고 보시^{布施}해야 한다"라고 밝힌다. 처음 소신공양을 시도할 때, 만적의 머리 속에는 '자신'이 '취뢰 스님'을 위해 '자신의 몸'을 바친다는 생각이 들어 있었다. 그러나 두 번째 소신공양을 원할 때는 그 세 가지 요소가 모두 사라져 버린 것이고, 그렇기에 운봉 선사는 만적의 깨달음을 인가^{印可}하는 차원에서 소신공양을 허락한 것이다.

「등신불」에서 '나'의 이야기와 만적의 이야기 사이에는 천년을 넘는 시간과 중국과 한국이라는 공간의 거리가 가로놓여 있다. 이러한 거리는 만적의 이야기를 마친 원혜^{圓慧} 대사가 '나'를 향해 "자네 바른손 식지를 들어보게"라고 말함으로써 사라져버린다. '나'의 바른손 식지에는 자신의 목숨을 살리기 위해 진기수^{陳奇修} 씨에게 혈서를 바치느라고 살을 물어 뗀 상처가 남아 있다. '나'는 일본군에서 탈출하여 진기수 씨를 만났을 때, 식지 끝을 물어뜯어 거기서 나온 피로 '원면살생 귀의불은^{願免殺生 歸依佛恩}, 원컨대 살생을 면하게 하옵시며 부처님의 은혜 속에 귀의코자 하나이다'이라고 썼던 것이다. 만적처럼 자신의 온 목숨을 바친 것은 아니지만, '나' 역시 피를 흘리면서까지 뭇생명을 구하고자 하는 서원을 세웠다는 점에서는 '또 하나의 만적'이었던 것이다.

김동리는 '한국 인간주의'에서 신본주의에 대한 반발로 근대 인간주의가 극단화된 구체적 사례로 20세기에 발생한 두 차례의 세계대전을 들고 있다. 이와 관련해 「등신불」의 배경이 태평양전쟁이 한창인 1943년이고, '내'가 학병으로 끌려온 청년이라는 것은 주목을 요한다. 전쟁이야말로 자타의 구별이 가장 선명해지는 무대이며, 이 무대에서 인간은 신神은 고사하고 하나의 사물로 전락해버리기 때문이다. 그렇기에 전쟁을 배경으로 했을 때, '신이 된 인간' 혹은 '인간이 된 신'은 더욱 설득력 있게 다가온다.

「등신불」 이외에도 김동리는 "우주만상은 헤아리기 어렵고 인연관계로 얽혀 있다는 화엄사상의 일면을 주제"[2]로 한 「까치소리」『현대문학』, 1966.10와 윤회 사상을 서사화한 「눈 오는 오후」『월간중앙』, 1969.4와 「저승새」『한국문학』, 1977.12 등의 작품을 남겼다. 김동리의 문학에서 우리 고유의 무巫와 세계종교인 불교는 대칭성이라는 사고의 공통성을 바탕으로 조화롭게 어울린다. 이러한 공존은 신라 이후 계속되어 온 한국의 종교적 다양성을 해명하는 하나의 시금석이 될 수도 있을 것이다.　　　　〔2020〕

. . . . .

2　김동리, 「불교와 나의 작품」, 『소설문학』, 1985.6, 137면.

경주 강변공원에 있는 김동리 문학기념비

23

모든 가난하고 아프고
소외된 이들,
그리고 민들레와 흙덩이를 위해

권정생의 「강아지똥」, 1969

모든 가난하고 아프고 소외된 이들, 그리고 민들레와 흙덩이를 위해

권정생權正生, 1937~2007은 우리 시대를 대표하는 이름 중의 하나이다. 그가 우리 시대를 대표하는 이유는 귀신도 부린다는 돈이 많아서, 나는 새도 떨어뜨린다는 권력이 있어서, 남들이 부러워하는 학벌이 있어서가 아니다. 그가 위대한 이유는 오히려 그 반대이다. 그는 초등학교만 간신히 졸업한 채, 평생 교회 문칸방이나 좁은 흙집에 살며 이 세상의 모든 가난하고 아프고 소외된 이들, 나아가 민들레와 흙덩이를 위해 묵묵히 교회종을 치거나 원고지를 채웠을 뿐이다. 그는 가난한 자가 천국에 가고, 비천한 자들이야말로 하나님의 다른 모습이라는 성경 속의 세계를 이 지상에 실현하기 위해 살다가 간 사람, 어쩌면 '우리 시대의 성자'인지도 모른다.

권정생은 「강아지똥」, 「무명저고리와 엄마」, 「깜둥바가지 아줌마」, 「하느님의 눈물」, 「몽실언니」, 「점득이네」와 같은 동화나 소년소설을 100편이 훨씬 넘게 남긴 아동문학계의 대표적인 작가이다. 흥미로운 것은 그 모든 작품이 경북 안동시 일직면 조탑리에서 쓰여졌다는 점이다. 1937년에 태어나 해방 직후까지 지냈던 일본에서의 유년 시절과 부산에서 일하던 10대의 몇 년을 제외하고는 2007년 별세할 때까지 안동을 떠나지 않았다. 1968년부터 안동 일직교회 사찰집사^{주요 업무} 는 교회 문단속과 시설 관리, 그리고 종지기로 교회 문간방에 살았고, 1983년부터

권정생이 종지기로 살았던 일직교회

1983년부터 별세할 때까지 권정생이 살았던 집

는 마을 청년들이 빌뱅이 언덕 아래에 지어준 5평 크기의 흙집에서 살며 글쓰기에만 전념하였다.

동화 「강아지똥」은 1969년 월간 『기독교교육』의 제1회 기독교아동문학상 수상작이며 권정생의 등단작이다. 이 작품에는 권정생이 수많은 작품들을 통해 펼쳐갈 사랑과 생명의 사상이 씨앗처럼 쏙쏙 박혀 있다. 주인공인 강아지똥은 돌이네 흰둥이가 누고 간 똥으로 "똥 중에서도 제일 더러운 개똥"이다. 그래도 강아지똥은 착하게 살고 싶고 세상에 좋은 일을 하고 싶어 한다. 결국 봄이 와서 싹이 돋아난 민들레를 만나고, 자신이 거름이 되어 민들레의 몸 속으로 들어가면 별처럼 고운 꽃을 피울 수 있다는 사실을 알게 된다. 강아지똥은 너무나 기뻐 민들레 싹을 힘껏 껴안아 버리고, 사흘 동안 내린 비에 자디잘게 부서져 민들레 뿌리로 흘러들어가 결국 민들레꽃을 피운다.

이 아름다운 동화에서 가장 주목할 것은 주인공이 다름 아닌 강아지똥이라는 점이다. 권정생 이전의 동화에서 주인공은 대개 왕자나 공주 혹은 왕자나 공주가 되려는 천사같은 아이들이었다. 그러나 권정생은 동화에서 "대부분 벙어리, 바보, 거지, 장애인, 외로운 노인, 똥, 지렁이, 구렁이 등 정상인들로터 멸시받거나 그로 인한 상처를 안고 살아가는 존재"[1]를 주인공으로 내세웠다. 이러한 주인공의 모습에서, 우리는 왕자와 공주만 소중한 것이 아니라 이 세상에 존재하는 모든 것은 소중하다는 작가의 생각을 읽을 수 있다. 이러한 생각은 "하느님은 쓸데없는 물건은 하나도 만들지 않으셨어. 너도 꼭 무엇엔가 귀하게 쓰일

......
1 이계삼, 「진리에 가장 가까운 정신」, 원종찬 편, 『권정생의 삶과 문학』, 창비, 2008, 129면.

거야"라는 흙덩이의 말에서도 분명하게 드러난다.

아무도 거들떠보지 않는 강아지똥이 결국 민들레꽃을 피워내는 귀한 존재가 된다는 이야기는, 이 땅의 모든 가난하고 병든 약자들에게 힘을 주지만 아마도 이 이야기에서 가장 큰 힘을 얻은 독자는 다름 아닌 권정생 자신이었을 것이다. 권정생이야말로 이 땅의 많고 많은 '강아지똥' 중의 하나였기 때문이다. 일본 도쿄의 빈민가에서 태어난 권정생은 해방과 전쟁을 겪으며 부모님을 잃고, 형제들과도 자연스럽게 떨여져 살게 된다. 「강아지똥」을 쓸 때까지 젊은 권정생은 악몽처럼 떨쳐 낼 수 없는 가난과 병고로 몸부림쳐야만 했던 것이다. 그는 1956년 당시 불치의 병으로 인식되던 결핵에 걸린 후, 평생 그 병을 짊어지고 살았다.

이 시기 권정생이 그토록 동화작가가 되고자 했던 것은 "뭐 하나 가진 것 없는 자신이 이생애 남길 수 있는 유일한 자취는 글밖에 없다고 생각"[2]했기 때문이라고 한다. 등단하기 불과 3년 전에 권정생은 콩팥과 방광을 떼어 내고 의사로부터 길어야 2년 정도를 더 살 거라는 말을 들은 상태였다. "항상 나는 죽는다는 그거, 그게 머릿속에 있었기 때문에 「강아지똥」 이거 하나라도 써놓고 죽어야지"[3]라는 마음으로 작품을 썼던 것이다. 우리가 흔히 '목숨 걸고 쓴다'는 말을 하지만, 「강아지똥」이야말로 조금의 과장도 없이 작가가 '목숨 걸고 쓴 작품'이라고 할 수 있다.

......
2 이충렬, 『아름다운 사람 권정생』, 산처럼, 2018, 31면.
3 권정생·원종찬 대담, 「저것도 거름이 돼가지고 꽃을 피우는데」, 『창비어린이』, 2005.겨울, 20면.

한 작가의 초기작일수록 한 인간을 작가로 내몬 내면적 고민의 흔적을 직접적으로 드러내는 경우가 많다. 「강아지똥」은 권정생이 험난한 시대를 살아오면서 빈곤과 병환으로 인해 겪을 수밖에 없던 인간적 고통과 그로부터 벗어나고자 몸부림치던 고투의 흔적이 그대로 드러난 작품이다. 아마도 권정생은 이 무렵 자신을 강아지똥과 같은 존재로 여겼을지도 모르며, 이를 극복하는 길은 작품 속의 강아지똥이 자신을 자디잘게 부셔서 민들레꽃을 피워냈듯이, 자신의 병약한 몸에 남은 생명의 진액을 뽑아서 동화를 쓰는 방법밖에 없다고 생각했는지 모른다.

나아가 「강아지똥」은 이 세상에 존재하는 모든 것이 결국에는 '강아지똥'이라는 근원적인 진실을 보여준다. 별처럼 아름다운 민들레꽃이 개똥과 비와 따뜻한 햇볕이 있었기에 탄생할 수 있었던 것처럼, 이 세상의 모든 것은 다른 것에 의지해서만 살아갈 수 있기 때문이다. 그렇기에 세상 만물은 약하고 보잘 것 없는 '강아지똥'일 수밖에 없는 것이다. 이와 관련해 첫 번째 동화집 『강아지똥』세종출판사, 1974의 '작가의 말'은 참으로 인상적이다. '작가의 말'은 "거지가 글을 썼습니다. 전쟁마당이 되어버린 세상에서 얻어먹기란 그렇게 쉽지 않았습니다. 어찌나 배고프고 목말라 지쳐버린 끝에 참다 못해 터뜨린 울음소리가 글이 되었으니 글다운 글이 못됩니다"로 시작된다. 거지라는 표현에는 권정생이 이 작품을 쓸 때까지 겪었을 그 처절했던 고통이 잘 압축되어 있다.

그러나 "거지가 글을 썼습니다"라는 문장을 작가의 어려웠던 삶에 대한 고백으로만 받아들여서는 곤란하다. 바로 이어 작가는 "하기야, 세상 사람치고 거지 아닌 사람이 어디 있답니까? 있다면 '나 여기 있소' 하고 한번 나서 보실까요? 아마 그런 어리석은 사람은 없을 듯합니다. 좀 편하게 앉아서 얻어먹는 상등거지는 있을지라도 역시 거지는 거지이기 때문입니다"라고 말하기 때문이다. 세상 만물이 모두 깊이 연결되어 서로간의 도움과 배려로만 살아갈 수 있는 것이라면, 그 무엇도 자기만 잘났다고 뽐낼 수는 없는 일이다. 절대성 앞에서 모두는 '강아지똥'이자 '거지'일 수밖에 없다는 진실을 담담하게 받아들일 때, 새로운 세계는 개시되는 것이다.

「강아지똥」에서 문제를 해결하는 방식은 참으로 놀랍다. 그것은 죽음을 통한 존재의 완전한 전환을 통해서 이루어지기 때문이다. 죽음을 통해서 더 위대하게 태어난다는 것은, 이 작품이 쓰여지던 시대의 분위기를 생각하면 매우 놀라운 발상이다. 이 시기는 개인은 말할 것도 없고 사회도 오직 발전과 성장에 모든 것을 걸던 때이기 때문이다. 경쟁은 필연이며, 낙오는 용서받을 수 없었다. 이런 시대에 권정생은 자신을 송두리째 던져버림으로써 꽃을 피우는 강아지똥을 그려낸 것이다.

자신을 죽임으로써 새로운 생명을 꽃피운다는 이 희생과 헌신의 자세는 말할 것도 없이 기독교적 세계관의 본질에 해당한다. 그것은 바로 예수님이 이 세상에 와서 보여준 사랑의 정신이며, 작품에서도 별만큼 고운 민들레꽃을 피운 것은 바로 "강아지똥의 눈물겨운 사랑"이었다고 분명하게 언급되어 있다. 동시에 가장 보잘것없고 무시 받는 존재가 좋은 일을 행하여 성스러운 존재가 된다는 상상력은 우리 민족의 원형적 상상력에도 맞닿아 있다. 서사무가 「바리공주」의 바리공주가 바로 그 성스러운 주인공이다. 일곱 번째 딸인 바리공주는 아들이 아니라는 이유로 태어남과 동시에 버림받는다. 그러나 아버지가 병이 들었을 때, 바리공주는 행복하게 자란 여섯 명의 언니 대신 온갖 고생을 하며 약을 구해와 아버지를 살려낸다. 그 결과 바리공주는 최고의 높은 정신적 경지에 오른다.

「강아지똥」이 창작된 지 반세기가 넘은 지금도 꾸준하게 읽히는 이유는, 작품의 사상이 인류 보편의 아름다운 정신에 맞닿아 있기 때문일 것이다. 아마도 이 땅에는 '삶의 흔적'조차 남기지 못한 수많은 강아지똥이 조용히 살다 갔음에 분명하다. 그들이 소리 없이 피운 민들레꽃이 있었기에, 지금 우리가 사는 세상에는 여전히 희생과 사랑이라는 낱말이 남아 있는 것인지도 모른다.

[2020]

24

자연에 살어리랏다

—

한흑구의「동해산문」, 1971

자연에 살어리랏다

로마 시대 스토아 철학을 대표하는 세네카Lucius Annaeus Seneca, BC 4(추정)~65는 "모든 예술은 자연의 모방에 불과하다"고 했으며, 불멸의 화가 빈센트 반 고흐Vincent Willem van Gogh, 1853~1890도 "자연에 대한 사랑을 유지하라. 그렇게 하는 게 예술을 더 깊게 이해하는 진정한 방법이다"라고 말했다. 두 선인의 말은 해방 이후 한흑구 수필을 해명하는 나침반과도 같은 명언이다.

해방 이후 한흑구는 월남하여 서울에서 미군정의 통역을 맡으면서 살아간다. 그러다가 1948년 경주로 여행하러 가는 길에 우연히 포항 바닷가에 들렀다가 그 아름다운 풍경에 반하여, 아예 그곳에 정착한다.[1] 포항에 정착한 이유가 보여주듯이, 이후 그는 자연의 아름다움에 깊이 천착하는 모습을 보여준다.

해방 이전 다양한 방면에서 활동하던 한흑구는 해방 이후에 주로 수필에 자신의 창작열을 집중한다. 총 31편의 수필『한흑구 문학선집』(민충환 편, 아시아, 2009)과『한흑구 문학선집』II(민충환 편, 아르코, 2012)에 수록된 수필의 합계 중에서 해방 이후에 발표된 것은 24편인데, 이 수필들의 제목은 「닭 울음」, 「나무」, 「여름 단상」, 「보리」, 「눈」, 「비가 옵니다」, 「감」, 「진달래」, 「밤을 달리는 기차」, 「새벽」, 「길」, 「제비」, 「동해산문」, 「한여름 대낮의 움

1 이강언·조두섭,『대구·경북 근대문인연구』, 태학사, 1999, 295면.

직임과 고요」, 「코스모스」, 「석류」, 「들 밖에 벼 향기 드높을 때」, 「흙」, 「노목을 우러러보며」, 「낙엽과의 대화」, 「봄이 오면」, 「흰 목련」, 「나의 필명의 유래」, 「모란봉의 봄」이다. 이러한 제목들은 한흑구의 해방 이후 수필이 한 두 편을 제외하고는 자연을 그 대상으로 삼았음을 선명하게 보여준다.

자연을 대상으로 한 한흑구의 수필에는 예술적 감동을 자아내는 아름다운 문장들이 빼곡하다. 몇 가지만 꼽아보면, 비오는 날의 보리를 "보리 수염들이 파랗게 버티고 서서 은구슬 같은 빗방울들을 하나하나 줄줄이 꿰고 있습니다"「비가 옵니다」, 1956라고 표현하거나 나무들과 온갖 초목들을 "7색 무지개의 빛을 지닌, 하나의 커다란 옷"「감」, 1956에 비유한 것을 들 수 있다. 또한 봄의 샘물소리를 "마치 갓난애의 손가락같이 보드러운 감촉을 느끼게 하는 그 새맑은 소리"「봄이 오면」, 1975라고 표현한 것도 참으로 인상적이다. 이렇게 자연스럽고 아름다운 문장들은 작가가 자연과 짙은 교감을 나누었을 때만 탄생할 수 있는 것들이다.

이 대목에서 필명 '흑구'는 새로운 의미를 지니게 된다. 일제 시대 '흑구'가 죽어도 변치 않는 애국심을 지닌 청년을 형상화한 것이었다면, 해방 이후 포항에 정착한 이후의 '흑구'는 한가롭게 동해 바다를 떠다니는 지족의 현인을 떠올리게 한다. 「나의 필명의 유래」에도 마지막 부분에 유유자적하는 갈매기의 모습을 재미있게 언급하는 대목이 나온다. "우리가 조국의 광복을 찾은 뒤에, 검은 갈매기들이 사라호 태풍에 밀리어서 동해에까지 날아와 살게 되었"으며, 그들은 "제비와 같은 철새는 아닌지 그대로 남아서, 푸르고 고요한 동해를 즐기면서 살아가고 있다"는 것이다. 조국의 광복 뒤에 동해에 와서 "푸르고 고요한 동해를 즐기면서 살아가"는 검은 갈매기야말로 한흑구의 해방 이후 모습에 그대로 대응한다.

해방기에 쓰여진 수필에는 해방 이전의 '흑구'와 포항 정착 이후의 '흑구'가 함께 나타난다. 식민지 시기 애국청년이었던 이력을 증명하듯이, 자연을 통해 나라와 겨레에 대한 사랑을 표현하는 것이다. 해방 이후 처음 발표된 「닭 울음」1946에서는 닭 울음과, 해방 2주년의 국경일을 맞이하여 "한 마음 한 뜻으로 새로운 국가를 이룩하리라"는 희망으로 부르는 애국가를 연결시킨다. 이듬해에 발표된 「나무」1947도 "잎마다 잎마다 햇볕과 속삭이는 성장盛裝한 여인과 같은 나무"의 아름다움과 "성자聖者와 같은 나무"의 후덕함을 감각적이고 유려한 문장으로 찬미한다. 동시에 미국에 망명중이던 아버지가 편지마다 썼던 "너는 십일홍十日紅의 들꽃이 되지 말고, 송림松林이 되었다가 후일에 나라의 큰 재목材木이 되라"는 구절을 떠올린다. 한흑구의 대표작으로 회자되는 「보리」1955에서도 "모든 고초와 비명"을 견디낸, 그리하여 "항상 그 순박하고, 억세고, 참을성 많은 농부들과 함께, 이 땅에서 영원히 사라지지 않을" 보리는 식민지와 전쟁을 이겨낸 우리 민족을 자연스럽게 환기시킨다.

인생의 말년에 창작된 수필에서는 '푸르고 고요한 동해를 즐기면서 살아가는 검은 갈매기' 한흑구의 모습이 보다 뚜렷해진다. 「한여름 대낮의 움직임과 고요」1971에서는 "오늘과 같이 조용한 날엔 고요한 바다 위를 떠오르는 해가 보고 싶다"며 "송도松島의 다리를 건너고, 새로 심은 플라타너스들을 눈여겨보면서 영일만迎日灣 사장沙場"까지 걸어간

다. 「노목老木을 우러러보며」1974에서는 청하에 있는 보경사寶鏡寺 앞뜰
에 앉아서, 하늘 높이 솟아오른 느티나무를 바라보며 자연을 향한 외경
심을 느낀다. 「흰 목련」1975에서는 보경사에서 "두부장수의 손종을 거
꾸로 세워 놓은 듯한 모양" 같기도 하고, "옥수수 이삭을 짜개서 펼친
듯한 모양" 같기도 한 목련에 취하기도 한다.

　　그러나 한흑구의 자연을 대상으로 한 수필이 감각과 감상으로만
가득찬 음풍농월吟風弄月에 머무는 것은 아니다. 거기에는 우주적 규모
의 형이상학이 존재하니, 그것은 다름 아닌 생태주의이
다. 생태주의ecology는 지구라는 생태계가 그 안의 모든 생
명들이 분리될 수 없는 필연성으로 깊이 연결된 유기적
통일체라는 사실에 근거한다. 자연을 인간의 대상으로만
여기는 인간중심주의를 배격하고 인간도 생태계의 일부
로서 자연과 상호관계를 맺는 존재에 불과하다는 점을
강조하는 것이다. 「동해산문」1971과 「흙」1974에는 생태주
의의 기본 입장을 그대로 옮겨놓은 듯한 표현이 여러 곳
에 등장한다.

　　「동해산문」에는 "이 지구 위에서 인간이라는 동물들
은 흙에서 나오는 것을 먹고, 물에서 나오는 것을 먹으면
서 살아간다. 모든 다른 생물들도 흙과 물에서 살고, 또한
흙으로 돌아가야 하는 운명을 지니고 있다. 이 운명을 도
피할 자는 이 지구 위에는 하나도 존재할 수 없다"고 하
여 유기체로서의 지구를 강조한다. 또한 "깊고 넓은 볼륨

속에는 모든 생물들과 인간의 슬픈 역사가 고이 간직되어 있"는 바다
에 비할 때, "나는 한낱 인생인 것이다"라고 하여 인간중심주의와는 거
리가 먼 모습을 보여준다. 「흙」에서도 "사람은 흙에서 나서, 흙에서 나
오는 것을 먹으면서 살다가 다시 흙으로 돌아가는 것이, 다른 모든 생
물들이 하는 것과 같은 하나의 본연의 자세"인데, "이제 사람은 흙에 대
한 애정을 잃어가"서 "지구의 피부와 살을 다 뜯어먹고, 긁어먹고, 자기
의 한 몸뚱이를 영원히 담아서 쉬게 할 곳도 없는 슬픈 존재가 되어가

동해의 푸른 물결

고 있다"고 한탄한다.

본래 생태주의는 급격한 산업화로 인해 자연이 파괴되는 급박한 상황 속에서 인류의 지속적인 생존을 담보하고자 하는 시대적 열망에서 탄생한 사상이다. 한국문학에서 생태주의적 문제의식이 본격화된 것이 1990년대 이후라는 것을 생각할 때, 한흑구의 수필은 매우 선구적인 것이다. 이와 관련하여 한흑구의 수필에서 생태주의적 입장이 본격적으로 드러나는 시기가 1970년대라는 것도 주목할 필요가 있다. 이때는 한국 전체는 물론이고, 그가 뿌리내리고 사는 포항이 거대한 산업도시로 변모한 시기이기 때문이다.

한흑구의 포항 생활은 한 명의 문인으로서나 인간으로서 복된 시간이었음에 분명하다. 그러나 달관의 성자 한흑구도 어쩔 수 없는 아픔은 있었던 것 같다. 그것은 다름 아닌 실향민으로서의 향수이다. 그동안 주목받은 적은 없지만, 그의 수필에는 실향민의 정서가 곳곳에 묻어난다. 봄을 맞아 꽃을 피운 진달래를 보며 "어릴 때에 보던 모란봉 위의

진달래"와 "영변 약산 동대의 진달래"「진달래」, 1957를 떠올리며, 서울을 떠나 부산으로 가는 밤 열차에서 "죽어도 집에 가서 죽는다"며 퇴원을 한 노인을 보면서 "이북에 있는 나의 집을 한번 다시 머릿속으로 그려"「밤을 달리는 열차」, 1957보는 식이다.

이러한 향수는 시간이 갈수록 더욱 깊어지고 생생해진다. 제비를 보며 "집과 고향은 자기가 난, 단 하나의 곳이기 때문에 죽을 때까지도 그리워하는 것일까?"라며 "깊은 노스탤지어"「제비」, 1969에 사로잡히고, 벼가 익어가는 계절을 맞이하여 자신의 유년기를 회고하며 "38 이북에 두고 온 내 고향과 어린 시절의 낭만과 꿈을 되찾을 길이 없다"는 "설움"「들 밖에 벼 향기 드높을 때」, 1973을 느낀다. 타계하기 일년 전에 발표한 「모란봉의 봄」1978은 평양을 항공 촬영한 것처럼, 평양의 대표적인 명소가 생생하게 묘사된 수필이다. 수십년의 세월이 지났어도 한흑구의 마음 속에서는 금수산, 모란봉, 을밀대. 부벽루, 기자림 등이 어제 일처럼 생생하게 남아 있었기에 가능한 일이다. 타계한 지 수십년이 지난 지금, 작가의 영혼이나마 남과 북의 하늘을 자유롭게 넘나들 수 있기를 두 손 모아 빌어본다.

(2020)

포스코 포항제철소

25

풍류의 달인들

—

서정주의 『질마재 신화』, 1975

풍류의 달인들

풍류風流라는 단어는 우리 생활에서도 흔히 사용되는 말이다. 국어사전을 찾아보면, 멋스럽고 풍치가 있는 일 또는 그렇게 노는 일, 즉 예술성이나 심미성을 지향하며 노는 것이라고 정리되어 있다. 품격의 고상함을 지닌 자유인의 생활이 풍류인 것이다. 그러나 도道라는 말이 붙는 것에서도 알 수 있듯이, 풍류에는 단순하게 정의될 수 없는 심오한 형이상학적 의미가 담겨져 있다. 풍류라는 말이 가장 먼저 등장하는 최치원의 「난랑비서鸞郎碑序」를 보면 풍류란 한민족의 가장 종지가 되는 사상체계라고 보아도 무리가 없을 정도이다.

공식 역사서인 김부식의 『삼국사기三國史記』「신라본기新羅本紀」 진흥왕조眞興王條에 등장하는 「난랑비서」의 가장 핵심적인 대목을 옮기면 다음과 같다.

> 우리나라에 현묘한 도가 있으니 '풍류'라고 한다. 가르침을 베푸는 바탕은 선사仙史에 자세히 실려 있는데, 그 실제 내용은 유·불·도 삼교의 가르침을 포함하고 종합하여 온갖 생명을 교화한다는 것이다.
> 國有玄妙之道 曰風流 設敎之源 備詳仙史 實內包含三敎 接化群生

화랑도花郎徒의 지도이념이기도 했던 풍류도風流道는 어느 하나의

271

사상이나 종교만이 아니라 고유 신앙을 기반으로 하면서 외래 종교인 유교와 불교 및 도교의 종지를 포함하는 거대한 사상으로서, 모든 생명들을 교화하였다. 이후에도 풍류에 대한 개념 규정은 최남선, 김정설, 안호상, 양주동 등의 석학들에 의해 끊임없이 이루어졌다. 이들의 다양한 논의를 정리하자면 풍류(도)의 핵심적인 특징으로는 '걸림 없는 자유로움', '모든 경계를 뛰어넘는 대조화大調和의 세계', '유연하고 여유로운 삶의 자세와 이를 통한 미의 추구'라는 세 가지를 들 수 있다. 순우리말로는 멋이라고 번역될 수 있는 풍류의 핵심적인 개념은 우주적 차원의 자유와 조화인 것이다.

이러한 풍류(도)를 가장 깊이 있게 형상화한 현대 문인으로는 미당 서정주徐廷柱, 1915~2000를 손꼽을 수 있다. 서정주는 여러 산문을 통해 풍류의 의미와 가치를 매우 진지하게 논의하였다. 최치원의 「난랑비서」를 언급하며 직접적으로 풍류를 논한 글만 정리해보아도 「한국 시정신의 전통」, 「한국적 전통성의 근원」, 「신라문화의 근본정신」, 「신라의 영원인」, 「풍류」, 「전라도 풍류」 등을 들 수 있다. 「한국 시정신의 전통」에서는 풍류가 "우주적 무한과 시간적 영원"을 근거로 하며, "인간주의가 아니라, 우주주의적 정신의 표현이요, 현재적 현실주의가 아니라 사람을 영생해야 할 것으로 생각한 데서 온 영원주의 정신의 나타남"이라고 규정한다. 「한국적 전통성의 근원」에서는 풍류도를 "영통주의靈通主義 정신"이라고 설명한다. 「신라문화의 근본정신」에서는 신라 풍류도의 근본정신으로 "천지전체를 불치의 등급 따로 없는 한 유기적 연관체의 현실로서 자각해 살던 우주관"과 "등급 없는 영원을 그 역사의 시간으로 삼"는 것을 들고 있으며, 전자와 후자는 각각 "우주인, 영원인으로서의 인격"에 해당한다고 말한다. 「신라의 영원인」에서는 "사람의 생명이란 것을 현생에만 국한해서 생각하는 것이 아니라 영원한 것으로서 생각하고, 또 아울러서 사람의 가치를 현실적 인간사회적 존재로서만 치중해 생각하는 것이 아니라 자연의 존재로서 많이 치중해 생각"하는 것이라고 설명한다. 「풍류」에서는 "현실을 바닥과 구석에 닿게 가장 질기게 살 뿐만이 아니라 자손만대의 영원을 현실과 한 통속으로 하여 어떤 경우에도 이어서 안 죽고 살아가려는 정신의 요구를 따르는 길"이라고 주장한다. 「전라도 풍류」에서는 "전라도인의 많은 수가 도리어 신라적인 자연주의와 풍류도의 전통을 계승"하고 있으며, "그들은 영원을 여행하고 있는 픈수로서 현생에 인색할 필요도

2001년 복원된 미당 서정주 생가

273

없고 또 정신의 체증을 만들어 가질 필요도 없기 때문에 풍류처럼 흐르고 멋있게 출렁거리며 맛있게 살다 가"는 것이라고 설명한다.

　미당은 영원주의와 우주주의로 정리되는 풍류도가 매우 의미 있는 정신으로 오늘날에 새롭게 부활해야 한다는 입장이다. 그것은 「신라문화의 근본정신」에서 민족의 일을 경영하고 허무를 극복하기 위해서는 "신라의 풍류도는 아직도 크게 필요한 힘이다"라고 단정적으로 말하는 것에서도 확인할 수 있다. 시인의 여섯 번째 시집인 『질마재 신화神話』일지사, 1975는 미당이 그토록 강조한 풍류도가 직접적으로 형상화된 실례이다.

미당시문학관 전망대에서 바라본 선운리

　　질마재의 정식 명칭은 전북 고창군 선운리仙雲里이고, 이 곳은 약 150호 정도의 집이 있던 조그마한 마을이었다. 서정주는 열 살 무렵 줄포로 이사할 때까지 줄곧 이곳에서 살았다. 시집『질마재 신화』는 이 곳의 사람들과 풍물들을 바탕으로 해서 창작되었다. 그것은 약간의 변형이 가해져 시로 수용되기도 했지만, 있는 그대로 시에 수용되기도 하였다. 간통사건과 연날리기 이야기, 외할머니집에 해일이 들던 일, 도깨비집 할머니 이야기, 석녀 함물댁 이야기, 소자 이생원네 마누라 이야기 등은 시인이 어려서 실제로 보고 겪은 이야기들이다.[1] 이러한 이야기들은 「간통사건姦通事件과 우물」, 「지연승부紙鳶勝負」, 「해일海溢」, 「말피」, 「석녀石女 한물댁宅의 한숨」, 「소자小者 이李생원네 마누라님의 오줌 기운」 등의 시에 그대로 반영되어 있다.

　　『질마재 신화』에서는 인간과 인간, 나아가 인간과 자연 사이에 경계를 설정할 수 없는 대조화大調和의 세계가 자주 펼쳐진다. 「해일」에서는 수십년 전 바다에서 죽은 외할아버지가, 때가 되면 바닷물이 되어 외할머니를 방문한다. 「이삼만李三晩이라는 신神」에서는 이삼만의 붓 기운이 시공을 뛰어넘어 뱀에게 영향을 미치는 모습이 그려진다. 「석녀 한물댁의 한숨」에서는 아이를 낳지 못해 자진해서 남편에게 소실을 얻어 주고, 언덕 위 솔밭 옆에 홀로 살던 한물댁이 자연과 감응하며 사는 모습이 잔잔하게 형상화되어 있다. 그녀는 남편과는 떨어져 사는 대신, 모시 잎들, 개나 고양이, 솔바람 소리

1　「질마재」,『서정주 문학 전집』3, 일지사, 1972.

와 한데 어우러져 나름의 세계를 창조해 나간다.

인간과 자연이 우주적 차원에서 한데 어우러지기에, 인간의 생명력은 자연의 생명력으로 손쉽게 전환되고는 한다. 「小者 李 생원네 마누라님의 오줌 기운」에서 이 생원네 마누라님의 오줌은 질마재 마을에서도 제일로 무성하고 밑둥거리가 굵다고 소문이 난 무밭을 만들어 내는 생명력의 근원으로 작용한다. 시인은 오줌 기운을 강조하기 위해 신라시대 지도로대왕비智度路大王妃의 "장고長鼓만한 똥"과 이 생원네 마누라님의 무를 비교하고 있다. 똥을 수식하는 말로 장고가 등장한 이유는 장고가 사람들을 고무시키고, 신바람을 나게 하는 악기이기 때문일 것이다. 수필 「질마재」에서는 이생원네 부부가 자연과 일체화된 존재임을 직접적으로 강조한다. 이 부부는 일종의 자연파自然派로서, 자연에 처하기를 즐기며 자연의 모습을 가장 많이 닮은 감각으로 살아간다.

「알묏집 개피떡」에 등장하는 알묏댁도 자연의 생명력을 고스란히 자기 안에 담고 있는 존재이다. 그녀는 보름달이 뜰 무렵의 보름 동안은 서방질을 하고, 달이 없는 그믐께부터는 마을에 떡을 판다. 그런데, 그녀의 떡은 맵시며 맛이 너무나 뛰어나 "손가락을 식칼로 잘라 흐르는 피로 죽어가는 남편의 목을 추기었다는 이 마을 제일의 열녀烈女 할머니"까지 알묏댁을 칭송한다. 생명력을 바탕으로 미적 경지로 승화된 떡 앞에서, 열녀로 표상 되는 도덕조차 꼼짝하지 못 하고 박수를 치고 있는 것이다.

「소 × 한 놈」은 그로테스크한 상상력을 통해 인간과 자연의 경계가 사라진 세계를 직접적으로 그리고 있다. 이 시에서 주목을 끄는 것은 수간獸姦이라는 어이없는 행동을 저지른 총각 놈을 묘사하는 시인의 태도이다. 그는 "품행방정品行方正키로 으뜸가는 총각놈이었는데, 머리숱도 제일 짙고, 두 개 앞이빨도 사람 좋게 큼직하고, 씨름도 할라면이사 언제나 상씨름밖에는 못하던 아주 썩 좋은 놈이었는데, 거짓말도 에누리도 영 할 줄 모르는 숙하디 숙한 놈"으로 묘사되고 있다. 수간 사실이 들통나 사라진 그를 보며, 화자는 "그 발자취에서도 소똥 향내쯤 살풋이 나는 틀림없는 틀림없는 성인聖人 녀석이었을거야"라고 말한다. '틀림없는'이라는 단어를 두 번이나 강조하는 화자의 태도에 비꼼과 같은 부정적인 뉘앙스는 느껴지지 않는다.

　　나아가 질마재의 사람들은 유연하고 여유로운 삶의 자세를 바탕으로 심미성을 지향하는 사람들이기도 하다. 이러한 모습은 「소망(똥깐)」에서 가장 분명하게 나타난다. 이 시에서는 자칫 더럽고 추하다고 여겨지는 배설 행위조차 나름대로 운치 있는 미적 행위로 전환된다. "이것에다가는 지붕도 휴지休紙도 두지 않는 것이 좋네, 여름 폭주暴注하는 햇빛에 일사병日射病이 몇 천 개 들어 있거나 말거나, 내리는 쏘내기에 벼락이 몇 만 개 들어 있거나 말거나, 비 오면 머리에 삿갓 하나로 응뎅이 드러내고 앉아 하는, 휴지 대신으로 손에 닿는 곳의 흥부興夫 박잎사귀로나 밑 닦아 간추리는 ― 이 한국韓國 〈소망〉의 이 마지막 용변用便 달갑지 않나?"라는 대목에서, 용변을 보는 화장실과 그 행위는 멋진 작업실에서 이루어지는 창작 행위에 조금도 모자라지 않는 예술적 아우라를 풍기게 된다. 「상가수上歌手의 소리」의 주인공도 똥오줌 항아리를 명경明鏡으로 몸단장을 하는 처지이지만, 그 노랫소리는 "이승 저승에 두루 무성"할 만큼 빼어나다. 주목할 것은 그러한 빼어남이 다름 아닌 "명경^{明鏡}도 이만큼은 특별나고 기름"지기 때문이라는 점이다. 그야말로 현실의 불우를 참된 예술의 동력으로 전환시키는 극적 아이러니와 역설의 미학이 번뜩인다고 할 수 있다.

기존의 사회 규범이나 질서를 부정하며 내적인 가치의 완성에 골몰하는 그들이기에, 자잘한 세속의 명리나 승부 따위는 별다른 중요성을 갖지 못 한다. 그것은 지상으로부터의 마지막 속박이라 할 수 있는 실마저 끊어져 아무런 걸림 없이 날아가는 연의 이미지에 응축되어 있다. 「지연승부^{紙鳶勝負}」라는 시가 바로 그것이다.

그렇지만 選手들의 鳶 자새의 그 긴 鳶실들 끝에 매달은 鳶들을 마을에서 제일 높은 山 봉우리 우에 날리고, 막상 勝負를 겨루어 서로 걸고 재주를 다하다가, 한 쪽 鳶이 그 鳶실이 끊겨 나간다 하드래도, 敗者는 〈졌다〉는 歎息 속에 놓이는 게 아니라 그 반대로 解放된 自由의 끝없는 航行 속에 비로소 들어섭니다. 山봉우리 우에서 버둥거리던 鳶이 그 끊긴 鳶실 끝을 단 채 하늘 멀리 까물거리며 사라져 가는데, 그 마음을 실어 보내면서 〈어디까지라도 한번 가 보자〉던 전 新羅 때부터의 한결 같은 悠遠感에 젖는 것입니다.

그래서 그들은 마을의 生活에 실패해 한정없는 나그네 길을 떠나는 마당에도 보따리의 먼지 탈탈 털고 일어서서는 끊겨 풀려 나가는 鳶같이 가뜬히 가며, 보내는 사람들의 인사말도 〈팔자야 네놈 팔자가 상팔자구나〉 이쯤 되는 겁니다. 紙鳶勝負

 이 시에서 그려진 연은 질마재 사람들이 마지막으로 가 닿은 세계의 모습이라고 할 수 있는데, 그것은 「질마재」라는 수필의 마지막이 바로 이 연날리기로 끝나는 것에서도 확인할 수 있다. 이는 현실에서는 패배하지만 그것을 통해 사실은 더 깊은 자유와 여유를 얻게 됨을 이른다. 실이라는 물질적 질곡에서 벗어남으로 인해 아무것에도 걸림 없는 무한한 자유를 얻는 것이다. 실이 끊긴 채 하늘을 자유롭게 날아다니는 모습은, 마지막 연에서 생활에 실패해 한정 없는 나그네길을 떠나는 인간의 모습으로 변모된다. 이 나그네를 향해 던지는 사람들의 인사말 "팔자가 네놈 팔자가 상팔자구나"라는 말은 마을 사람들에게 진정으로 중요한 가치가 무엇인지를 드러내기에 모자람이 없다. 그것은 세속의 승부나 성공 따위와는 비교할 수도 없는 무한한 자유, 바로 풍류(도)인 것이다.

 연실이 끊어지는 것은 현실적 패배인 동시에 현실의 여러 속박으로부터 벗어나는 것을 의미한다. 연실이 끊겼다는 패배의 고통 속에서 "〈어디까지라도 한번 가 보자〉던 전 신라新羅 때부터의 한결 같은 유원감悠遠感"에 젖는 모습은, 현실의 고통을 유유자적함으로 승화시킨 모습이라고 할 수 있다. 연의 자유로운 이미지 속에 응축된 풍류도의 모습은 『질마재 신화』 이후, 『떠돌이의 시』1976, 『서으로 가는 달처럼』1980, 『노래』1984, 『산시』1991 등을 통해 표출되는 열린 세계를 소요하는 떠돌이 미당의 모습으로 변모되어 나타난다.

(2019)

26

전통적인 농촌의
정서와 윤리

이문구의 『관촌수필』, 1977

전통적인 농촌의 정서와 윤리

이문구李文求, 1941~2003의 『관촌수필』문학과지성사, 1977은 작가가 나고 자란 갈머리 마을葛村, 현재 충남 보령시 대천2동을 배경으로 한 소설이다. 작가는 1941년 4월 12일 충청남도 보령군 대천군 대천리 387번지에서 5남 1녀 중 4남으로 태어났다. 이 곳이 바로『관촌수필』의 배경이 된 관촌冠村이다. 한국전쟁이 발발하자 남로당 보령군 위원장이던 아버지는 예비검속되어 죽고, 곧이어 둘째 형과 셋째 형도 죽는다. 이 충격으로 할아버지와 어머니도 곧 세상을 떠난다. 집안이 풍비박산나자 중학을 마친 후 바로 상경하여 막벌이꾼으로 생계를 이어간다. 1963년 서라벌 예술대학 문예창작과를 졸업하였고, 대학 시절 평생의 스승인 소설가 김동리를 만난다. 1965년과 1966년에 각각 「다갈라 불망비」와 「백결」을『현대문학』에 발표하면서 등단하였다. 이후 전통적인 한자어와 생동감 있는 토속어로 한국어 문장의 새로운 경지를 개척하였다. 이것은 어린 시절 유학자였던 조부로부터 받은 교육과 기층민중 속에서 살아온 삶의 이력이 결합된 결과라고 할 수 있다. 그의 문학세계는 농본주의적인 민중의식과 유교적인 선비의식에 바탕하여 농촌 공동체의 윤리와 삶의 실상을 실감나게 드러낸 것으로 정평이 나 있다.『관촌수필』은 앞에서 말한 이문구의 작가적 특징이 가장 잘 드러난 출세작이자 대표작이다.

이 작품은 일제 말기부터 새마을 운동이 한창인 1970년대까지를 배경으로 한 여덟 편의 중·단편소설로 이루어진 연작소설이며, 각각의 작품은 일종의 전傳이라고 볼 수 있을 정도로 인물을 중심으로 쓰여져 있다. 1972년부터 1977년까지 발표된 이들 작품에는 각각 할아버지「일락서산(日落西山)」, 윤영감 가족「화무십일(花無十日)」, 옹점이「행운유수(行雲流水)」, 대복이「녹수청산(綠水靑山)」, 석공 신현석「공산토월(空山吐月)」, 유천만과 유복산 부자「관산추정(關山蒭丁)」, 신용모「여요주서(輿謠註序)」, 김희찬 형제「월곡후야(月谷後夜)」가 주인공으로 등장한다. 이 중에서 「일락서산」, 「화무십일」, 「행운유수」, 「녹수청산」은 과거를, 「여요주서」와 「월곡후야」는 현재를, 그리고 「관산추정」은 과거와 현재를 동시에 다루고 있다.

『관촌수필』은 전통적인 동아시아적 시간관을 지니고 있다고 해도 과언이 아니다. 동아시아에서는 가장 오래전 요순堯舜 시대를 지향해야 할 이상적인 시대로 상정하며, 그 시대로부터 멀어질수록 참된 가치에서 벗어나 있다고 파악한다. 이 작품에서도 이러한 시간관은 그대로 적용되어 할아버지가 살아 있던 과거야말로 참다운 삶의 가치가 삶아 숨 쉬는 시공이며, 지금에 가까워질수록 세상은 오염되고 타락한 것으로 그려진다.

『관촌수필』은 작가와 거의 동일시되는 '내'가 13년 만에 귀향하여 유년기를 회상하는 형식으로 되어 있다.『관촌수필』의 첫 번째 이야기인 「일락서산」은 사실상 유년시절의 관촌이 오늘날 완전히 사라졌음을 확인하는 비가悲歌에 가깝다. 관촌의 몰락은 "고색창연한 이조인李朝人"이자 "위엄과 고고孤高의 상징"으로 "근엄한 선비의 기풍"을 유감없이 발휘했던 할아버지의 세계가 사라진 것을 통해 실감나게 드러난다. 이미 할아버지를 상징하는 왕소나무^{가장 영광스러운 선조인 토정 이지함이 꽂은 지}_{팡이에서 자라난 나무}는 베어져 버렸으며, 곳곳이 변해버린 갈머리 마을에서 '나'는 자신이 "실향민"이 되었음을 뼈저리게 느낀다. 이러한 상황에서 과거의 고향에 대한 노스탤지어^{nostalgia, 향수}는 시작된다. 여러 사람이 주장한 바와 같이 노스탤지어는 더 이상 존재하지 않는 것을 향해 발생하는 감정으로서, 상실된 것에 대한 아이러니한 그리움이라고 할 수 있다. 이러한 그리움 속에서 사라진 과거의 빈자리를 채우는 것은 이상화되고 낭만화된 상념이다.

공간의 본질적 특징은 그곳에 사는 사람들을 통해 드러난다는 인문지리학자들의 생각처럼, 『관촌수필』에서 이상화된 관촌마을의 특성은 그 곳을 채우는 아름다운 사람들을 통해 잘 드러난다. 옹점이, 대복이, 석공, 유천만이 바로 그 아름다운 사람들의 이름으로서, 그들은 가진 것 없고 배운 것 없는 민초들이다. 옹점이는 '나'보다 10년이 위였지만 노상 동갑내기처럼 구순하게 놀아주었으며, 때로는 누구보다 억세고 굳은 의지를 보여주었다. 대복이는 '내'가 대복이 뒤만 따라다니면 모든 걸 맘대로 장난해도 겁날 게 없다고 생각할 정도로 믿음직한 동네 형이다. 석공 신현석은 가장 모범적인 일꾼으로, 동네의 아무런 보수도 없던 일들에 "봉사함만이 자기의 직분이며 도리"로 여기던 사람이다. 유천만도 자신이 하는 것에 비해 품삯이 너무 보잘것없는 동네일을 하기에 "재미를 붙이도록 타고난 천성"을 지닌 것으로 묘사된다. 유복산 역시 "작은 대복이라고 해도 무방할 만큼" 마음 씀씀이가 너그럽고 자상하다. 이들은 교환의 논리를 모르며, 나의 이익보다는 공동체의 안녕을 우선시한다.

관촌마을에서는 상주목사尙州牧使의 아들이요 강릉대도호부사江陵大都護府使의 손자로서 근엄한 선비의 기풍을 유감없이 발휘하는 할아버지와 "일이 급해 어느 옹기점의 독 틈에서 낳았다 하여 이름이 옹점이"라는 옹점이와 같은 민초들이 한데 어우러져 살아간다. 그들은 모두 교환의 원리가 아닌 증여의 원리에 바탕해 살아가며, 개인의 이익보다는 공동체의 도리를 우선시하는 사람들이다. "사농공상의 서열을 망국적 퇴폐풍조로 지적"하며 "무산 계급"을 옹호하는 아버지 역시, 관촌마을의 기본적인 가치에 따르는 사람이다.

나아가 관촌 마을에서는 인간과 인간뿐만 아니라 인간과 자연 역시 조화롭게 하나가 되는 모습을 보여준다. 「관산추정」에서는 여우가 울면 마을에 꼭 초상이 난다는 식의 신화적 상상력이 등장하기도 하는 것이다. 대복이는 동물의 생리에 너무나 익숙하여 그것들을 잡는 데 언제나 첫손에 꼽히며, 유천만도 주로 돼지 새끼를 거세하거나 염소 토끼를 잡아주는 것처럼 동물과 관련된 일에 신바람을 낸다.

관촌의 이러한 아름다운 모습은 자연스럽게 순결하고 이상적인 민족 공동체를 떠올리게 한다. 이것은 관촌에 대한 위협으로 외세가 개입하는 장면을 통해 더욱 강화된다. 「화무십일」에 잘 드러난 것처럼 한국전쟁은 이 마을을 거의 풍비박산의 지경으로 내몰지만, 그 이전에도 미군이 등장하면서 균열의 조짐이 나타나기 시작한다. 옹점이는 누구보다도 "주체의식, 또는 주체성이 있는 것"으로 규정되는데, 그것은 옹점이가 미군들이 던져주는 더러운 음식을 못 먹게 하는 것으로 구체화된다. 그렇게 믿음직하고 따뜻하던 대복이의 언행이 거칠어지고 도벽을 키우기 시작한 것도 미군정美軍政 끝무렵에 수백 명의 미군들이 읍내에 드나들기 시작하면서이다. 「월곡후야」에서 귀향하여 농사를 짓는 희찬은, 농촌의 어중간한 식자층이 실패하는 이유가 일본을 기준으로 해서 쓰여진 일본의 농업서적이 무분별하게 보급되었기 때문이라고 지적한다.

'내'가 귀향하여 마주한 관촌은 인간다운 가치로 빛나던 과거와는 거의 무관하다. 「관산추정」에서 그려진 현재의 관촌은 아이가 논두렁에서 콩서리만 해 먹다 들켜도 고발될 정도로 동네 인심은 변했고, 놀러온 도시 사람들로 서울 근교의 유원지처럼 소음이 가득하다. 「여요주서」의 신용모는 억울한 누명을 쓰지만 누구 하나 도와주는 사람이 없으며, 법의 보호도 제대로 받지 못한다. 「월곡후야」에서는 김선영이라는 중년의 사내가 딸의 친구를 강제로 임신시키고, 마을 청년들은 윤리적인 제재를 가하겠다며 김선영에게 무자비한 사적 보복을 감행한다. 그 청년들 중에서 두목격으로 행세하던 수찬은 가장 먼저 자신의 애인과 마을을 떠나는 위선적이고 이기적인 모습을 보여주기까지 한다.

과거와 현재라는 이러한 선명한 대비는 문체에도 그대로 반영된다. 할아버지의 세계와 민초들의 세계가 조화롭게 공존하던 과거를 형상화 할 때, 소설은 할어버지로부터 비롯되는 전통적 한자어와 민초들로부터 비롯되는 토속어가 자연스럽게 어우러진다. 할아버지의 "그저 틈만 있으면 밖으루 내달으니 한심한 일이로고. 색거한처索居閑處요, 산

려소요 散慮逍遙라고 배웠으면 배운만침 알 만두 허련마는……"이라는 격조 있는 한자어 문체와 옹점이의 "나 시집가면 맨날 놀러온다메? 그려, 와. 은어 온 밥허구 건건이허구 쫍박에다 담아줄 텡께"라는 질박한 토속어 문체가 공존하는 것이다. 현재를 다룬 작품에서는 할아버지의 옛스러운 문체가 사라지는 대신 당대 정부 政府의 공식적인 언어가 등장한다. 「여요주서」에서는 시골의 즉결 재판소에 선 피의자조차 "그런 식으로 국민 총화를 저해허지 말라구요"나 "국민 여러분께 죄송허게 생각합니다"라고 말한다. 「월곡후야」에서 수찬을 비롯한 젊은 친구들은 린치 lynch를 가하면서 "야, 너 잘 들어봐. 우리의 처지를 약진의 발판으로 삼어 창조의 힘과 개척의 정신을 기르며 공익과 질서를 앞세워 능률과 실질을 숭상허구, 경애와 신의에 뿌리박은 상부상조의 전통을 이어받는다 ― 너 이게 뭔지 잘 알지?"라며 국민교육헌장을 읊어낸다.

이처럼 철저한 과거와 현재의 대비를 어떻게 이해해야 할까? 얼핏 보기에 둘은 서로 무관한 것 같지만, 이상적인 과거와 비루해진 현실은 깊은 차원에서 서로 밀접하게 연결되어 있다. 이토록 비루해진 현재야말로 장엄하기까지 한 과거의 관촌을 불러낸 진정한 이유이기 때문이다. 노스탤지어는 본래 삶의 근본적 토대 상실이라는 현재의 위기에서 비롯되는 감정인 것이다. 실제의 관촌은 결코 이상적인 신화적 공간일 수만은 없다. 이문구는 수필 「남의 하늘에 묻어 살며」에서 고향을 떠나 상경할 당시 관촌은 "나의 선대와 나를 키워준 고향이라는 애착심보다는 부모형제를 잡아먹은 원수와 다름없는 저주의 땅"이자 "자다가도 몸서리쳐지는 징그러운 바닥"이라고 고백한 바 있다.

관촌마을의 소나무 숲

관촌마을 기념비

또한 「일락서산」에서도 드러나듯이, 관촌은 계층의 차이를 뛰어넘는 측면만큼이나 강하게 인간 사이의 위계화가 작동하는 공간이기도 하다. "동네 사람의 거지반이 행랑이나 아전붙이였으므로 하대下待해야 마땅하다"는 할아버지의 지론과 고집으로 어린 '나'는 고향을 떠날 때까지도 "일가 손윗사람이 아닌 이에게는 무슨 경어나 존칭을 써본 적이 없"는 것이다. 실제로 수십년이 지난 지금도 '나'는 여남은 살이 더 많은 대복이는 물론이고 10년이 위인 옹점이나 친구의 아버지인

대천해수욕장 노을

유천만도, 여전히 '대복이', '옹점이', '유천만'으로 부른다.

　이미 '내'가 관촌을 찾았던 무렵에도 왕소나무는 베어지고, 여우가 길을 잃어 우짖었던 개펄은 수로를 가운데로 하고 농로와 논두렁이 바둑판으로 그어져 있었다. 그때로부터 거의 반세기가 지난 2018년의 관촌에는 고층아파트까지 들어서 있다. 이제 관촌마을 기념비와 작가의 유골을 뿌린 마을 뒷산의 소나무 숲만이 이 곳이 명작의 공간임을 간신히 증명하고 있다. 변함없는 것이라고는 그때나 지금이나 갈머리 마을을 붉게 물들이는 노을 뿐이다. 그럼에도 한국인의 심층의식을 형성하는 전통적인 농촌 공동체의 정서와 윤리에 대한 그리움이 남아 있는 한, 갈머리 마을은 한국인의 영원한 고향으로 언제까지나 기억될 것이다.

〔2018〕

291

27

타자와 함께 걷기

—

오정희의 「중국인 거리」, 1979

타자와 함께 걷기

오정희^{吳貞姬, 1947~}는 등단작인 「완구점 여인」¹⁹⁶⁸에서부터 자아와 세계의 불화를 강렬하고 모호한 이미지와 비유를 통해 정서적 차원에서 형상화하는 데 일가를 이룬 작가로 평가받았다. 오정희의 소설은 현실의 재현이라기보다는 숨겨진 내면의 추상으로 존재하는 경우가 많다. 오정희는 전쟁과 산업화라는 격랑의 와중에 상처받은 여성의 내면 심리를 깊이 있게 파헤침으로써, 그 이전에 볼 수 없었던 새로운 여성적 글쓰기를 보여준 것으로 정평이 나 있다.

「중국인 거리」^{『문학과지성』, 1979.봄}의 주인공 역시 한국전쟁 직후 인천의 해안촌에서 살아가는 어린 소녀이다. '중국인 거리'라는 제목으로 인해 흔히 차이나타운이라 불리는 중국인 거리만이 등장한다고 생각하기 쉽지만, 이 작품에는 경인철도, 제분 공장, 저탄장, 축항선, 공원, 맥아더 장군의 동상, 중국인 상점, 화차, 항만과 같은 인천역 부근의 풍경이 비교적 자세하게 묘사되어 있다.

소녀는 가족과 함께 인천의 해안촌으로 이사를 온다. 도시에 대한 소녀의 기대와는 달리, 해안촌은 같은 모양의 목조 이층집들이 늘어선 초라하고 지저분한 곳이다. 역의 저탄장에서 날아오는 석탄가루 때문에 빨래도 말릴 수 없고, 공기 중에는 해인초 끓이는 냄새가 가득하다. 실제로 작가 오정희는 1955년 조양석유㈜ 인천출장소 소장으로 취

소녀가 해안촌을 내려다보고는 하던
자유공원에 위치한 맥아더 동상

직한 아버지를 따라 충남 홍성에서 인천으로 이사하여 약 4년간 인천

에 살았다. 오정희의 부모는 황해도 해주시에서 철공장을 운영하다가

월남하였으며, 오정희는 1947년 11월 9일 서울 사직동에서 4남 4녀의

다섯째로 태어났다. 1955년 4월 인천으로 이주하여 신흥초등학교 2학

中華料理 福臨苑 T. 773-8778

오정희가 어린 시절 살았던 집터에 들어선 복림원

년으로 전학한다. 이후 4년 동안 인천에서 살면서 세 번 이사를 하는
데, 마지막으로 살던 집이 「중국인 거리」의 배경이 되는 차이나타운 인
근의 작은 집이다.

　작가의 증언에 따르면, 작가가 살던 집은 청·일 조계지 경계계단
을 기준으로 일본 조계의 초입에, 중국인이 운영하던 푸줏간은 청국 조
계의 초입에 위치해 있었다고 한다. 그곳들은 현재 각각 복림원과 청화
원이라는 중국집이 영업을 하고 있다.[1]

　이 해안촌을 지배하는 가장 큰 힘은 전쟁이다. 소녀가 해안촌까지

<hr />

1 「세월을 거슬러 온 소녀, 철길위 소녀의 추억과 만나다」, 『경인일보』, 2014.8.7.

중국인이 운영하던 푸줏간이 있던 곳

흘러온 이유부터가 6·25 때문이고, 이 곳에는 소녀의 집만을 제외한
적산 가옥 모두가 양공주에게 세를 주었을 정도로 미군 상대의 매춘이
널려 있다. 거리에는 드문드문 포격에 무너진 건물이 방치돼 있고, 시
의 공설운동장에서는 UN중립국 감시위원회 철수를 요구하는 관제데
모가 열린다. 미군 병사는 부대 안의 테니스 코트에서 칼 던지기를 하
다가 갑자기 고양이에게 칼을 던져 죽인다. 그리고는 "킬킬대는" 모습
을 보여주는데, 나중에 양공주 매기언니를 살해한 미군도 "낄낄대며"
미군 지프차에 실려 간다.

　　해안촌의 또 다른 지배자는 가난이다. 가난은 순수의 마지막 성채
여야 할 아이들마저 속악한 현실에 그대로 노출시킨다. 소녀를 포함한

아이들은 제분공장에서 밀을 훔쳐 먹고, 화차에서 석탄을 훔쳐서 상인들에게 판다. 해안촌의 아이들은 어른들의 말과 노래를 능청스럽게 따라 하며, 너무 빨리 영악한 어른이 되어 가는 것이다. 소녀의 친구 치옥이는 부모의 관심과 애정이 결핍된 상태로 자라는데, 위층에 세들어 사는 매기언니의 화려한 겉모습에 빠져 양공주가 되기를 꿈꾼다. 사회로부터 별다른 보호 없이 방치된 아이들의 모습은 당대의 피폐한 모습을 효과적으로 보여준다.

무엇보다 해안촌의 가장 특이한 점은, 이 곳이 각지에서 이주해 온 다양한 인종들로 가득한 혼종적 공간이라는 사실이다. 해안촌에는 한국인, 중국인, 미국인, 혼혈아 등이 한데 어우러져 살고 있다. 전후 한국소설 중에서 미국인과 혼혈아를 그린 소설들이 적지 않았다는 점을 고려한다면, 「중국인 거리」에 등장하는 중국인 거리와 중국인이야말로 이 작품의 고유한 특성이라고 할 수 있다. 「중국인 거리」에서 중국인 거리는 여타의 해안촌과는 구분되는 독특한 곳으로 표상된다. 중국인들이 사는 "언덕은 섬처럼 멀리 외따로" 자리 잡고 있으며, 그들의 집은 "일종의 적의로 냉담하고 무관심하게 언덕 아래를 내려다보며 서 있"다. 1882년의 개항과 더불어 인천에는 잇달아 외국인들의 치외법권적 지역인 조계租界들이 생겨났는데, 중국인 거리는 1884년 설치된 청국조계에서 비롯된 공간이다. 구한말에는 청국조계 이외에도 지금의 자유공원 자리에 각국조계가, 청국조계 바로 옆 동쪽에 일본조계가 설치되었다. 이후 일본인 등은 거의 본국으로 돌아갔지만 중국인들은 소설이 쓰여진 당시까지도 적지 않은 인구가 중국인 거리에 남아 있었다.

「중국인 거리」의 시간적 배경인 1957년에도 1,807명의 화교가 인천의 중국인 거리에 남아 있었다고 한다.

이처럼 고립된 삶을 사는 중국인을 대하는 어른들의 태도는 참으로 폭력적이다. 중국인을 향한 어른들의 태도는 경멸하는 어조로 내뱉는 "뙤놈들"이라는 단어에 압축되어 있다. 이러한 분위기에서 아이들은 중국인을 "밀수업자, 아편쟁이, 누더기의 바늘땀마다 금을 넣는 쿨리, 그리고 말발굽을 울리며 언 땅을 휘몰아치는 마적단, 원수의 생 간을 내어 형님도 한 점, 아우도 한 점 씹어 먹는 오랑캐, 사람 고기로 만두를 빚는 백정, 뒤를 보면서 바지도 올리기 전 꼿꼿이 언 채 서 있다는 북만주 벌판의 똥덩어리"로 상상한다.

이토록 부정적으로 의미화된 중국인들의 모습은 한국 근대사에서 그리 낯선 것은 아니다. 최초의 신소설인 이인직의『혈의 누』『만세보』, 1906에서 청일전쟁 당시의 청군들은 강도와 겁탈을 일삼고, 심지어 그들의 총알에는 독이 묻어 있어 민간인에게 더 큰 피해를 입힌다. 청군들은 일본군들과는 달리 조선인의 "원수"이다. 김동인의 「감자」『조선문단』, 1925에서 왕서방은 최소한의 의리도 없이 물욕과 성욕에만 가득 찬 인간으로 복녀를 파멸로 이끌며, 최서해의 「홍염」『조선문단』, 1927에서 문서방의 딸을 뺏어가고 문서방의 아내를 죽게 한 중국인 지주 인가는 피도 눈물도 없는 냉혈한이다. 「눈물 젖은 두만강」1936의 국민가수 김정구가 불러 대박을 터뜨린 「왕서방 연서」1938에서, 명월이한테 반해 땅호와 땅호와를 외쳐대는 왕서방은 참으로 주책 맞은 호색한이다.

이러한 부정적 인식은 나름의 역사적 배경을 지니고 있다. 한국의 화교는 1882년 임오군란 당시 처음 들어와 그 세력을 키워나갔으며, 특히 인천은 산둥반도와 인천항 사이에 정기적으로 배가 운행되었기에 화교의 주요 거점이 되었다. 1931년 만보산 사건1931년 7월 2일 중국 길림성(吉林省) 장춘현(長春縣) 만보산 지역에서 한인 농민과 중국 농민 사이에 일어났던 충돌 사건이 계기가 되어 한반도 전역에서 발생한 화교배척폭동중국 측 자료에 따르면 화교 142명 사망, 546명 부상, 91명 행방불명이 보여주듯이, 중국인과 조선인들은 일제시기 내내 긴장관계를 유지하였다. 이러한 갈등은 오랜 기간 지속되어 온 역사문화적 이유대표적으로 병자호란 당시 청으로부터 받은 조선의 극심한 피해 등을 들 수 있다와 더불어 "한국인 노동자와 중국인 노동자의 일자리 다툼"[2]과 같은 사회경제적인 이유에서 비롯되었다.

1948년 한국 정부가 수립된 이후에도 한국인과 화교의 갈등은 계속 심화되었다. 화교가 한국경제에서 차지하는 지나친 비중이 불러온 위기의식과 화상들의 밀무역 부정거래 등으로 인하여 화교들에 대한 인식은 더욱 부정적으로 변해 갔던 것이다. 이후 한국 정부는 화교 활동 규제책을 취해 나갔고, 이에 따라 한국을 떠나는 화교들도 늘어갔다. 오정희의 「중국인 거리」에는 중국인들과 잘 어울리지 못하는 1950년대 한국인들의 모습이 잘 나타나 있다.

특히 소녀의 할머니는 중국인들을 향해서뿐만 아니라 흑인병사를 향해서도 배타적 시선을 결코 감추지 않는다. 혼혈아이자 장애아인 매기 언니의 딸 제니를 볼 때는, "털 가진 짐승을 볼 때의 혐오의 눈"이 되며 "짐승의 새끼"라는 말을 서슴없이 한다. 나중에 할머니가 비참하게

2   김태웅, 『이주노동자, 그들은 우리에게 어떻게 다가왔나』, 아카넷, 2017, 9면.

죽고, 소녀가 굳이 그 할머니의 유품들을 땅에 묻기까지 하는 것은 이 방의 것들을 철저히 부정하는 할머니에 대한 소녀의 거부를 상징적으로 보여주는 장면이라고 할 수 있다.

무관심과 경멸로 일관하는 어른들과 달리 소녀는 유일하게 중국인과 교감을 나눈다. 중국인 거리의 이층집에 사는 젊은 남자는 늘 "창백한 얼굴"을 하고서는, 자신이 사는 이층집이나 이발소에서 "알 수 없는 시선"을 소녀에게 던진다. 중국인 남자는 보통의 상식이나 경험으로는 이해할 수 없는 그야말로 미지의 타자라고 할 수 있다. 그럼에도 소녀는 중국 남자의 창백한 얼굴에서 나오는 시선을 보며, "알지 못할 슬픔이, 비애라고나 말해야 할 아픔이 가슴에서부터 파상을 이루며 전신으로 퍼져" 나가는 것을 경험한다. 어쩌면 중국인 남자는 오직 소녀만을 향해 시선을 던진 것이 아닐 수도 있다. 그는 한국 사회의 이방인으로서 누군가를 향해 소통하고자 하는 신호를 고립된 중국인 거리의 이층집 덧문에서 늘 보내왔던 것인지도 모른다. 다만 그 창백한 얼굴의 시선을 향해 자신을 열어놓은 존재가 열 살 무렵의 소녀뿐이었던 것은 아니었을까?

마지막에 중국인 남자가 빵과 등이 담긴 종이꾸러미를 선물로 주고, 소녀가 그것을 빈 항아리에 담는 모습은 둘의 교감과 소통이 가장 환하게 빛나는 장면이라고 할 수 있다. 불가사의한 신神의 얼굴을 한 중국 남자를 이해할 수 있었던 것은 소녀 역시도 중국인 남자와 마찬가지로 외지에서 밀려온 이주민이었기에 아마도 가능했을 것이다. 또한 외국인과 아이는 한 사회의 공통규칙을 내면화하지 못한 타자의 대표적 형상들이기도 하다.

작품 속의 중국 청년은 소녀의 성장을 이끄는 긍정적인 매개자로서 기능한다. 전쟁과 빈곤의 상처가 가득한 이 해안촌에서, 그나마 소녀가 "차가운 공기 속에 연한 봄의 숨결"을 느끼고, "따스한 핏속에서 돋아오르는 순"을 느낄 수 있는 것은 중국 청년의 "창백한 얼굴"을 보았을 때이다. 중국인 남성은 전후의 척박한 현실에서 소녀를 생명력 가득한 한 명의 어른으로 성장하는 데 중요한 역할을 하는 것이다.

그러나 여전히 남는 문제는, 소녀에게 선물을 주는 순간에도 중국인 청년의 미소는 "여전히 알 수 없"는 것으로 진술된다는 사실이다. 그는 종이꾸러미를 던지고는 한마디 말도 없이 자신의 집으로 들어간다. 중국인 젊은 남자는 마지막 순간까지도 신비롭고 묘한 눈빛의 존재로만 남겨지는 것이다. 이러한 중국인의 모습은 "뙤놈"이라는 단어로 규정되는 어른들의 폭력적인 중국인상과는 분명히 구분되는 것이지만, 그들을 우리와 같은 구체적인 인간으로 사유하지 못하게 만드는 측면도 분명 존재한다. 그렇다면 중국인 젊은 남자는, 어린 소녀를 통해 "뙤놈"과는 다른 방식으로 타자화된다고 말할 수도 있을 것이다. 그러고보면 중국인 청년이 준 선물을 담아둔 빈 항아리에 "금이 가" 있었다는 점은 뭔가 상징적으로 보이기도 한다.

21세기 한국 사회는 이전과는 비교도 할 수 없이 여러 인종과 민족이 어우러지는 다문화 사회로 진입하고 있다. 어느새 200만에 육박하는 외국인들이 함께 살아가고 있는 것이다. 이들과 어떠한 관계를 맺어 나가느냐는 한국 사회의 윤리감각을 시험하는 하나의 잣대가 되어

중국인 거리에 복원된 중국식 가옥.
옆으로 청일조계지 경계 계단이 보인다.

가고 있다. 이와 관련해 오정희의 「중국인 거리」는 중요한 시사점을 던
져주는 작품이다. 이방인들을 특정한 시각으로 재단하여 경멸의 벽 속
에 가둬서도 안 되며어른들이 중국인들에게 그러했듯이, 동시에 이방인들을 미지
의 대상으로 신비화하여 허공의 창 속에 방치해도소녀가 중국 남성에게 그러했
듯이 안 된다는 것이 시사점의 구체적인 내용일 것이다. 오정희의 「중국
인 거리」는 전후의 해안촌이라는 과거와 21세기 다문화사회라는 미래
로 활짝 열린 명작이다. (2017)

28

문중^{門中}을 향한
그 뜨거운 그리움

—

이문열의 『그대 다시는 고향에 가지 못하리』, 1980

문중門中을 향한 그 뜨거운 그리움

이문열李文烈, 1948~의 『그대 다시는 고향에 가지 못하리』는 1980년에 민음사에서 처음 출판되고, 1986년에 나남출판사에서 개정판이 나온 연작장편소설이다. 문단에 갓 등단한 현우가 귀향하여 겪거나 들은 사나흘 동안의 이야기가 주된 내용이다. 현우는 옛 모습을 잃어가는 고향 암포岩浦에서 어림대, 청려당, 옛주막, 벽계학교, 장터, 지서, 고옥, 폐원 등을 방문하고, 그 곳의 주인이었던 입향조入鄕祖, 교리어른, 정산선생, 종손, 장자長者 등을 회상하거나 만난다.

암포는 김승옥의 「무진기행」1964에 등장하는 무진霧津이나 황석영의 「삼포 가는 길」1973에 등장하는 삼포森浦처럼 실제 지명이 아니다. 그러나 암포는 이문열의 고향인 경북 영양군英陽郡 석보면石保面과 분리해서 생각할 수 없다. 작품의 주인공인 현우가 등단한 지 얼마 안 된 작가라는 설정은 자연스럽게 그 무렵에 등단한 이문열을 떠올리게 하고, 암포에 대한 묘사 역시 작가가 여러 지면을 통해 증언한 고향의 모습과 닮아있기 때문이다.

이문열은 경북 영양군에 대대로 살아온 재령 이씨로서, 이 문중의 대표적인 인물로는 갈암 이현일을 들 수 있다. 류철균에 따르면, 갈암은 기해예송 당시 노론인 우암 송시열과 대결한 영남 남인의 대표였고, 인현왕후의 폐비와 장희빈 소생의 세자 책봉을 둘러싼 기사환국 당시에는 남인 전체의 영수였다고 한다.[1] 갈암 이외에도 조부 운악 이함, 아버지 석계 이시명, 형 존재 이휘일이 불천위不遷位, 덕망이 높고 국가에 큰 공로가 있는 인물을 영원히 사당에 모시도록 국가에서 허가한 신위로 모셔지고 있다.[2] 작가의 산문「이우는 세월의 바람소리를 들으며」『이문열 문학앨범』, 웅진출판, 1994에 따르면, 석계 이시명은 장흥효의 딸과 결혼하여 여섯 명의 자식을 두었는데, 이문열이 고향으로 삼는 영양군 석보면은 갈암 현일의 동생인 항제 숭일이 자리 잡은 땅이다. 이문열은 항제 숭일의 후손이다.

석계 이시명이 유생들을 가르친 석천서당

‥‥‥‥
1 류철균, 「이문열 문학의 정통성과 현실주의」, 『이문열』, 살림, 1993, 14면.
2 장윤수, 『영덕 갈암 이현일 종가』, 예문서원, 2013, 201면.

이문열이 경북 영양군 석보면에 비교적 장기간 머문 기간은 크게 세 번이다. 첫 번째는 6·25가 발발하고 아버지가 월북하자 살 길을 찾아 1951년 귀향하여 1953년 안동으로 이사할 때까지 머물렀던 시기이고, 두 번째는 밀양중학교를 중퇴한 1961년 귀향하여 1964년 안동고등학교에 진학할 때까지의 시기이다. 1948년생인 이문열에게 첫 번째 시기는 그다지 강렬한 인상을 준 것 같지는 않다. 고향과의 본격적인 친화는 두 번째 시기에 이루어졌으며, 이문열은 "그때 처음으로 문중이란 것을 알았고, 자연과의 친화를 경험했으며, 노동과 생산을 이해하게 되었다"[3]라고 고백한 바 있다. 고향에 머문 세 번째 시기는 스무살 때 내려와서 10년 가까운 세월을 보냈을 때이다. 이때 이문열은 고향을 세심한 관찰의 눈길로 보게 되었으며, 이 무렵 "『그대 다시는 고향에 가지 못하리』라는 소설의 소재 대부분을 얻"[4]었다고 밝힌 바 있다.

고향에서 배운 윤리와 삶의 감각은, "나의 뿌리는 고향으로 상징되는 전통적인 집단의식에 자리잡고 있었고, 의식도 강한 전통 지향성을 유지했던 것으로 보인다. 내 삶이 외견상 뿌리 없이 보이고 때로는 극단한 일탈을 보일 때도 나는 그것들을 언제나 한시적이고 예외적인 상황으로만 받아들여 왔다"[5]라는 말에서도 선명하게 드러나듯이 이문열의 세계관을 형성하는 결정적인 토대가 되었다. 『그대 다시는 고향에 가지 못하리』라는 작품이야말로 이문열이 고향에 대해 가진 애정과 영향력을 증거하기에 모자람이 없다. 작가는 이 소설을 발표한 지 6년

3 이문열, 「이우는 세월의 바람소리를 들으며」, 『이문열 문학앨범』, 웅진출판, 1994, 158면.
4 이문열, 「귀향을 위한 만가」, 『작가가 쓴 작가의 고향』, 조선일보사, 1987, 178면.
5 이문열, 「이우는 세월의 바람소리를 들으며」, 앞의 책, 1994, 167면.

만에 개작본을 발행할 정도로 깊은 애정을 드러내었던 것이다.

이렇게 작가가 애정을 쏟는 고향은 '후기'의 "내게 있어서 고향의 개념은 바로 문중門中"이라는 말에서도 알 수 있듯이, 바로 문중에 초점이 맞추어져 있다. '문중과 非문중', 공간적으로는 '문중이 사는 언덕'과 '타성받이들이 사는 장터'라는 이분법이 여러 편의 단편을 가로지른다. 이 중에서 작가가 관심과 애정을 기울이는 것은 전자이며, '다시는 가지 못하는 고향'이란 다름 아닌 문중과 문중의 풍습이라고 보는 것이 정확하다. 1980년대에 창작된 소설에서 『그대 다시는 고향에 가지 못하리』만큼 동항同行, 족인族人, 숙항叔行, 질항姪行, 질서姪壻, 입향조入鄕祖, 문회門會와 같은 유교적 전통의 단어들이 빈번하게 등장하는 경우도 드물 것이다.

그러나 「에필로그」에서 분명히 밝힌 것처럼 "진정으로 사랑했던 고향에로의 통로는 오직 기억으로만 존재할 뿐, 이 세상의 지도로는 돌아갈 수 없"다. 문중은 사라져버린 것이기에, 작가가 바라보는 문중의 모습은 향수^{nostalgia}의 프리즘을 통해 이상화되고 낭만화된다. 본래 향수는 더 이상 존재하지 않는 것을 향해 발생하는 감정으로서, 상실된 것에 대한 아이러니한 그리움이다. 이러한 그리움 속에서 사라진 과거의 빈자리를 채우는 것은 다름 아닌 이상화되고 낭만화된 상념인 것이다. "아, 사라진 것들은 아름다웠느니……"야말로 문중으로 대표되는 고향을 대하는 작가의 기본 태도라고 할 수 있다.

『그대 다시는 고향에 가지 못하리』의 첫 번째 작품인 「롤랑의 노래」에서 문중의 상징과도 같은 어림대御臨臺라는 바위를 일제로부터 지켜낸 교리 어른은 "우리들 옛 정신의 권화, 은성股盛했던 시절의 흰 수염 드리운 수호부守護符"로 미화된다. 「정산正山 선생先生」의 정산 선생은 공맹 사상과 조선에 대한 충성의 마음으로 현대를 살다 간 기인이다. 그러나 현우는 정산 선생이 "고향의 한 기인奇人이 아니라 진정한 스승이었음을 희미하게나마 깨"달으며, 마지막에는 "아아 스승이여, 내 스승이여"라는 찬양의 말까지 남긴다. 「종손」에서는 비록 고향을 떠났지만, "크고 환하다고 밖에 형용할 길이 없는 어떤 인간정신의 아름다움"을 지닌 종손이 등장한다.

그러나 이문열은 흔히 말하듯이 양반지향적 상고주의에 맹목적으로 붙들려 있는 작가는 아니다. 작가 역시도 『그대 다시는 고향에 가지 못하리』에서 소위 문중으로 대표되는 양반사회의 문제를 충분히 보여주고 있다. 그것은 「기상곡奇想曲」과 「상처」에서는 직접적인 방식으로,

「장자長者의 꿈」에서는 간접적인 방식으로 드러난다. 「기상곡」은 과거 문중의 영광을 뒷받침하기 위해 희생당한 천민이 유령이 되어 나누는 한스러운 노래로 이루어진 작품이다. 이들은 사라진 문중의 어른들이 화려한 의미로 빛나는 것과 달리 아무런 의미도 부여받지 못한다. 그렇기에 그들은 실제로는 죽었으나 상징적으로는 죽지 못한 유령이 되어 떠돈다. 「상처」는 핏줄에 바탕한 양반의식이 낳은 비극을 보여준다. 문중은 "설령 불천위不遷位를 열 개나 모시고 있는 집안의 후예라도 일단 떠돌아 들어온 타성은 천민이나 다름없이 여"길 정도로 타성他姓에 대해 배타적이다. 따라서 문중의 딸들과 타성의 아들들 사이에서 염문이 돌면, 문중에서는 결코 그 관계를 인정하지 않았고 그 결과는 딸의 죽음으로 마감되기도 하였다. 「상처」는 바로 그 "옛 고향의 치유될 수 없는 상처중의 하나"를 보여주는 작품이다.

「長者의 꿈」의 윤호는 잃어버린 '옛 고향을 되찾겠다는 신념'으로 치밀한 준비 끝에 귀향하여 온갖 노력을 한다. 그러나 그 시도는 결국 실패로 돌아가는데, 실패의 가장 큰 이유는 "기계가 값싼 노예노동을 대신해 줄 수 있다고 생각"한 것이다. 결국 윤호의 그 치열했던 노력은 "우리 문화의 정화精華"인 양반문화가 '노예노동'의 뒷받침을 통해서만 존재할 수 있음을 증명한 것이라고 할 수 있다.

이문열은 1986년의 개정판에서 「암포 신문인협회」를 비롯해 모두 여섯 편의 작품을 새롭게 수록하였다. 새롭게 덧보태진 여섯 편의 작품을 통하여 '과거의 고향'과 '현재의 고향'이 라는 이분법은 더욱 강렬해진다. 「암포 신문인협회」와 「분호난장기糞胡亂場記」는 문중의 가치가 사라진 현재의 고향이 얼마나 비루하고 타락한 것인지를 실감나게 보여준다. 문중으로 대표되는 가치와 풍습이 사라진 정도에 비례하여 과거의 것은 더욱 새로운 의미로 우리에게 다가온다. 「사라진 것들을 위하여」에서 평생 갓을 만들다 쓸쓸하게 죽은 도평노인은 시대착오적 무능력자나 기인이 아니라 고고한 지사의 분위기마저 풍길 정도이다.

  핵가족을 넘어 1인 가족이 보편적인 삶의 형태가 되어 가는 오늘날 이문열의 『그대 다시는 고향에 가지 못하리』에 나타난 문중에 대한 지향은 긍정보다는 부정의 대상으로 여겨지기 쉬울 것이다. 그러나 이러한 부정은 문중보다도 더 큰 가치가 있는 공동체에 대한 지향이 뒷받침되었을 때만 의미가 있는 것이 아닐까? 오늘날 우리의 삶이 「과객」에 나오는 것처럼, 부모 자식으로만 이루어진 "지극히 사적私的이고 폐쇄적인 삶의 방식"에 머무는 것이라면, 문중에 대한 그 열렬한 그리움을 부정만 할 수는 없을 것이다. 열렬한 그리움의 대상인 문중, 그것은 그 안에 담긴 부정적인 속성까지 포함하여 새로운 공동체를 준비해야 하는 우리 모두가 한번쯤은 새롭게 바라보아야 할 사라진 고향임에 분명하다.

〔2020〕

29

수직과 수평의 끝에서 찾은
삶의 구원

—

이문열의 『젊은 날의 초상』, 1981

수직과 수평의 끝에서 찾은 삶의 구원

아일랜드의 문인 오스카 와일드Oscar Wilde, 1854~1900는 "예술이 삶을 모방한다기보다 삶이 예술을 모방한다"는 명언을 남겼다. 이 말은 유미주의자의 궤변처럼 들리기도 하지만, 곰곰이 되씹어보면 적지 않은 진실을 담고 있다. 소위 명작이라 불리는 작품들은 그 시대 사람들이 살아가는 방식을 새롭게 조형해내기도 하기 때문이다. 처음 출판되었을 때부터 많은 이들에 의해 '젊음의 문학' 혹은 '젊음의 소설'로 일컬어졌던 이문열의 『젊은 날의 초상』민음사, 1981 역시도 한동안 예술을 사랑하고 삶의 가치를 고민하는 청춘들에게는 따라 배워야 할 젊음의 필독서로 인식되었다. 시라고 보아도 무리 없는 유려한 문체 속에 담겨진 그 진지하고 현학적인 분위기는 수많은 젊은이들에게 매혹적인 대상으로 다가왔던 것이다.

문청문학청년으로 이 책을 처음 읽은 후에, 얼마나 많은 청춘들이 자신의 젊음도 『젊은 날의 초상』에 나오는 영훈과 같은 것이어야 한다고 다짐을 했던가? 특히나 폭설이 내리는 창수령을 넘어 동해바다를 향해 가던 영훈의 여로는 문청이라면 의당 다녀와야만 하는 일종의 순례길로 인식되기도 하였다. 이제 그 현학적 분위기와 유려한 미문의 한계도 짚어볼 수 있는 세월이 지났지만, 여전히 눈 내린 창수령을 넘어 푸른 대진 바닷가로 향하는 영훈의 모습은 많은 이들의 가슴을 뜨겁게 한다.

성장소설인 『젊은 날의 초상』은 중편 「하구」, 「기쁜 우리 젊은 날」, 「그해 겨울」로 이루어진 연작 장편소설이다. 이 세 편은 소년기를 벗어나 청년기에 들어서는 삼년 여의 시간을 다루고 있다. 「하구」가 떠돌이 생활을 청산하고 형이 사업을 하는 강진에 와서 여러 사람들을 만나고 검정고시를 통해 대학에 합격하기까지의 이야기라면, 「기쁜 우리 젊은 날」은 대학에 입학한 후에 문학과 술과 사랑과 번민으로 시끌벅적한 대학시절의 이야기이다. 시기상 마지막에 해당하는 「그해 겨울」은 영훈이 대학을 그만두고 참된 가치를 찾아 방황하는 이야기를 담고 있다. 『젊은 날의 초상』에서 펼쳐진 3년간의 시간은 이문열의 젊은 시절 약력검정고시와 서울사대 입학, 그리고 뒤이은 낙향과 크게 어긋나지 않는다.

세 편의 중편 중에서 「그해 겨울」은 경북을 주요한 무대로 삼고 있다. 영훈은 "애초부터 잘못 지어진 옷"과 같았던 대학생활이 가져온 피로와 혼란, 그리고 가까운 친구의 죽음으로 자극된 허무와 절망에 내몰려 경상북도 어느 산골의 술집 겸 여관에서 방우허드렛일꾼로 지낸다. 영훈이 방우 생활을 하던 경북의 산골은 이문열 작가의 형이 운영하던 곳을 배경으로 한 것이다. 작가는 「귀향을 위한 만가」[1]에서 "내 나이 스무 살 때 나는 다시 고향으로 돌아갔다. 역시 여기저기 다니며 고생하시던 큰형님이 고향 장터 거리에다 여관겸 술집을 여시고 계셨는데, 서울사대를 첫 번째 휴학하고 떠돌던 내가 그리로 돌아간 것이다. 그 여관 겸 술집에 대해서 '그해 겨울'에 비교적 비슷하게 그려져 있다"라고 밝힌 바 있다.

.....
1 이문열, 「귀향을 위한 만가」, 『작가가 쓴 작가의 고향』, 조선일보사, 1987, 23~32면.

영훈은 나름대로 만족함을 느끼며 방우 생활을 하지만, 이내 그 생활을 청산하고 다시 길 위에 선다. 참된 가치를 스스로 찾기 위해서 그리고 모종의 결단을 요구하는 내면의 목소리에 따르기 위해서 대진경북 영덕군의 바닷가를 향해 출발하는 것이다. 이 여로의 클라이막스는 700미터 높이의 창수령蒼水嶺이다. 수직의 땅 끝에 위치한 창수령에서 영훈은 아름다움의 본질을 감각하고 그에 헌신할 자신의 삶을 예감한다. 이때 묘사되는 창수령의 모습은 한 편의 시라고 보아도 모자람이 없으며, 한국문학사가 가닿은 아름다운 문장들 중의 하나이다. 이 대목에 대해서는 구구한 설명을 하는 것보다는 직접적으로 보여주는 것이 효과적일 것이다.

아아, 나는 아름다움의 실체를 보았다. 창수령을 넘는 동안의 세 시간을 나는 아마도 영원히 잊지 못하리라. 세계의 어떤 지방 어느 봉우리에서도 나는 지금의 감동을 다시 느끼지는 못하리라. 우리가 상정할 수 있는 완성된 아름다움이 있다면 그것을 나는 바로 거기서 보았다. 오, 아름다워서 위대하고 아름다워서 숭고하고 아름다워서 신성하던 그 모든 것들……

영훈이 넘었던 창수령은 영덕군과 영양군을 연결하는 해발 700m의 고갯길로서, 고대부터 영양, 봉화 등 내륙 주민이 영덕 영해시장과 동해안을 연결해주는 핵심적인 길이었다. 경북 영양군 석보면이 고향인 이문열에게 창수령은 무척이나 익숙한 곳이었으며, 그러한 육화된

창 수 령

이 곳은 현대문단의 대표적인 작가 이문열 씨가 그의 작품 「젊은날의 초상」에서 완성된 자연의 아름다움이라고 극찬을 아끼지 않았던 바로 책 속의 길 창수령입니다.

맑은 물, 울창한 숲 등 때묻지 않은 창수령의 아름다움은 여러분에게 영원히 잊지 못할 추억의 고갯길이 될 것입니다.

영 양 군 수

체험이 있었기에 수십년의 시간이 지난 지금도 감동을 주는 명문장을 낳을 수 있었을 것이다.

때로 목숨을 걸기도 하며 다양한 공간을 횡단하여 바닷가에 도달했을 때, 바다는 영훈에게 아무런 말도 하지 않는다. 그 허망한 침묵 앞에서, 수평의 땅 끝에 이른 영훈은 "신도 구원하기를 단념하고 떠나버린 우리"를 구원할 그 무엇도 이 지상에는 존재하지 않음을 깨닫는다. 역설적으로 그 완전한 침묵은 영훈에게 삶의 의지를 가져다 주고, 끝내는 자신이 떠나온 곳으로 되돌아갈 힘을 준다.

허무와 절망에 대한 철저한 깨달음이 새로운 삶에 연결된다는 이 역설적인 인식은 실존이 본질에 선행하며 따라서 인간의 본질을 결정하는 것은 온전히 개인의 몫으로 주어진다는, 그렇기에 백지와도 같은 삶을 채워나가는 것은 무거운 짐일 수도 있지만 인간의 자유를 보장하는 선물일 수도 있다는 실존주의에 맞닿아 있다. 이러한 깨달음은 갑작스러운 것이기도 하지만 나름의 준비를 거쳐서 이루어진 것이기도 하다. 바닷가로 오는 여정에서 만난 친척 누나는 유부남과의 사랑으로 인생의 쓴 잔을 마신 적이 있는데, 고뇌하는 영훈에게 "절망이야말로 가장 순수하고 치열한 정열"이라는 말을 이미 해주었던 것이다.

영훈의 여로에는 배신한 과거의 동지를 죽이기 위해 대진으로 가는 칼갈이 사내도 함께 했다. "나는 죽이러 가고 자넨 죽으러 가는 것"이라는 칼갈이 사내의 말처럼, 영훈과 칼갈이 사내는 일종의 거울상이라고 할 수 있다. 영훈이 바다에서 미래를 채워갈 삶의 의미를 구하고자 했다면, 칼갈이 사내는 바다에서 과거를 구원할 삶의 해원解寃을 하

고자 했던 것이다. 그러나 영훈이 그 의미를 구할 수 없었던 것처럼, 칼
갈이 사내 역시 해원에 실패한다. 그렇기에 둘은 오랫동안 지니고 있던
약병감상과 칼망집을 함께 바다에 던진다. 완전한 무無의 철저한 깨달음
을 통해 가능성으로 충만한 현재는 둘 앞에 새롭게 되살아나는 것이다.

「그해 겨울」을 가득 배우는 색채의 이미지도 참으로 아름답다. 창수령을 넘을 때는 삼십년래의 폭설이 내려서 작품이 온통 순백의 이미지로 가득하다. 이 순백의 색채는 고뇌하는 영훈의 배경색으로는 참으로 적당하다. 이외에도 불과 물의 이미지가 강렬하게 남아서, 이 작품을 아름답게 물들인다. 영훈은 방우로 지낼 때 남포등과 장작불의 빨간 불빛을 보며 영혼의 큰 위로를 받는다. 대진 앞바다의 푸른 빛깔도 생명이라는 절대의 가치를 환기하기에 모자라지 않다. 이러한 불과 물의 이미지는 시련과 정화, 그리고 재생이라는 상징적 의미와 더불어 성장소설로서의 『젊은 날의 초상』이 지닌 주제의식을 더욱 뚜렷하게 부각시킨다.

이번에 다시 읽으며 새롭게 눈에 띈 사람들과 공간이 있다. 그것은 처음 본 영훈에게 흔쾌히 밥과 술과 잠자리를 제공하는 평범한 사람들과 그들의 집이다. 길에서 만나는 "행인은 모두가 나의 좋은 길동무"이고, 잠자리는 밤늦도록 불이 켜진 채 두런거리는 방이나 시골 동장의 집이나 혹은 동방洞房이나 4H회관에서 손쉽게 해결할 수 있다. 심지어 영훈은 자신을 검문한 전투경찰과 한 패가 되어 술추렴을 하고, 전투경찰의 하숙집에서 아침과 해장술까지 대접받을 정도이다. 이 따뜻한 마음의 장삼이사들로 인해 영훈의 여로는 속까지 훤히 비치는 고향길을 돌아다니는 것처럼 훈훈하고 편안하다. 이들이야말로 200리에 가까운 영훈의 여로를 채우는 진짜 주인공들이며, 지식으로 가득 찬 "창백한 폐병쟁이"보다도 더욱 통렬하게 영훈의 지적 허영을 조소하는 거리의 성자聖者들인지도 모른다. 지금의 창수령에는 왕복 2차선으로 잘 포장된 지방도로가 지나가고 있으며, 그 밑으로는 터널 공사가 한창이다. 강산은 이토록 빠르게 변할지라도, 그 곳의 주인인 성자들의 따뜻한 마음만은 그대로이기를 바래본다.

[2020]

30

화려한 백색 스크린으로서의
미국

—

최인호의 「깊고 푸른 밤」, 1982

화려한 백색 스크린으로서의 미국

최인호崔仁浩, 1945~2013[1]의 「깊고 푸른 밤」『문예중앙』, 1982.봄은 해외여행 자체가 드물던 1980년대 초에 특이하게도 미국을 배경으로 한 작품으로서, 제6회 이상문학상을 수상한 문제작이다. 미국은 태평양이라는 지구에서 가장 큰 바다를 건너야 가닿을 수 있는 나라로서, 우리와는 낮과 밤이 반대인 멀고 먼 나라이다. 그럼에도 미국은 한국 현대문학의 첫 장면에서부터 강렬한 흔적을 남기고 있다. 최초의 신소설이라 일컬어지는 이인직의 『혈의 누』1906에서 주요 인물들은 모두 미국으로 향한다. 청일전쟁 중 부모와 헤어진 어린 옥련은 일본에서 만난 구완서와 화성돈지금의 워싱턴(Washington, D. C.)에 가서 학업에 정진하며, 옥련의 아버지 김관일도 미국으로 유학을 가서 옥련과 재회한다. 김관일은 '문명개화'를, 구완서는 '문명한 강국'을, 옥련은 '남녀평등'을 위해 미국으로 유학을 가는 것이다.

……
1 1945년 서울에서 출생해 서울고등학교 재학 중이던 1963년 단편 「벽구멍으로」가 『한국일보』 신춘문예에 입선할 정도로 조숙한 면모를 보였으며, 1967년 단편 「견습환자」가 『조선일보』 신춘문예에 당선되어 등단하였다. 1970년대 청년문화의 감수성을 대표하는 최인호는, 요즘 유행하는 말로 1970년대 아이돌이었다고 해도 과언이 아닌 작가이다. 그가 쓰는 연재소설은 발표되는 대로 장안의 지가(紙價)를 올렸으며, 속속 영화로도 만들어져 소설 이상의 흥행을 하고는 했다. 그는 본격적인 도시화로 인한 인간 소외의 문제를, 이 시기 문단의 지배적인 경향이었던 리얼리즘과는 다른 감각과 문체로 날렵하게 형상화하였다. 서울에서 나고 자란 서울내기답게 누구보다 민감하고 전위적인 감각으로 1970년대 본격화된 모더니티에 문학적으로 반응하였던 것이다. 1980년대 이후에도 활발한 작품활동을 펼쳤으며, 특히 장편 『잃어버린 왕국』을 시작으로 하여 『왕도의 비밀』, 『길 없는 길』, 『상도』 등의 역사소설을 연이어 발표하며 작가로서의 명성을 이어 나갔다. 1972년 「타인의 방」으로 현대문학상을, 1982년 「깊고 푸른 밤」으로 이상문학상을 수상한 최인호는 2013년 지병으로 별세하였다.

최초의 근대 장편소설인 이광수의 『무정』1917에서도 사정은 비슷하다. 여러 가지 젊음의 갈등을 겪던 『무정』의 형식, 선형, 영채, 병욱은 기차에서 조우하는데, 이들도 모두 해외로 유학을 가는 길이다. 이때 형식과 선형이 과학과 지식을 얻기 위해 선택한 곳이 바로 미국의 시카고 대학이다. 『혈의 누』와 『무정』에 등장하는 젊은 영웅들의 행로에서 알 수 있듯이, 20세기 초입부터 한국인의 심상지리 속에 미국은 선진 근대문명의 상징으로 자리 잡고 있었다.

그러나 이들 작품에서 미국은 하나의 추상적 기호로서 작품의 구체적인 배경이라기보다는 하나의 지향점으로 그려질 뿐이다. 이와 달리 최인호의 「깊고 푸른 밤」에서는 서사의 전부가 미국을 배경으로 펼쳐진다. 1970년대 본격화된 도시화의 표면과 이면을 날카롭게 응시한 작가의 이력에 걸맞게, 「깊고 푸른 밤」에서도 날렵한 감각과 문체로 미국의 장관spectacle과 그 속을 살아가는 이방인의 불안과 소외의식을 감동적으로 묘파하고 있다.

이 작품의 '그'는 분노 때문에 한국을 떠나 미국을 여행하고 있으며, 그와 동행하는 고등학교 후배 준호는 한때 유명 가수였으나 대마초 사건으로 몰락하여 미국으로 건너온 후 불법체류자가 되어 간다. 「깊고 푸른 밤」은 사람들이 '궁정동 파티'를 이야기하는 1970년대 후반을 시간적 배경으로 삼고 있는데, 준호와 그가 한국을 떠난 이유는 당대의 시대적 분위기와 밀접하게 관련되어 있다. 준호와 그가 미국으로 온 이유는 한국이 자유와 안정감을 제공하지 못했기 때문이다.[2] 준호는 한국

......
2 「깊고 푸른 밤」의 주인공 그는 한국에서 연재소설을 썼으며, 그 작품들은 매번 영화화된 것으로

에서 대마초를 피웠다가 사회적 여론의 재갈이 물린 채 격리되었으며, 작가인 그는 자신이 쓰는 모든 소설에도 분노하고 심지어는 "보고, 듣고, 말하고, 느끼는 그 모든 것에 분노"를 느끼다가 미국에 온다. 준호는 한국에서 자유의 조그만 숨구멍도 느낄 수 없었던 것이며, "지난 십여 년 동안 한시도 제대로 쉬지 못하고 혹사"하며 글을 써온 그의 분노 속에도 시대적 억압이 드리워져 있는 것이다.

소설은 그와 준호가 LA를 출발하여 데스 밸리와 요세미티 등을 거쳐 일주일 만에 샌프란시스코에 도착한 후, 산호세의 교민집에 들러 하루를 머물고 그 다음날 깨어나 LA까지 가는 대략 하루 동안의 여로를 주요한 내용으로 삼고 있다. 이 촉박한 여로에서 그와 준호는 어떠한 미국인도 만나지 못한다. 유일하게 만나는 사람은 미국에 살고 있는 교민僑民들뿐이지만, 교민들과도 깊은 교감을 나누지 못한다. 준호는 뉴욕과 시카고를 거쳐 로스앤젤레스 다운타운의 싸구려 하숙방에서 지내는데, 교민들은 미국에 뿌리를 내리려 하는 준호를 비웃고 마침내는 상대할 수 없는 인물로 백안시한다. 산호세에서도 그와 준호는 교민들과 통성명을 하고 밤 새도록 떠들고 웃고 춤을 추지만, 다음날 그와 준호는 그들의 이름조차 기억하지 못한다.

그가 미국에서 느끼는 불안과 공허는, 산호세의 교민 집에서 준호가 어젯밤에 "형은 미친 사람 같았어"라고 이야기할 정도로 난동에 가

⋯⋯
묘사된다. 이러한 모습은 작가 최인호의 실제 삶과 흡사하다. 최인호가 1970년대에 신문에 연재하여 인기를 얻은 『별들의 고향』(1972~1973)이나 『바보들의 행진』(1973) 등은 당시 '청년문화'의 형성에 큰 영향을 미쳤으며, 이장호 하길종 등의 인기감독들에 의해 동명의 영화로 만들어져 흥행에도 성공하였다.

까운 주사를 벌이는 것에서도 나타난다. 준호 역시 "어디까지나 여행
자도 아니고 그렇다고 정식으로 이민해 온 사람도 아닌 어정쩡한 이방
인"이 되어 가는 중이다. 준호가 그나마 행복을 느낄 수 있는 것은 마리
화나의 도취 속에서 뿐이다. 한국에서 나름 잘 나가는 가수였던 준호가
몰락의 길을 걷기 시작한 것이 마리화나였다는 것을 생각할 때, 미국에
서도 여전히 준호가 마리화나에 집착한다는 것은 미국 역시 한국과 별
반 다르지 않은 곳임을 증명한다. 「깊고 푸른 밤」에서 그나 준호가 느
끼는 장소상실감placelessness은 미국에 사는 다른 교민들에게도 해당된다.
이것은 그와 준호가 단 하루 머문 산호세의 교민들이 벌이는 술자리를
통해서 에둘러 드러난다. "난장판"이 된 거실에는 온갖 물건들이 나뒹

로스앤젤레스의 한인타운

굴고 "술 냄새와 담배 냄새 그리고 밤새워 피웠던 마리화나의 독한 풀 냄새가 뒤범벅이 되어 구역질 나는 냄새"가 가득하다. 교민들은 "익사해 죽은 시체를 끌어올린 형상"이나 "이승에서 방황하는 죽은 자들의 혼령"에 비유되기도 한다.

　「깊고 푸른 밤」은 기본적으로 여로형 소설이고, 그렇다보니 도로야말로 이 작품의 주요한 공간이다. 캘리포니아의 간선도로라고 할 수 있는 5번 도로나 101번 도로는 물론이고, 1번 도로를 포함한 캘리포니아의 거의 모든 주요 도로가 등장하는 것이다. 미국이라는 사회의 외부에 선 그와 준호가 미국을 체험하는 방식은 기본적으로 자동차의 창밖을 통해서이다. 이 작품에서 미국은 구체적인 삶의 공간과는 거리가 멀

태평양과 맞닿은 해안선을 따라 놓여 있는 1번 도로

335

다. 이처럼 미국이 장식적으로만 파악되는 이유는, 미국을 모르기 때문이 아니라 미국을 알고자 하지 않기 때문이다. 이러한 특징은 그에게서 보다 분명하게 드러난다. 그에게 미국행은 "스스로 선택한 유배지^{流配地}로의 여행"이고, 그렇기에 "그는 아주 작은 하나의 섬에서부터 배를 타고 대륙의 뭍으로 귀양온 죄인"에 불과하다. 귀양 온 자에게 귀양지는 애착을 가진 삶의 공간일 수는 없다. 그는 미국의 모든 것에 아무런 흥미도 느끼지 못하고 "잊어버릴 의무만이 남아 있는" 사람처럼 행동한다. "그는 아무것도 보지 않기 위해서 여행을 떠나온 것뿐"이다. 그렇기에 미국이라는 사회는 그에게 특별한 감정을 불러일으키지 않는다.

이 작품에는 살리나스^{Salinas}라는 도시에 대한 이야기가 제법 길게 나오는데, 살리나스를 체험하는 방식은 그와 준호가 미국을 체험하는 방식을 전형적으로 보여준다. 살리나스는 "거대한 이동 벨트"인 도로 위에서 "빠르게 조립되는 상품들처럼 보"이는 차 안에서 차창 밖을 통해 보여질 뿐이다. "미국의 도시는 어느 도시건 같다"고 생각하는 그에게 살리나스는 "샌프란시스코와 로스앤젤레스로 가는 도로 위에 위치한 작은 도시"에 지나지 않는다. 그러나 살리나스는 평범한 현대 도시라기보다는 농업도시로서의 개성이 뚜렷한 곳이다. 미국 내에서 생산되는 과일, 채소, 견과류의 절반 이상이 캘리포니아에서 생산되며, 그것의 주요 산지는 중부 캘리포니아의 샌 호아킨 밸리^{San Joaquin Valley} 대평원이다. 살리나스는 이 대평원의 중심도시로서 미국 전체 양상추의 80%를 생산할 정도이다. 「깊고 푸른 밤」에서는 살리나스의 이러한 특징은 전혀 드러나지 않고, 미국 내의 일만 개가 넘는 현대 도시들 중 하

끝이 보이지 않는 살리나스의 농경지

나로서만 언급될 뿐이다.

　이와 관련해 소설을 낳는 근본 바탕인 작가의 체험이라는 문제를 생각해보지 않을 수 없다. 「깊고 푸른 밤」은 최인호가 고등학교 선후배 사이인 가수 이장희와 LA에서 몇 달간 함께 머문 체험을 바탕으로 쓰여졌다고 한다. 이러한 사정을 고려할 때, 육화(肉化)된 진실의 수준에서 탄생할 수 있는 공간에 대한 정밀한 묘사를 기대한다는 것은 애당초 무리인지도 모른다. 그러고 보면 이 작품에 등장하는 로스앤젤레스, 산호세, 샌프란시스코와 같은 여타 도시의 고유한 특성도 거의 드러나지 않는다. 「깊고 푸른 밤」에서 미국은 구체적인 삶의 공간이라기보다는 하나의 스펙터클로서 존재하는 것이다. 「깊고 푸른 밤」이 미국에서도 캘리포니아주를 주요 배경으로 설정한 것도 이러한 작품의 특징과 무

요세미티의 상징인 Half Dome

5번 도로 옆으로 끝없이 펼쳐진 San Joaquin Valley 평원

관하지 않다. 광대한 미국에서도 캘리포니아처럼 산요세미티(Yosemite), 사막데스밸리(Death Valley)와 모하비(Mojave), 대평원샌 호아킨 밸리, 바다태평양 등을 모두 갖춘 곳은 드물기 때문이다.

그와 준호는 한국에서 체험하지 못한 자유나 안정감을 미국에서 얻는 데 끝내 실패한다. 이것은 그와 준호가 끝내 그토록 돌아가고자 한 LA에 이르지 못하는 것을 통해 상징적으로 드러난다. LA는 가장 큰 코리아타운이 형성된 곳으로서, 한국인의 아메리칸 드림을 상징한다고 볼 수 있다. 그러나 "로스앤젤레스로 돌아가 봤댔자 반겨 줄 사람은 없어"라는 준호의 말처럼, LA는 이들에게 아무런 희망이 될 수 없다. 어쩌면 이들이 그토록 가고자 하는 LA는 "이 세상에 존재하지도 않는 가공의 지명"에 불과한지도 모른다.

LA 대신 이들이 최종적으로 가닿는 지점은 바로 바다이다. 그와 준호가 산호세에서 로스앤젤레스로 돌아가는 길로 굳이 1번 도로를 택한 것부터가 바다를 지향한 결과이다. 그들은 "바다를 볼 계획"으로 해안선을 따라 나있어 이동 시간도 짐작하기 어려운 1번 도로를 선택한 것이다. 나아가 1번 도로를 선택한 이유에는 바다를 선택한 의미 이외에도 한국과 가장 가까운 곳을 선택했다는 의미도 있다. 이것은 그가 준호에게 건네는 "태평양이야. 저 바다는 네가 돌아가려는 나라의 기슭과 맞닿아 있지. 우린 틀림없이 돌아가게 돼. 길을 찾을 수 있을 거야. 날이 밝으면 우린 돌아갈 수 있게 돼"라는 말에서 분명하게 드러난다. 바다태평양는 미국에서 한국과 가장 가까이에 있는 공간인 것이다.

결국 준호는 "우리가 왜 이곳에 앉아 있지. 이곳은 남의 땅이야. 왜

1번 도로에서 바라본 태평양

우리가 이곳에 있지. 왜 우리가 이곳에 있는지 난 그 이유를 모르겠어. 난 아무것도 얻을 수 없고 구할 수도 없어"라며 미국에서의 완전한 무력감을 토로하는 지경에 이른다. 차가 고장 나서 멈춰섰을 때, 준호는 "난 돌아가겠어. 로스앤젤레스에 도착하는 즉시 비행기 좌석을 예약하겠어"라며 귀국 의사를 표현한다. 그 역시 이 바다 앞에서 자신을 미국까지 내몰았던 분노의 불길이 꺼져가는 것을 느낀다. 나아가 "그는 너무 지쳐 있었으므로 그 누구에게든 위로받고 싶었"기에 "이젠 정말 돌아가야 한다"고 다짐한다. 그는 미국에서의 힘겨운 체험으로 인해 고국에 대한 애정을 자연스럽게 회복한 것이다. 그러나 귀국을 결심하는 이 순간 그는 평소 그토록 싫어하던 마리화나에 취해 있다. 귀국에의 결심은 몽롱한 약기운 속에서 발견되는 것이다. 미국과의 대비를 통한 한국의 구원. 그러나 이러한 구원이 마리화나의 연기 속에서 이루어진 다는 것은 텍스트의 균열 혹은 증상이라고 볼 수도 있을 것이다.

한국문학에서 미국은 우리가 본받아야 할 선진문명의 상징과도 같은 모습으로 처음 등장하였다. 그것은 주요인물들이 문명개화의 꿈을 안고 미국으로 유학을 가는 이인직의 『혈의 누』나 이광수의 『무정』 등을 통해 확인할 수 있다. 그러나 최인호의 「깊고 푸른 밤」에서 미국은 더 이상 조선의 미몽과 야만을 환기시키는 맹목적인 동경의 대상이 아니다. 오히려 한국을 재발견하게 만들 정도로 현대인의 공허와 소외가 더욱 선명하게 부각되는 하얀 스크린에 가깝다. 「깊고 푸른 밤」에서 한국인의 고민이 펼쳐지는 구경거리로서의 미국은 『혈의 누』나 『무정』에서 그려진 무조건적인 선망의 공간과는 무척이나 다른 것이다. 그러나 미국(인)의 구체적인 삶과는 거리가 멀다는 점에서 두 공간은 닮아 있기도 하다. 이런 의미에서 캘리포니아의 1번 도로 위에서 바라본 태평양은 오늘도 여전히 깊고 푸른 밤인지 모른다.

〔2018〕

31

조건 없는 숭고한 사랑

—

권정생의 『몽실언니』, 1984

조건 없는 숭고한 사랑

20세기 한국소설이 가장 많이 그리고 진지하게 다룬 제재는 6·25이다. 6·25가 우리 민족에게 가져온 형언할 수 없는 고통을 생각한다면 당연한 결과라고 할 수 있다. 권정생은 아동문학의 영역에 6·25라는 민족사적 비극을 적극적으로 가져온 대표적인 작가이다.『몽실언니』1984는『초가집이 있던 마을』1985,『점득이네』1990와 함께 권정생이 발표한 '6·25전쟁 삼부작' 중의 한 편이다.『몽실언니』는 장편소년소설로서 1981년 처음 연재를 시작해, 1984년 단행본으로 출간되었다. 이 작품은 오랫동안 사랑받아 온 스테디셀러이며, 1990년 드라마로도 만들어져 대중들에게 널리 알려진 권정생의 대표작이다.

『몽실언니』는 6·25를 전후한 시기에 몽실이라는 소녀가 일곱 살부터 열한 살에 이를 때까지 두 명의 아버지정 씨, 김 씨와 두 명의 어머니밀양댁, 북촌댁를 모시고, 아버지와 어머니가 다른 세 명의 동생김영득, 김영순, 정난남을 돌보며 온갖 고난을 헤쳐 나가는 이야기이다. 해방 뒤 귀국하여 살강마을에서 어렵게 살던 몽실의 어머니 밀양댁은, 남편 정 씨가 일자리를 찾아 집을 떠난 사이 배고픔을 견디지 못해 몽실을 데리고 댓골마을의 김 씨에게 시집을 간다. 이후 밀양댁이 아들을 낳자 김 씨는 몽실을 구박하고, 몽실은 김 씨의 폭력으로 다리 하나를 평생 못 쓰게 된다. 노루실의 정 씨에게 돌아온 몽실은 정 씨가 새로 얻은 북촌댁과 사이좋게 지낸다. 그러나 전쟁이 터져 정 씨는 전쟁터로 끌려 나가고, 북촌댁은 아기를 낳은 후 삼일 만에 병으로 죽는다. 심지어 정 씨마저도 약해진 몸으로 전쟁터에서 돌아와 약 한 번 먹어보지 못하고 죽는다. 이토록 고통스러운 상황에서도 몽실은 불편한 다리를 이끌고 꿋꿋하게 인생을 헤쳐 나간다.

『몽실언니』의 주요 배경은 안동 일직면 운산리를 중심으로 한 경북 의성과 청송 등이다. 안동의 대표적 시인인 안상학에 따르면, 일본에서 귀국한 몽실의 가족이 처음 살던 살강마을은 경북 의성군 단촌면 구계리에 있으며, 몽실의 엄마인 밀양댁이 김 씨에게 새로 시집 가서 살던 댓골마을은 경북 청송군 현서면 화목리에 있다고 한다. 댓골마을은 몽실이처럼 귀국동포였던 권정생 가족이 일본에서 돌아와 1년 반 동안 살았던 마을이기도 하다. 그리고 새엄마 북촌댁과 함께 살던 노루실은 안동시 일직면 운산장터에서 남쪽으로 5리 밖에 있으며, 몽실이 구걸을 하여 동생 난남이를 먹여 살리던 장터는 운산장터를 말한다고 한다.[1] 권정생은 자신에게 익숙한 공간을 통하여 생동감이 넘치는 몽실의 이야기를 펼쳐낼 수 있었던 것이다.

한민족 중의 그 누구도 6·25의 상처로부터 예외일 수 없었듯이, 권정생 역시도 그 고통의 한복판에 있었다. 전쟁이 나자 권정생의 식구들은 뿔뿔이 흩어져 생사도 모르게 되었다. 또한 권정생이 평생 동안 살면서 작품을 집필한 안동 조탑마을은 6·25전쟁 때 낙동강 전투가 치열하게 벌어진 격전지 중 하나라서 다른 어느 곳보다도 마을 사람들

1 안상학, 「권정생이 그린 몽실의 길과 마을」, 『창비어린이』, 2011.3, 183~192면.

『몽실언니』의 주요한 공간 중의 하나인 운산역

의 억울한 희생이 많았다고 한다.[2] 권정생이 직·간접적으로 체험한 전쟁의 다양한 모습은 『몽실언니』라는 장편의 실감나는 서사적 육체를 가능케 했을 것이다.

몽실의 가장 큰 특징은 약자들에 대한 무한한 사랑이다. 우선 몽실언니라는 제목처럼, 몽실은 동생들에 대한 절절한 사랑을 보여준다. 김 씨네서 구박을 받다가 고모를 따라 아버지에게 가는 길에도, 김 씨와 밀양댁 사이에서 태어난 "동생 영득이를 두고 어떻게 가나?"라고 걱정을 한다. 나중에 밀양댁이 영득이와 영순이를 남기고 심장병으로 세상을 떠나자, 노루골에서 댓골마을을 오가며 영득이와 영순이를 돌보기도 한다. 특히 정 씨와 북촌댁 사이에서 태어난 난남을 향해 쏟는 사

2 원종찬, 「속죄양 권정생」, 『권정생의 삶과 문학』, 창비, 2008, 107면.

랑과 정성은 초인적이다. 북촌댁은 난남을 낳고 사흘 만에 죽는데, 이후 몽실이는 식모살이를 하거나 구걸을 하면서까지 난남을 키워낸다.

그러한 몽실의 사랑은 같은 핏줄을 지닌 가족의 범주에만 머물지 않는다. 그것은 이념이나 인종의 경계도 뛰어넘는 진정으로 윤리적인 것이다. 몽실은 "인민을 못살게 하는 반동 분자는 죽여야 해!"라고 말하는 의용군에게 반발하며, 의용군의 총구 앞에서도 모든 생명은 소중하다는 자신의 주장을 굽히지 않는다. 몽실의 박애博愛가 가장 극적으로 드러나는 것은 쓰레기더미에 버려진 "검둥이 아기"를 돌보려고 애쓰는 장면이다. 쓰레기더미에서 발견된 "검둥이 갓난아기"를 보고, 지나던 사람들은 "화냥년의 새끼!"라며 침을 뱉고 발길로 걷어차 죽이려 한다. 이때 몽실은 자신의 온몸을 던져 아기를 보호한다.

"검둥이 아기"를 위해 몸을 던지는 몽실의 모습은 2007년에 권정생이 작성한 유언장의 마지막과 닮아 있다. 유언장은 "제 예금 통장 정리되면 나머지는 북측 굶주리는 아이들에게 보내 주세요. 제발 그만 싸우고, 그만 미워하고 따뜻하게 통일이 되어 함께 살도록 해주십시오. 중동, 아프리카, 그리고 티베트 아이들은 앞으로 어떻게 하지요. 기도 많이 해주세요."[3]로 끝난다. 여기에는 권정생이 평생 간직한 아이들과 평화에 대한 사랑, 그리고 통일에 지향이 절실하게 드러나 있다. 그러나 이러한 아름다운 마음은 결코 한민족에만 국한되는 것이 아니라, 중동, 아프리카, 티베트 아이들에게까지 열려 있는 것이다.

몽실이는 결코 동생과 부모의 사랑을 다투고, 성장에 따르는 심신

......
3 이충렬, 『아름다운 사람 권정생』, 산처럼, 2018, 401면.

의 스트레스로 힘겨워하는 철부지 언니가 아니다. 권정생이 그려낸 몽실언니는 차라리 위대한 모성을 지닌 어머니에 가까운 모습이다. 어머니에 대한 사랑은 권정생 문학의 변치 않는 중요한 요소이다. 1973년『조선일보』신춘문예 당선작「무명저고리와 동화」도 희생적인 어머니를 그린 작품이었다. 평생을 독신으로 지낸 권정생에게 어머니는 참으로 특별한 존재였던 것이다. 권정생의 자전적 산문인「오물덩이처럼 딩굴면서」1986에는, 작가의 어머니가

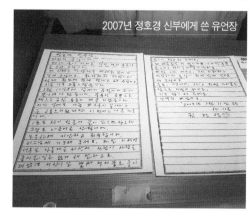

2007년 정호경 신부에게 쓴 유언장

베풀었던 사랑이 눈물겹게 묘사되어 있다. 1957년 권정생의 어머니는 객지생활을 하다가 폐결핵에 걸린 아들을 집으로 데려가 지극정성으로 돌본다. 결핵균이 신장과 방광으로 번지는 상황에서 권정생은 잠도 제대로 잘 수 없었으며, 이때마다 어머니는 함께 잠을 자지 않으며 괴로워했다는 것이다. 어머니는 아들을 위해 산과 들로 다니며 약초와 메뚜기, 뱀, 개구리를 잡아와 먹였고, 벌레 한 마리도 죽이는 것을 꺼리시던 어머니가 이때 껍질을 벗겼던 개구리만 해도 수천마리가 넘을 거라고 회상한다. 이런 어머니의 정성으로 죽기만을 기다리던 권정생의 건강은 조금씩 회복되는 기적이 일어난다.

여기서 한가지 의문이 든다. 권정생은 사실상 어머니라고 할 수 있는 몽실을 왜 굳이 '어린 언니'로 만들었을까? 이것은 독자인 소년 소

녀들을 위한 배려일 수 있다. 동시에 몽실이와 같은 조건 없는 사랑과 순수한 인간애를 발휘하기에 어머니는 적당하지 않은 시대적 상황이 반영된 결과일 수도 있다. 이 작품이 배경으로 하고 있는 시대는 폭력적인 가부장제가 철통같은 지배력을 발휘하는 시기였기 때문이다. 실제로 『몽실언니』에 등장하는 아버지들은 지극히 폭력적이며 이기적이다. 몽실이에게 폭력을 휘둘러 평생 다리 하나를 못 쓰게 한 김 씨는 말할 것도 없고, 친아버지인 정 씨 역시 몽실을 "술 취하고 때리는 것"에 있어서는 똑같다. 그렇기에 몽실이 "어느 쪽이 김 씨 아버지인지 어느쪽이 정 씨 아버지인지 잘 가려내지 못할 때가 있었다"고 생각하는 것도 당연한 일이다. 이러한 아버지들의 모습은 "사람 죽이는 것"을 목적으로 하는 6·25전쟁과 닮아 있기도 하다.

여자는 "남편에게 의지하지 않고 혼자 살 수 없단다"나 "여자라는건 남편과 먹을 것이 있어야 살아갈 수 있단다"와 같은 말이 상식으로 통용되는 세상에서, 어머니가 베풀 수 있는 사랑은 남편의 핏줄과 관련된 존재로만 한정될 수밖에 없는 것이다.

실제로 이 작품에서 몽실의 친엄마인 밀양댁에게서 가부장제가 강제한 가족주의의 한계는 선명하게 드러난다. 밀양댁은 처음 몽실이를 데리고 김 씨네 집에 가지만, 김 씨의 아들 영득이가 태어나자 끝내 몽실이를 정 씨에게 보내는 데 동의하고 만다. 나중에 북촌댁의 죽음으로 돌봐주는 이가 없게 된 몽실이가 갓난아기인 난남이를 데리고 왔을 때는, 자기와 김 씨 사이에서 태어난 영순이에게는 젖을 먹이면서도 암죽만 먹어 뼈만 남은 난남이는 본 체 만 체한다. 이러한 행동 모두 김 씨의 핏줄만을 중요시할 수밖에 없는 가부장제가 낳은 문제라고 할 수 있다. 몽실은 죽은 밀양댁과 북촌댁, 그리고 미군에게 몸을 팔아 살아가는 금년이를 생각하며 "여자라는 것 때문에, 어른이라는 것 때문에 괴롭게 살아야 하는 것"이라는 깨달음을 얻기도 한다. 이러한 상황에서는 '몽실 엄마'가 아닌 '몽실 언니'만이 혈육은 물론이고 이념과 인종마저 뛰어넘는 숭고한 사랑을 보여줄 수 있었을 것이다.

권정생의 『몽실언니』는 6·25라는 민족사의 비극을 아동문학의 틀로 훌륭하게 소화해 냈다는 면에서도 의미가 크지만, 가족특히 가부장과의 관계 속에서만 그 의의를 인정받는 기존의 모성을 뛰어넘는 여성을 형상화했다는 면에서도 기억할 필요가 있는 작품이다.　　　　　(2020)

32

굽이굽이 고개를
넘다 보면……

—

김주영의 『객주』, 1984

굽이굽이 고개를 넘다 보면……

김주영金周榮, 1939~은 1939년 경북 청송군 진보면에서 태어났으며 진보초등학교와 진보중학교를 졸업한 후, 대구에서 대구농림고등학교에 진학하였다. 문학에 대한 열정으로 서라벌예술대학에서 공부한 후에는, 오랜 시간 안동에 있는 엽연초생산조합에서 일하였다. 1976년 상경할 때까지 안동 지역의 문인들과 어울리며 『안동문학』이라는 동인지를 창간하기도 하였다. 김주영이 창작한 방대한 문학세계는 도시 빈민들을 다룬 소설, 대하역사소설, 유년기 체험을 다룬 소설로 나눠볼 수 있으며, 이러한 문학세계는 "소외된 국외인들인 배고픈 유년, 도시 빈민 악동, 과부, 유랑인을 묘사"양진오하거나 "의리 이데올로기를 내세움으로써 동양적 전통의 웅자雄姿한 남성문학의 전통"하응백에 이어진 것으로 이야기되었다. 김주영의 『객주』는 작가의 문학적 특징이 압축된 작가의 대표작이라고 할 수 있다.

『객주』는 1979년 6월 2일부터 1983년 2월 29일까지 총 1,465회에 걸쳐 연재된 대하 역사소설이다. 1981년부터 1984년까지 창작과비평사에서 3부1부 외장(外場), 2부 경상(京商), 3부 상도(商盜) 아홉 권의 단행본으로 출간되었다가 1992년 같은 출판사에서 개정판이 나왔다. 2003년에는 문이당으로 출판사를 옮겨 개정판이 나왔고, 2013년에 문학동네에서 10권이 출간됨으로써 삼십여 년 만에 완간에 이르렀다.

『객주』는 민중 중심의 역사관을 구체적 생활상 속에 생동하는 이 념으로 표현한 대표적인 사실주의적 역사소설로 꼽힌다. 이전의 역사 소설이 왕실이나 영웅 중심이었다면, 『객주』는 사농공상士農工商의 신분 질서에서 맨 아래를 차지하는 상인 그중에서도 최하층에 해당하는 보 부상을 전면에 내세웠다. 보부상은 봇짐장수로 앉아서 파는 보상褓商과 등짐장수로 서서 파는 부상負商을 함께 아우르는 말로, 떠돌이 행상을 말한다. 보부상은 상인 중에서도 특히 궁핍하고 불우한 처지에 속했던 자들로서, 대체로 가족이 없는 홀아비나 고아 또는 가난하여 결혼을 하 지 못한 사람들이었다고 한다.[1] 김주영은 보부상을 주인공으로 내세우 고, 각 지역의 토속적인 산물과 풍속, 구전설화와 야담, 음담, 민요, 판 소리, 타령, 탈춤, 무가 등을 전면적으로 수용함으로써 민중의 삶이 생 생하게 살아 있는 작품을 창조하는 데 성공하였다.

떠돌아다니는 것을 본업으로 하는 보부상이 주인공인 소설답게 작품의 무대로 여러 곳이 등장한다. 삼남三南지방을 배경으로 한 1부에 서는 문경, 상주, 안동, 예천, 하동, 구례, 전주, 강경, 연산, 군산포 등이 나온다. 2부에서는 주요한 무대가 서울로 바뀌고, 사적인 갈등을 다루 었던 1부와는 달리 세도가인 김보현이나 거상 신석주 등을 통해 구한 말 조선의 본질적인 문제를 탐구하는 차원으로 확대된다. 2부에서는 무교, 애오개, 약고개, 압구정, 두뭇개, 수철리, 시구문 등의 서울 지리 가 매우 상세하게 묘사된다. 3부에서는 서울이나 평강과 더불어 원산 이 주요무대로 새롭게 등장한다. 이때의 원산은 단순한 지방 도시가 아

1 임경희, 『경상동에서 조선의 보부상을 만나다』, 민속원, 2014, 20면.

니라, 1876년 일본과 체결한 강화도 조약으로 인해 1880년에 개항한 3대 항구 부산, 원산, 인천 중의 하나이다. 따라서 원산을 배경으로 한 3부에 서는 자연스럽게 일본의 침략에 대한 문제의식을 드러내게 된다.

『객주』를 지도 삼아서 답사를 떠나는 것이 가능하다고 할 정도로, 작품의 배경이 된 공간들에 대한 묘사는 매우 사실적이다. 이것은 작가 가 이 작품을 쓰기 위해 답사 등을 하며 기울인 노력이 만만치 않음을 증명한다. 또한 등장인물의 형상화도 매우 실감나는데, 이것은 작가의 유년기 체험과도 연관된 것으로 보인다. 김주영이 나고 자란 진보라는 곳은 본래 장시場市가 성한 교통 요지였으며, 생계를 책임 진 어머니는 저잣거리 마을에서 품을 팔아 생활을 영위했다고 한다. 김주영은 『객

『객주』에 등장하는 주요 공간을 지도 위에 표시해 놓은 객주문학관의 기념물

주』를 쓰게 된 첫 번째 동기로, 어린 시절 집 밖의 유일한 큰 세계를 이루었던 저잣거리 사람들의 삶을 그려야 한다는 작가적 부채 의식을 꼽을 정도이다. 요컨대 김주영에게 장터와 그 곳에서 살아가는 인생들은 너무나 익숙한 삶의 원풍경이었던 것이다.

『객주』에는 민중과 권력층의 대립이라는 기본 갈등에 바탕한 여러 가지 사건들이 병렬적으로 연결되는 특징이 나타나 있다. 이 작품에서 민중과 권력층의 대결은 일방적으로 후자가 힘을 발휘할 것으로 생각하기 쉽지만, 의외로 민중들 역시 만만찮은 힘을 발휘한다. 이것은 보부상들의 공동체 의식과 그것을 뒷받침하는 그들의 지략과 완력에 의해 가능한 것이다.『객주』에는 음모와 협잡이 가득하여 배신은 물론이고, '배신의 배신', 나아가 '배신의 배신의 배신'까지 일어난다. 여기에 한 가지 예외가 있다면 보부상들의 공동체이다. 그들은 "동병상련으로 객고客苦를 달램에 유무상통하여 혈육지간보다 질긴 정분을 가지고 간담상조肝膽相照하고 환난상구患難相求하는" 윤리를 철저히 지켜나가며, 그것을 위반했을 시에는 엄격하게 응징한다. 본래 김주영은 고아, 넝마주이, 창녀, 고물장수, 백정 등의 주변 인물들을 주요한 문학적 탐구의 대상으로 삼아왔으며,『객주』의 보부상들은 작가가 이상적으로 여기는 민중의 표상이라고 할 수 있다.

『객주』는 후반부로 갈수록 임오군란과 같은 역사적 사건의 비중이 커지는 경향을 보이며 동시에 주요한 갈등이 민중과 지배층의 대결에서 조선과 일본의 대결로 변모한다. 이 작품이 배경으로 삼은 1878년에서 1884년까지의 시기는 우리 민족이 심각한 위기에 봉착한 때이다. 작품의 전반부가 조선의 봉건적 체제에 대한 문제제기에 집중했다면, 후반부에서 비판의 대상은 당시 가장 위협적인 외세였던 일본으로 옮겨간다. 이 작품의 인물 대다수는 반일의식을 공유한다. 주인공인 천봉삼은 이러한 반일의식을 가장 적극적으로 행동에 옮기는 인물이다. 『객주』의 모든 갈등은 결국 외세/민족이라는 이분법으로 수렴된다. 그것은 왜선을 공격하여 감옥에 가게 된 천봉삼을 빼내는 일에 조선의 모든 역량이 총집결되는 모습을 통하여 극적으로 드러나고 있다. 이용익, 매월이 등은 물론이고 심지어 명성황후와 고종까지 천봉삼의 탈옥에 동조하는 것이다.

2013년에 새롭게 덧붙여진 10권은 탈옥 이후 천봉삼의 삶을 다루고 있다. 1884년 갑신년을 시간적 배경으로 한 10권에서 천봉삼은 울진 포구에서 현동 저자나 내성으로 가는 십이령길에 나타난다. 본래 울진과 봉화를 잇는 십이령길은 보부상들의 주요 활동무대였다. 보부상들은 소금과 해산물이 풍부한 울진의 흥부장, 울진장, 죽변장에서 미역, 고등어, 건어물 등을 구매해 동서 방향 주 도로인 십이령길을 걸어 봉화로 향했으며, 봉화에선 비단, 담배, 곡식을 싣고 되돌아왔다고 한다.[2]

십이령길에 나타난 천봉삼은 조선을 대표하는 상인이자 일본에 맞서는 지도자가 아니라 생존을 위해 남행하였다가 산적 무리에게 잡혀 그들의 염탐꾼 노릇을 하는 범부이다. 10권에서는 일본이 아니라 천봉삼과 십이령길의 상단을 괴롭히는 산적 무리를 징치하고 장시의 평화를 가져오는 것이야말로 핵심적인 과제가 된다. 소금 상단의 도움

2 송기역, 『힐리로드 – 옛길에서 사람, 그리고 보부상을 만나다』, 이야기의숲, 2015, 231면.

으로 구출된 천봉삼은 결말에 이르러 드디어 안정된 가족을 이루고 생달 마을의 촌장이 된다.

천봉삼과 그를 따르는 이들이 건설한 생달 마을에서는 오랫동안 버려졌던 묵정밭이 불과 2년여 만에 "꿀이 흐르는 문전옥답"으로 변한다. 이곳은 바로 천봉삼이 그토록 찾아 헤맨 "길지吉地"인 것이다.

징세나 부역이 없고, 토호들의 발호나 관리들의 가렴주구가 없고, 양반도 없고 상것도 없는 세상 아니겠습니까. 씨를 뿌리고 거름을 주지 않아도 열매가 열리는 그런 땅이겠지요. 마당에 노루가 뛰어들고, 솥에는 꿩이 저절로 날아드는 그런 땅이겠지요.

위의 인용에서 알 수 있듯이, 천봉삼이 정착한 생달마을은 지난 날 조선의 방방곡곡을 걷고 걷고 또 걷다가 사라진 이름 없는 보부상들이 꿈에도 그리던 이상향이자, 30여년 만에 작가 김주영이 천봉삼을 비롯한 보부상들에게 바치는 작은 선물에 해당한다고 말할 수 있다.

외딴 마을에 사는 서민들의 물류를 책임치며 고단한 삶을 살다 간 보부상에 대한 선물은 소설 속에만 존재하는 것은 아니다. '옛길박물관'과 '객주문학관'은 보부상을 기리는 현실의 장소들이다. 『객주』는 경기도 송파지역의 쇠살

쭈인 조성준이 자신의 전처와 간부姦夫 송만치가 살고 있는 문경에 가서 복수극을 펼치는 것으로 시작되는데, 이 복수극의 무대가 된 문경에는 지금 옛길과 보부상에 관한 유물과 유품을 전시하는 옛길박물관이 있다. 또한 김주영의 고향인 청송군 진보면에는 폐교를 리모델링하여 만든 객주문학관이 존재한다. 옛길박물관이나 객주문학관, 혹은 십이령길을 조용히 걷다보면 동료 보부상을 위해서 목숨도 흔쾌히 내놓던 천봉삼의 우렁찬 웃음소리가 들릴지도 모를 일이다.

(2020)

객주문학관

가짜 낙원에서 글쓰기

『기형도 산문집』살림, 1990은 시집 『입 속의 검은 잎』문학과지성사, 1989
으로 전설의 반열에 오른 시인 기형도가 별세한 1년 후에 출간된 산문
집이다. 이 산문집의 첫 번째 글은 「짧은 여행의 기록」이라는 제목으
로 1988년 8월 2일부터 8월 5일까지 3박 4일간 '서울 - 대구 - 전주 -
광주 - 순천 - 부산 - 서울'로 이어지는 여행을 기록한 것이다. 기형도는
대구에 도착해서 가장 먼저 장정일에게 전화를 건다. 곧바로 대구백화
점으로 달려 나온 장정일과 기형도는 차수를 바꿔 가며 맥주를 마시고,
문학과 영화 등을 포함한 다양한 이야기를 나눈다. "서울서 봤을 때는
말이 없었는데 대구라 그런지 말을 많이 하였고 발랄하였다"는 기형도
의 표현처럼, 장정일은 친한 선배를 만난 어린 후배처럼 활기찬 모습을
보여준다. 1962년 1월 6일 경북 달성에서 태어나 1977년 성서중학교
를 졸업한 장정일은 대구에서 나고 자라, 그 곳에서 글을 쓴 작가이다.

그러나 장정일蔣正一, 1962~의 출세작이라고 할 수 있는 「아담이 눈
뜰 때」1990가 "봄과 가을이 짧고 더운 여름과 추운 겨울이 긴 분지도시"
대구를 배경으로 했다는 것은 널리 알려져 있지 않다. 현재가 감각적
쾌락을 위해 자주 찾는 곳은 향촌동이고, 올림픽이 개막되던 날 탬버린
치는 남자가 서 있던 곳은 대구은행 본점 앞이며, 아담과 현재가 로이
부캐넌의 추모식을 여는 곳은 장정일이 「강정 간다」라는 시를 지었을

대구 향촌동에 위치한 대구문학관과 향촌문화관

정도로 애착을 보여준 대구 인근의 유원지 강정이다.

"자주 추문醜聞에 휩싸이는 불행한 사제司祭"[1]라는 말처럼, 장정일처럼 문단과 사회의 큰 화제를 몰고 다닌 문인도 드물다. 특이한 삶의 이력은 본인이 직접 「개인기록」『문학동네』, 1995.봄을 통해 밝힌 사실이라는 점에서 더욱 충격적이다. 또한 그는 『내게 거짓말을 해봐』1996를 통해 뜨거운후은 따가운 관심을 받으며 약 4년간 법정 다툼에 시달리기도 하였다. 이 모든 것은 장정일이 결코 손쉬운 타협의 길이 아닌 불화와 처벌

......
1 구모룡, 「오만한 사제의 위장된 백일몽」, 『작가세계』, 1997.봄, 42면.

을 감수하면서까지 자기만의 독창적인 세계를 고집한 결과라고 할 수 있다. 그는 시, 희곡, 소설을 넘나드는 전방위적인 작가이고, 여러 권의 '독서일기'를 출판한 우리 시대의 대표적인 독서가이기도 하다.

장정일은 많은 평자들에 의해 좋은 의미에서든 나쁜 의미에서든 포스트모더니즘과 1990년대 신세대 문학의 맨 앞자리에 놓이는 작가로 평가받았다. 「아담이 눈뜰 때」는 파격적인 외양과는 달리, 그 내적 본질은 근대소설의 정석에 충실한 작품이다. 이것은 자기 보존의 평범한 욕망에 만족할 수 없는 문제적 개인이 진정한 가치를 찾아 떠난다는 근대소설의 내적 형식에 이 작품이 맞닿아 있다는 의미이기도 하다. 「아담이 눈뜰 때」는 1988년에 열아홉 살이 된 아담이 성인의 세계로 입문하는 과정에서 겪는 갈등을 통해 정신적 성장과 사회에 대한 각성을 보여주는 일종의 성장소설이다. 이때의 성장은 구체적으로 '작가가 되는 것'으로 나타나며, 그렇기에 이 작품 전체는 '작가의 탄생기'라고 볼 수도 있다. 「아담이 눈뜰 때」는 다음과 같은 문장으로 시작되는데, 이것은 작품의 마지막에서도 그대로 반복된다.

내 나이 열아홉 살, 그때 내가 가장 가지고 싶었던 것은 타자기와 뭉크화집과 카세트 라디오에 연결하여 레코드를 들을 수 있게 하는 턴테이블이었다. 단지, 그것들만이 열아홉 살 때 내가 이 세상으로부터 얻고자 원하는, 전부의 것이었다.

이 소설은 열아홉의 재수생인 아담이 우여곡절 끝에 타자기와 뭉크화집과 턴테이블을 손에 넣기까지의 과정이 주요 서사이고, 이것을 얻은 후에 아담은 그 타자기를 통해 이 소설을 창작하게 된다. 이를 통해 이 작품은 한 명의 작가가 탄생하는 과정을 그린 작품이 되는 것이다. 뭉크화집을 얻기 위해 아담은 키치^{Kitsch}의 세계를 상징하는 40대 여성 화가에게 몸과 이미지를 바쳐야 했고, 턴테이블을 얻기 위해서는 비인간적 자본을 상징하는 오디오 가게 사장에게 항문을 바쳐야 했으며, 타자기를 얻기 위해서는 청소부 어머니의 오랜 꿈인 일류대학 진학을 포기해야 했던 것이다. 이러한 과정을 통해 아담은 자신이 '가짜 낙원'에서 눈을 뜬 아담이라는 것을 깨닫는다.

아담을 절망케 한 이 세계의 본질은 '파시스트적 가속도'가 지배한다는 것이다. 파시스트적 가속도는 "근대의 여러 가지 제도적 장치가 엄청난 자본과 연결되어 무서운 속도로 전진운동을 하는" 것으로, 이러한 생리가 지배할 때, 세계는 "전진하는 것만이 발전이며 성공"으로 인정받게 된다. 이러한 파시스트적 가속도의 세계와 이에 저항하는 세계는 스피드족들과 오디오족들, 일렉트로닉 리스너$^{Electronic\ Listener}$와 뮤직 러버$^{Music\ Lover}$ 등으로 반복해서 나타난다. 전자가 앞으로 내달리는 것만을 최고의 가치로 여겨 새로운 정복지를 갈구한다면, 후자는 반추행위에 새로운 의미를 부여하며 창조적 고독 속에 묻히려는 자들이다.

이러한 파시스트적 가속도의 세계에 맞서 아담과 동년배인 은선과 현재는 자기들만의 방을 만들고자 한다. 이들을 하나로 엮어주는 것은 다름 아닌 록^{Rock}이다. 신기하게도 아담은 말할 것도 없고 은선과 현재도 3J라 일컬어지는 제니스 조플린, 짐 모리슨, 지미 핸드릭스와 같은 록의 거장들을 좋아한다. 이들은 "저항과 인간애"로 가득한 록스피릿Rock Spirit의 인격적 구현에 해당한다. 이 작품에서 록은 88년 서울올림픽에 버금가는 의미가 있다. 올림픽 준비로 전국이 떠들썩하던 8월 중순, 아담과 현재는 그 열기에 휩쓸리는 대신 자살한 로이 부캐넌의 추모식을 연다. 모래밭에 기타를 내려 놓고 석유를 끼얹었으며, 그들은 부캐넌의 「메시아는 다시 오시리」를 듣는 것이다. 지극히 소박한 이들의 추도식을 통해, 이들 세대에게 록음악은 88서울올림픽을 능가하는 성스러운 의미가 있다는 것을 보여준다.

파시스트적 가속도의 세계에 비한다면 아담과 현재가 만들어가고자 하는 세계는 너무나 미약하다. 「아담이 눈뜰 때」에서는 「유리의 성」이라는 소설이 아담과 현재가 만들어 가고자 하는 방을 설명하기 위해 소환된다. 「유리의 성」『현대문학』, 1970.6은 소설가 최상규崔翔生, 1934~1994의 작품으로 소년들이 집 안에 물을 가득 채운 후, 그것을 얼려 기존의 집을 부수고 유리의 성을 만든다는 내용의 환상소설이다. 이 작품은 소년들과 어른들, 유리의 성과 기존의 집이 대립항을 이루며, 일상의 틀을 벗어나 새로운 세계로 비상하려는 강렬한 의지를 드러낸다. 그러나 물이 얼어 만들어진 '유리의 성'이 곧 녹아내릴 수밖에 없듯이, 아담과 현재가 섹스와 음악으로 만들어가는 '유리의 성' 역시 지속되기는 어렵다. 결국 그 지속불가능성이 현재에게서는 자살로 나타나며, 아담에게서는 '가짜 낙원'에 대한 처절한 인식으로 드러난다. 아담은 현재의 자살 소식을 듣고 소리 내어 울며, "가짜 낙원에서 잘못 눈을 뜬 아담처럼, 내 이브는 창녀였으며, 내 방은 항상 어둡고 습기가 차 있다. 어쩌다

책이 썩는 냄새를 없애려고 창문을 열면, 네온의 십자가 아래서 세상은 내 방보다 더 큰 어둠과 부패로 썩어지고 있다"는 절망적 인식에 도달하는 것이다.

「아담이 눈뜰 때」에서 이러한 파시스트적 가속도의 세계를 대변하는 대표적인 인물은 바로 아담의 형이다. 일류대학과 대학원에서 모두 A만을 받은 형은, "여기선 아무것도 더 기대할 게 없다"며 미국으로 간다. 지하 상가의 화장실 바닥을 밀대로 미는 어머니의 모습을 한번도 바라보지 않았던, 그러면서도 웬만한 혁명서적은 모두 독파했던 형은 "고향에서 서울로, 서울에서 뉴욕으로" 날아간 것이다. 어쩌면 형은 "우주인과 두뇌 싸움을 하려고 지구 밖으로 날아가려 들지도" 모르는 사람, 즉 파시스트적 가속도에 자신의 몸을 온전히 맡긴 존재인 것이다. 그리고 보면 아담의 몸과 이미지를 빼앗고, 아담이 원하던 「사춘기」라는 그림은 있지도 않은 뭉크 화집을 화대로 지불한 중년의 여성 화가는 언제나 파리나 뮌헨 혹은 뉴욕에 "언젠가는 돌아갈 거야"라고 다짐하곤 했다. YMCA에서 포스트모더니즘에 대해 멋들어진 강연을 한 평론가도 "미국으로 이민"을 가고 없다.

아담은 어머니가 그토록 원하던 일류대학에 합격함으로써, 잘난 형이나 평론가처럼 파시스트적 가속도에 동참할 수 있는 길이 열린다. 그러나 아담은 서울의 빌딩숲을 오가는 사람들에게서, 기성질서의 논리를 충실히 수행하다가 결국 미쳐버린 '템버린 치는 사내'를 발견할 뿐이다. 심지어 서울에서는 사정조차 불가능하다. 낯선 사람들 사이에서 심한 두통만을 느끼는 아담의 모습은 젊은 시절 장정일의 모습과도

무관해 보이지 않는다. 원재길의 회고에 따르면, 「아담이 눈뜰 때」가 배경으로 삼은 1988년 여름에 대구에서 장정일을 만났을 때, 장정일이 서울에 대해 썩 좋지 않은 인상을 받았으며 "그곳 생활에서 맛본 두려움이 너무도 커서, 자기최면을 걸듯이 '죽어도 서울은 안 간다'고 거듭 못박았다"[2]는 기억을 전하고 있다.

결국 아담은 형처럼 뉴욕으로 심지어는 우주로도 갈 수 있는 가속도의 세계에 몸 담기를 거부하고, "한없이 느리고 덜그럭거리는 보통열차를 타고" 대구로 내려가 작가가 된다. 이것은 "내 온몸으로 이 세계의 가속도에 브레이크는 거는 일"이며, "가짜 낙원을 단호히 내뿌리치고 잃었던 낙원, 실재, 진리를 되찾는" 일에 해당한다. 아담은 '가짜 낙

2 원재길, 「파리, 1996년 겨울 – 내가 만난 장정일」, 『작가세계』, 1997.가을, 34면.

원'의 작가가 됨으로써, 가속도의 세계에서 진정성을 찾고자 한 것이다. 그리고 이러한 아담의 결심은 이후 장정일의 행로를 통해, 1990년대 한국문학의 한 진경으로 솟아오르게 된다. (2020)

34

국가폭력의 증언자

현기영의『지상에 숟가락 하나』, 1999

국가폭력의 증언자

영국의 진보적 역사학자 에릭 홉스봄Eric Hobsbawm, 1917~2012은 20세기를 가리켜 기존의 가치와 제도가 무너지고 파국과 번영이, 문명과 야만이 함께 한 극단의 시대The Age of Extremes라고 규정했다. 20세기 세계사는 여러 전쟁과 제노사이드genocide로 얼룩졌으며, 근대 사회에서 폭력의 합법적 독점체인 국가는 다른 국가 구성원은 물론이고 경우에 따라서는 내부의 구성원을 향해서도 잔인한 폭력을 행사하였다는 것이다.

안타깝게도 지난 세기 대한민국 역시 국가폭력으로부터 예외는 아니었다. 정부 수립 당시부터 시작된 국가폭력은 이후 이어진 전쟁과 분단, 그리고 독재 정권을 거치며 계속 이어졌다. 남북한의 대치와 이에 따른 반공 이데올로기는 국가폭력을 양산하고 이를 정당화하는 기제로 작용하였다. 특히 정부 수립 당시의 국가폭력은 매우 광범위하고 심각한 것이었으며, 그중에서도 수만 명의 사상자를 낳은 제주 4·3이야말로 우리가 경험한 국가폭력의 가장 비극적인 사례라고 할 수 있다. 제주 4·3은 1947년 3월 1일을 기점으로 하여 1948년 4월 3일에 발생한 소요사태 및 1954년 9월 21일까지 제주도에서 발생한 무력충돌과 진압 과정에서 수만 명의 주민들이 희생당한 사건을 말한다. 기존의 연구에 의하면 20세기 국가폭력에 의한 대규모 피해는 2차 세계대전 종결 후 냉전체제가 형성되는 과정과 1990년대 냉전의 해체 과정에서 가장 빈번하게 발생했다고 한다. 제주 4·3은 냉전체제가 한반도에서 자리를 잡는 과정에서 발생한 대표적인 국가폭력이었다고 볼 수 있다.

현기영玄基榮, 1941~은 작가 생애 전부를 걸고 제주 4·3 사건을 형상화해 온 우리 시대의 가장 대표적인 문학적 증언자이다. 현기영은 제주에서 나고 자란 작가로서 어린 시절에 4·3을 직접적으로 체험했으며, 그의 피와 뼈 속에는 4·3이 고스란히 살아 숨쉬고 있다고 해도 과언이 아니다. 1975년에 등단한 현기영은 독재 정권의 서슬이 퍼렇던 1978년에 「순이 삼촌」을 발표하며, 제주 4·3을 처음으로 공론화하였다. 문학이 보다 나은 사회를 건설하는 데 기여한 모범적인 사례였다고 할 수 있을 정도로, 이 작품의 영향력은 매우 컸다. 작가도 보안사에 끌려가 처참한 고문을 당하고, 책도 발매 금지가 될 정도였다. 이 작품의 주인공인 순이 삼촌은 4·3 당시 자신의 두 아이가 포함된 수백명의 민간인이 학살당하는 현장에서 기적적으로 혼자만 살아 남는다. 이후 신경쇠약과 환청에 시달리던 순이 삼촌은 쉰 여섯의 나이에 바로 그 무지막지한 학살극이 벌어진 옴팡밭에서 시체로 발견된다. 이 죽음은 이미 4·3 당시 상징적인 죽임을 당한 순이 삼촌이 30여 년이 지나서 자신의 실제적 죽음을 완성한 것으로 의미부여 할 수 있다. 「순이 삼촌」은 1949년 1월 16일음력 1948년 12월 19일 북제주군 조천면 북촌리에서 실제로 벌어진 양민학살 사건을 창작 모티프로 삼았다는 점에서 더욱 큰 충격을 주었다.

현기영 소설에서 4·3을 경험한 인물들은 그 엄청난 폭력의 자장에서 결코 벗어나지 못한다. 「마지막 테우리」1994에서 한라산 중산간의 마을 공동목장을 지키는 마지막 테우리목동의 제주도 방언 고순만 역시 4·3

북촌리에 위치한 너븐숭이 4·3 기념관

으로부터 단 한 발자국도 나아가지 못한다. 그는 4·3 당시 중산간 마을이 불탈 때 간신히 살아남은 사람들이 산야로 쫓겨와 굶주릴 때, 그들을 위해 소백정 노릇을 했다. "소 돌보는 테우리가 소 잡는 백정으로 돌변"한 일도 괴로운 일이지만, 그를 가장 괴롭히는 것은 자신의 의도치 않은 행위로 사람 셋이 죽은 일이다. 이 외에도 무고한 죽음을 수없이 체험한 고순만은 4·3에 결박된 존재가 된다. "사태 이후 그는 행복이라는 것도 인간이란 것도 믿지 않았다"고 이야기되는 그에게 4·3 이후의 삶은 "현실과 관계없는 가공의 삶"에 불과하다. 고순만 노인은 초

373

원에서 소 떼를 돌보는 것으로 그 무의미한 가공의 삶을 견뎌왔지만, 이제는 그 삶마저 불가능한 지경에 이르고 만다. 이제는 초원에서 소떼 조차 돌볼 수 없게 된 고순만 노인의 최후는, 4·3에 대한 기억마저도 사라져 가는 현실에 대한 작가의 진한 안타까움을 전달하기에 모자람 이 없다.

제주도의 산야

『지상에 숟가락 하나』1999는 한 아이가 태어나 청년이 될 때까지 의 이야기를 다룬 대표적인 한국의 성장소설이다. 그러나 희망과 기대 로 채워져야 할 성장의 길 위에도 4·3은 그림자를 길게 드리우고 있다. 50줄에 접어든 주인공은 아버지의 죽음을 계기로 하여 유년 시절을 돌아보게 된다. 유년을 되돌아보는 일은, "나의 과거에는 나의 개인적 과거뿐만 아니라 내 것이면서 동시에 공동체의 과거, 즉 역사도 들어 있다"는 말처럼, 4·3으로 대표되는 제주의 아픈 상처를 되돌아보는 일이기도 하다.

작품의 상당 부분은 제주도의 빼어난 자연 풍광과 공동체의 살뜰한 풍속을 보여주는 것으로 이루어져 있다. 제주도에는 굶주림의 생생한 감각과 질병의 불길한 힘이 단단하게 버티고 있지만, 그것을 보상하기라도 하듯이 아름답고 푸근한 자연이 '나'를 따뜻하게 감싸준다. '나'는 "대자연 속의 한 분자", "자연에 밀착된 아이", "벌레들과 함께 그 늙은 나무의 품 안에 든 한 식구"로 표현되는 자연의 친구이자 가족인 것이다. 나아가 '나'는 "몸에 지느러미 돋고 입에 아가미가 나 있"는 자연 그 자체이기도 하다.

그러나 이 아름다운 유년의 풍경화 속에도 4·3은 그 핏빛 폭력의

제주도의 바다

흔적을 남기고 있다. '내'가 태어나 탯줄을 묻은 함박이굴 마을은 1948년 중산간 마을의 초토화 작전 때 불에 타서 지도상에 존재하지 않는다. '나'는 "고향 함박이굴의 그 막막한 어둠과 슬픔"으로 인해 그 어린 나이에도 우울증을 앓았고, 그것은 성장한 이후에도 끈질기게 따라 붙는다. 4·3 기간 동안 민간인은 작전, 처형, 보복 등의 이유로 무자비하게 죽임을 당했으며, 이러한 참상은 어린 소년의 시각을 통해 더욱 생생하게 전달되는 것이다. '폭도 가족'이라는 이유로 육친의 죽음 앞에서도 맘껏 울지 못하는 모습, 광장에 목 잘린채 내걸린 친구 아버지의 머리통, 누백년 이어온 삶의 터전이 순식간에 잿더미로 변모하는 참상은, 제주 4·3이 "바람까마귀떼의 광란의 춤과 함께 수만의 인명을 도륙 내는 대학살의 카니발"이었음을 생생하게 증명한다.

제주 4·3은 섬을 뿌리째 흔들어 놓는다. 그동안 섬사람들의 삶을 유지해 온 정신적·물질적 토대가 송두리째 무너져 버리는 것이다. 그것은 다른 숱한 이재민들과 마찬가지로 돌만 남은 4·3의 폐허에서 삶을 일구는 어머니가 "신석기시대의 농경인"으로 표현되는 것에서도 실감나게 드러난다. 또한 비합리적일지라도 고유한 생명의 숨결이 살아 숨쉬던 제주도의 토착 문화 역시 사라진다. 사건 이전에 제주도에서는 뱀이 인간을 보호하는 영물로 받아들여졌지만, "사태의 그 무서운 재앙 불"이 지나간 후에는 그 모든 믿음이 사라져 버리고 만다. 4·3과 한국전쟁으로 이어지는 일련의 과정은 섬이 쌓아온 삶이 중앙의 질서에 휩쓸려 들어가는 것을 의미하며, 그것은 국가권력에 의해 제주가 중앙에 의해 주변화되고 타자화되는 과정이기도 하다. 그것은 제주도 말 대신 표준어를 익히고, 외할머니나 어머니로부터 들은 제주의 옛이야기 대신 외국의 동화·전설을 받아들이는 과정과도 맞물려 있다.

『지상에 숟가락 하나』에는 장편에 걸맞게 한국전쟁과 분단상황이 강요하는 국가폭력의 양상이 다양하게 등장한다. 전쟁이 나자 수천의 귀순자들 중에서 수백명이 "질이 나빠 새나라 건설에 아무 쓸모가 없다는 이유"로 처형되고, 남은 귀순자들은 전쟁의 소모품으로 투입된다. 중학생에 불과한 어린 남성들도 자신들에게 뒤집어씌워진 "'폭도'의 누명을 벗는 길은 오직 출정밖에 없"기에 전쟁터로 나가 용맹을 떨친다. 심지어는 폭동을 일으킨 죄를 씻으려면 여자도 빨갱이들과 싸워야 한다는 논리로 전쟁터에 투입될 상황에 놓이기도 한다. 휴전에 반대하는 관제데모에 초등학생들까지 동원되고, 거리에는 술 취한 상이군인이 "독약을 달라고, 아주 죽어버리게 독약을 달라"며 울부짖기도 한다. 이 작품에서 가정을 제대로 돌보지 않고, 바람까지 피워서 '나'에게는 부정적인 타자로 인식되는 아버지조차도 "전쟁이 남긴 후유증"으로 인해 악몽에 시달리고는 한다. 성장하여 작가가 된 '나'는 4·3을 고발한 글로 혹독한 고문을 당하고, 이로 인해 레드 콤플렉스를 앓게 된 결과 "붉은색이라면 장미꽃만 봐도 기분이 언짢"은 심경에 빠지게 된다.

현기영은 작품에서 제주 4·3이 "말로는 다 할 수 없는 언어절言語絶의 참사"라고 하였다. 그렇기에 제주 4·3을 소설로 형상화하는 것은 바로 '언어절의 참사'를 언어화하는 역설적 작업이라고 할 수 있다. 그것은 '불가능하지만 불가피한', 혹은 '불가피하지만 불가능한' 일이다. 잘못된 국가폭력이 낳은 이 비극은 인간의 경험이나 인식 수준을 넘어서는 것이기에 정확한 언어화가 불가능하다. 동시에 그 상처가 너무나 끔찍하여 현재는 물론이고 미래에까지 그 짙은 그림자를 드리우고 있기에 어떻게든 발화되고 망각의 강을 건너지 않도록 필사적인 노력을 기울여야만 한다. 그렇기에 4·3을 작품화한다는 것은 '말할 수 없는 것을 말해야 한다'는 책임의 역설과 재현의 윤리마저도 뛰어넘는 고통과 긴장을 요구하는 일이라고 할 수 있다.

「쇠와 살」1992은 이러한 재현의 문제에 대한 작가적 고민이 담긴 작품이다. 이 작품은 전통적인 소설 기법과는 달리, 26개의 소제목을 달고 있는 각기 독립된 장면으로 이루어져 있다. 일종의 다큐멘터리 몽타주 기법이 전면적으로 사용되었다고 볼 수 있는데, 이를 두고 한 평론가는 "다시는 되풀이되지 않을 현기영 예술의 마지막 모더니즘의 꽃"이라고 평가하기도 하였다. 이 작품에 단편적으로 등장하는 4·3의 이야기들은 현실이라고는 도저히 믿을 수 없을 정도로 끔찍하다. 일테면 "중산간지대의 130개 부락들이 붉은 화염속에 회진되고 무수한 양민들의 선혈이 산야를 붉게 물들였다."나 "총검·철창·죽창으로 찌르지 않고 총살시켜주는 것도 자비였다"라고 이야기되는 것을 들 수 있다. 26개의 작은 이야기들은 현실이라기보다는 차라리 하나의 판타지로 읽힐 정도이다. 정확히 말하자면 읽고 싶을 정도이다. 그런데 작가는 「쇠와 살」을 "이 글에 나오는 일화들은 모두 사실에 근거한다"는 말뚝과도 같은 단호한 문장으로 시작하고 있다. 사실에 충실할수록 환상이 되는 이야기, 그것이 바로 제주 4·3에서 우리가 목격한 국가폭력의 극한적 모습이었던 것이다.

　제주가 온몸으로 체험한 4·3의 폭력을 잊지 못해 끝내는 자기와 합치시킨 존재들. 4·3을 자기와 분리시킨 후 손쉽게 망각의 심연으로 밀어내기를 거부한 존재들. 그들이 바로 현기영의 소설에 등장하는 인물들이라고 할 수 있다. 그리고 그 존재들을 끝끝내 원고지 위에 불러내기 위해 자신의 작가 인생 전부를 걸고 있는 현기영도 4·3의 영원한 테우리라고 불러야 마땅할 것이다. 현기영이 보여준 망각과의 이 진지하고도 처절한 혈투야말로 국가폭력의 처참한 얼룩을 다가올 역사의 페이지에서 씻어내는 출발점일 것이다. 　　　　　　　　　　(2019)

35

진짜 바보는
누구인가?

성석제의 「황만근은 이렇게 말했다」, 2000

진짜 바보는 누구인가?

1994년 짧은 소설집 『그곳에는 어처구니들이 산다』를 발표하면서 본격적으로 소설을 쓰기 시작한 성석제成碩齊, 1960~는 근대소설의 서사적 틀을 갱신해 온 작가로 이름이 높다. 구술적 특성의 복원과 동양 서사 전통의 활용을 통해 그는 이야기꾼으로서의 위치를 확고히 해왔다. 또한 그는 '소설은 새로운 성격 창조'라는 소설원론의 가장 충실한 실천자이기도 하다. 그가 창조한 인물들은 이전의 소설에서는 주인공이 되기 힘든 술꾼, 노름꾼, 깡패, 바보, 건달, 탐서가 등이었던 것이다. 이들은 모두 광기와 자기 세계에만 집중하는 디오니소스적인 방외인方外人들로서, 소설적 재미와 감동의 근원이 되고는 하였다. 성석제가 거둔 이러한 문학적 성과는 '은척'으로 대표되는 경북 상주를 적극적으로 소설 속에 끌어들인 것과 결코 무관할 수 없다.

성석제는 1960년 7월 5일 경북 상주군 상주읍 개운리 대제동에서 태어났다. 그는 1975년 3월 26일 서울시 영등포구 가리봉동으로 이주할 때까지, 만 14년 8개월 20일 정도를 상주에서 살았다. 모든 이에게 유년 시절을 보낸 공간이 그러하듯이, 성석제에게도 상주는 매우 각별한 곳이다. 그는 "상주를 거치지 않고는 문학적 상상력이 발휘되지 않았다. 상주는 내 소설에 있어서 삼손의 머리카락이거나, 우렁각시가 살고 있는 항아리였다"[1]고 고백할 정도이다. 무엇보다도 그의 작품 중에

낙동강이 흐르는 경북 상주의 모습

서 절반 이상이 상주를 직접적인 배경으로 하고 있다는 것은 성석제에게 상주가 얼마나 각별한 공간인지를 증명하기에 모자람이 없다.

「황만근은 이렇게 말했다」[2000] 역시 상주와의 인연이 깊은 작품이다. 성석제는 1995년 여름에 첫 번째 장편소설을 쓰겠다는 생각으로 상주에 있는 오태저수지 못가 마을인 오태리에 머물렀다고 한다. "그 시절에 있었던, 느꼈던, 보고 들었던 일들이 소설로 여러 편 태어났다"[2]며, 구체적인 작품으로 『도망자 이치도』, 「당부 말씀」과 더불어 「황만

.....
1 성석제, 「내 소설에 있어 상주는 우렁각시가 살고 있는 항아리」, 『영남일보』, 2010.5.24.
2 성석제, 「상주는 길이요 집이었다」, 『영남일보』, 2010.5.31.

근은 이렇게 말했다」를 들고 있다. 또한 성석제는 한때 상주 내지는 경북 북부의 방언을 애써 소설에 담으려고 노력한 적이 있으며, 그러한 시도의 가장 대표적인 사례가 바로 「황만근은 이렇게 말했다」라고 언급하기도 하였다. 작가의 고백에 따른다면, 「황만근은 이렇게 말했다」에는 직접적으로 경북 상주라는 지명이 등장하지는 않지만, 어떤 작품과 비교해도 모자라지 않은 상주의 지역성과 언어가 직접적으로 베어 있는 작품이라고 할 수 있다.

「황만근은 이렇게 말했다」는 인물의 일대기를 시간 순으로 기록하는 전통적 서사양식인 전傳의 방식을 따르고 있다. 이 소설의 주인공 황만근을 신대 1리의 사람들은 "바보"라 여긴다. 이 마을에서 황만근이 차지하는 위상은 "노래를 부르는 마을 사람들의 대체 경험과 정서가 녹아 있"는 황만근가에 잘 나타나 있다. 이 노래에서 황만근을 설명하는 핵심적인 단어는 "백분번, 찝원십원, 여끈열 근, 팔푼, 두 바리마리"인데, 여기에는 황만근의 바보같은 특징이 압축되어 있다. '백번'은 황만근이 땅바닥에 넘어진 횟수이자 황만근이 셀 수 있는 가장 큰 단위이고, '찝원'은 혀가 짧은 황만근이 십원을 발음한 소리이며, '여끈'은 동네 사람들이 아들의 몸무게를 물어볼 때 대답한 말이고, '팔푼'은 황만근이 여덟 달 만에 태어난 것을 가리키는 말이며, '두 바리'는 황만근이 우체부에게 가족의 숫자를 말할 때 사용한 단어이다. 마을 사람들은 "다른 사람이 한 실수나 바보짓도 늘 황만근에게 가탁해서 그를 점점 더 바보"로 만들어갔다. 거기다 마을 사람들은 "만근아, 너는 우리 동네 아이고 어데 인정없는 대처 읍내 같은 데 갔으마 진작에 굶어죽어도 죽었다.

암만 바보라도 고마와할 줄 알아야 사람이다"라는 공치사를 늘어놓고는 하였다.

그러나 마을 사람들의 업신여김과 달리, 신대 1리는 황만근의 덕으로 유지되는 마을이라고 해도 과언이 아니다. 황만근이 마을에서 사라진 지 하루만에 마을 사람들은 애타게 그를 찾을 정도로, 황만근의 역할은 크다. 염습, 산역, 똥구덩이 파는 일, 벽돌을 찍는 일, 풀깎기, 도랑 청소, 공동우물 청소처럼 "동네의 일, 남의 일, 궂은 일"은 황만근이 도맡아서 처리해 왔던 것이다. 실제로 황만근은 마을 어른 역할까지 수행했다고 볼 수도 있다. 황만근의 처사는 "공평무사"하여, 마을 사람들이 시비를 물으러 가면 "언제나 공평무사한 자연의 이법에 대해 깨우치게 되고 분쟁은 종식"되었던 것이다.

동네 사람들에 의해 "바보"로 불리는 황만근은 천하게 취급받는 인간 모멸의 상황에 처해 있다. 그러나 그것에 절망하거나 굴복하지 않고, 자신의 삶과 가치를 추구하여 나름의 완성에 이른다. 어쩌면 황만근은 기존의 질서 속에서 배제되고 외면 받았기에, 그것을 뛰어넘는 새로운 가치를 창출해 낼 수 있었는지도 모른다.

이러한 황만근의 모습은 『장자莊子』의 「덕충부德充符」에 나오는 지인至人들을 연상시킨다. 장자는 「덕충부」에서 왕태王駘, 신도가申徒嘉, 숙산무지叔山無趾, 애태타哀駘它처럼 장애가 있는 이들을 그린다. 이들의 성격은 기본적으로 유사한데, 대표적으로 왕태를 살펴보면 그는 발이 잘렸지만 말로 하지 않는 교육을 행하며, 은연중에 사람들을 감화시킨다. 그렇기에 공자까지도 천하를 모두 이끌어 그를 따를 것이라고 말할 정도로 완성된 경지를 보여준다. 그들은 외양의 모자람에 자포자기하지 않으며, 육체 이상의 더 높은 가치를 추구한 결과 숭고한 삶을 통해 다른 사람을 끌어당기는 정신적 역량을 갖추게 된 것이다.[3] 장자는 장애가 있지만 내면적인 아름다움을 지닌 인물들을 통해 "덕이 훌륭하면 육체적 불구는 잊혀진다德有所長而形有所忘"[4]는 것을 보여주고자 한 것이다. 황만근 역시 「덕충부」에 등장하는 지인이 되기에 모자람이 없는 인물이다.

그러나 마을 대부분의 집이 6·25 직후에 지어진 신대 1리는 더 이상 황만근과 같은 지인至人이 살아갈 수 있는 곳이 아니다. 신대 1리는 이미 탐욕과 무례로 속속들이 오염되었기 때문이다. 그리하여 산업화 시대 이후의 농촌 배경 소설들이 보여주던 노스탤지어의 렌즈를 통해 낭만화된 농촌과는 아무런 관계가 없다. 심지어 '고향의 고향', 혹은 '장소의 장소'라고 할 수 있는 가족마저 따뜻한 삶의 공간이 아니다. 유일한 가족인 어머니나 아들도 황만근을 "반쪽" 또는 "싸래기"로 취급하며, 황만근은 온갖 집안일을 정성스럽게 다하면서도 상도 없이 밥을 먹고 방에는 들어가지도 못하는 노비처럼 살아간다.

또한 '농가부채 해결을 위한 전국농민 총궐기대회'에 나가기 전날, 황만근이 민씨와 나누는 대화를 통해 이 마을이 얼마나 이기심과 자본의 논리에 깊이 빠져 있는지가 잘 드러난다. 황만근은 "농사꾼은 빚을 지마 안된다 카이"라고 단호하게 말한다. 제 돈으로 농사를 짓지 않으

3 德充符 편, 이석호 역, 『장자』, 삼성출판사, 1976, 225~235면.
4 위의 책, 233면.

면, 점점 더 많은 빚을 지게 되고 농사가 놀음이 된다는 이유에서이다. 또한 농민에게 빚을 주는 사람이나 기관은 모두 농사꾼을 나쁘게 만든다고 주장한다. 나아가 자신은 "바보"라고 아무도 빚을 주지도 않고, 보증을 서라고 하지도 않았다며 울분을 토한다. 그러면서 황만근은 민씨에게 "나는 내 짓고 싶은 대로 농사지민서 안 망하고 백년을 살 끼라"라고 단호하게 선언한다.

그러나 황만근은 백년은커녕, 반백년의 삶도 살지 못하고 허망하게 죽는다. 황만근은 마을 이장의 말에 따라 '농가부채 해결을 위한 전국농민 총궐기대회'에 참석했다가 객사하는 것이다. 이장은 투쟁 방침에 따라 경운기를 몰고 총궐기대회에 참석하라고 했는데, 이 투쟁방침을 황만근만 곧이곧대로 실천했다가 변을 당한 것이다. 이러한 비극적 아이러니는 신대 1리 사람 중에서 유일하게 빚이 없는 황만근만 '농가부채 해결'을 위한 궐기대회에 참석했다가 죽는다는 것에서도 드러난다. 예의와 염치는 사라지고 고삐가 풀린 탐욕만이 가득한 이 마을에서 2000년 전 「덕충부」 속 인물의 화신이자, 토끼와 밤새 대결을 벌이기도 하는 황만근이 자신의 천수를 누린다는 것은 애당초 불가능한 일이었던 것이다.

그러나 민씨는 황만근을 바보가 아닌 "황선생"이라 지칭하며, "보라, 남의 비웃음을 받으며 살면서도 비루하지 아니하고 홀로 할 바를 이루어 초지를 일관하니 이 어찌 하늘이 낸 사람이라 아니할 수 있겠는가. 이 어찌 하늘이 내고 땅이 일으켜세운 사람이 아니랴"라는 존엄한 문장으로 끝나는 묘비명墓碑銘을 바쳐 황만근의 넋을 위로한다. '성자가 된 바보', 황만근의 "내 짓고 싶은 대로 농사지민서 안 망하고 백년을 살 끼라"라는 호언이 실현되는 세상 역시, 우리가 만들어가야 할 새로운 세상의 모습일 것이다.

[2020]

36

칸트의 스승

—

성석제의 『인간의 힘』, 2002

칸트의 스승

성석제의 『인간의 힘』은 처음 『문학과 사회』에 연재2002되었다가, 문학과지성사에서 2003년에 단행본으로 출판되었다. 이 작품은 가난한 시골 양반 채동구蔡東求의 출세기이다. 그는 1627년의 정묘호란이나 1636년의 병자호란과 같은 국가의 위기마다 가출함으로써 이름 없는 지방의 유생에서 사후死後에 문경공文景公이라는 시호를 받는 존귀한 자로 격상된다. 이 작품은 임진왜란이 끝나가던 1596년에 태어나 70여 년의 세월을 보낸 채이항蔡以恒이라는 실존인물을 기록한 『오봉선생실기』채광식 역편, 인천 채씨 경헌공파 종문 1989년를 바탕으로 하고 있다. 실제 『오봉선생실기』를 찾아보면, 대체적인 내용이 『인간의 힘』과 부합하며 주요 등장인물의 이름 정도가 바뀐 것채이항이 채동구로, 몽선이 명선으로, 이후갑이 이원겸으로을 확인할 수 있다.

『인간의 힘』은 채동구가 조상 대대로 경북 고령에 살아온 것으로 되어 있으며, 고령 지역에 대한 설명도 비교적 상세하다. 그러나 채동구의 모델이 된 채이항은 성석제와 마찬가지로 경북 상주에서 평생을 살았던 인물이다. 성석제는 자신의 집안이 노론에 속했으며, 같은 당색을 가진 집안인 상주시 이안면 여물리의 인천 채씨 집안과 계속 통혼해왔다면서, 그 인연으로 집필한 소설이 『인간의 힘』이라고 밝힌 바 있다. 나아가 『인간의 힘』의 주인공이 살던 곳은 상주시 이안면이라고 분

노론을 대표하는 학자인 송준길(1606~1672)을 모신 상주의 흥암서원

명하게 덧붙이고 있다.[1]

　나라에 변이 있을 때마다 분연히 집을 나서는 시골 양반 채동구는 칸트Immanuel Kant, 1724~1804가 말한 윤리를 완벽하게 실천한 인물이다. 성석제 식으로 능청을 떨자면, 아마도 칸트는『실천이성비판』과『윤리형이상학 정초』등에서 목 놓아 주장한 윤리를 완벽하게 실천한 인물이 자기보다 100여 년 전에 조선에서 살다 갔다는 사실에 깜짝 놀랄지도 모른다.

　칸트는 보편적인 윤리는 '자유로워라'라는 정언명령定言命令, 행위의 결과에 구애됨이 없이 행위 그것 자체가 선(善)이기 때문에 무조건 그 수행이 요구되는 도덕적 명령에

　　‥‥‥
1　성석제,「상주는 길이요 집이었다」,『영남일보』, 2010.5.31.

충실할 때만 가능하다고 보았다. 이를 위해 행복주의나 공동체의 규범을 부정해야 한다고 주장한다. 자유란 본래 다른 데에 원인이 없고 순수하게 자발적이고 자율적인 것을 의미하기 때문이다. 자신의 행복만을 우선시한다면 '자기 안의 자연'이라고 할 수 있는 본능, 욕망, 감정 등에 '나'를 맡기는 것이 되어서 '자유로워지라'는 정언명령과는 거리가 멀어지며, 공동체의 규범에 순종한다면 그것은 타율적이어서 자유롭지 않게 되는 것이다.

채동구는 자신의 가슴 속에서 창공의 별처럼 빛나는 '충성과 숭명대의崇明大義'라는 가치에 너무나 충실하여, 권하는 이 아무도 없고, 그래야 할 능력도 이유도 없지만, 나라의 변이 있을 때마다 칼집에서 뽑히지도 않는 칼을 차고 집을 나선다. 이괄의 난에는 임금이 피난한 공주까지, 정묘호란에는 강화도까지, 병자호란에는 남한산성까지, 나중에는 청의 수도인 심양까지 가는 것이다. 채동구가 자신의 목숨까지 내놓고 벌이는 이 네 번의 소동은 모두 칸트의 '자유로워라'라는 정언명령에 충실한 결과이다.

먼저 그는 자기의 행복을 추구하는 행복주의를 극복하였다. 채동구의 가출은 자기 안의 자연 중에서도 가장 강렬한 삶에의 본능을 이겨낸 행동이기 때문이다. 채동구의 모든 출도가 목숨을 건 행동이지만, 특히 병자호란 당시 남한산성까지 간 행위는 그야말로 삶을 깨끗이 단념했을 때만 가능하다. 병자호란 당시 청군의 선봉대가 압록강을 건넌 지 6일 만에 서울에 도착한 것에서도 알 수 있듯이, 청군의 무력은 압도적인 것이었다. 거란족들은 입버릇처럼 "여진 군사가 만약 1만 명을 채운다면 아무도 대적할 수 없다"는 말을 했다고 한다. 실제로 여진족 기병의 전투력은 대단했는데, 1126년에는 여진족이 세운 금나라 기병 17명이 송나라 군사 2,000명을 간단히 격파했다는 기록도 있다. 정묘호란 때도 비슷한 일이 발생했는데, 평안도에서 전쟁이 끝난 것을 미처 알지 못하던 조선군 1,000여 명이 여진족 기병을 가로막자 겨우 10여 명의 기병이 조선의 관원 4명과 병사 50명을 죽이고 100필의 말을 빼앗았다고 한다.[2] 이러한 사실을 채동구라고 모를 리가 없었을 것이다. 실제로 병자호란을 맞이하여 출도할 때, "동구의 마음 한구석에는 자신도 하기 싫고 가기 싫고 죽기 싫다는 마음"이 존재했다. 그러나 채동구는 자신의 행복을 추구하는 마음을 버리고 '충성, 숭명대의'라는 신념을 위해 목숨을 건 가출을 감행한다.

동시에 채동구의 행위는 공동체의 규범으로부터도 자유롭다. 충성과 숭명대의는 17세기 양반 사대부의 공통된 신념이라고 보아도 큰 무리가 없을 것이다.[3] 그렇지만 채동구가 직접 뽑히지도 않는 칼을 차고 전장으로 향하는 실천은 결코 공동체의 규범에 해당한다고 볼 수 없다. 채동구는 조상의 음덕으로 군정軍丁을 면제받는 양반임은 분명하나 후취의 아들로서 별다른 학문도 없으며, 과거科擧는 처음부터 체질에 맞지 않아 벼슬 근처에도 가본 적이 없다. 양반으로 갖춰야 할 혈통, 학문, 관직 중의 어느 하나도 온전하게 갖췄다고 보기 어려운 것이다.

『인간의 힘』의 상당 부분은 채동구의 가출이 얼마나 엉뚱한 것인

......
2 구범진, 『병자호란, 홍타이지의 전쟁』, 까치, 2019, 126~127면.
3 허태구, 『병자호란과 예, 그리고 중화』, 소명출판, 2019, 345~362면.

지를 보여주는 데 바쳐져 있다. 동구의 형인 동정은 가출을 하여 가산을 탕진하고 집안을 위기로 몰아넣는 동구와 의절을 할 지경이고, 문중과 향토 사족들은 모두 동구를 미친 사람 취급한다. 이것은 숭명배청崇明排淸의 상소를 올렸다는 이유로 청나라의 수도 심양에 가게 될 때도 마찬가지이다. 당시 조선을 대표하던 사대부인 전前 예조판서 김상헌, 전前 지평 조한영과 함께 이전이나 지금이나 늘 학생일 뿐인 채동구가 심양으로 가게 되었을 때, 임금은 채동구에게 한글로 "너는 조한영처럼 직임을 맡아 벼슬을 한 것도 아니고 김상헌과도 처지가 다르니, 반드시 죽으려고 오지 않아도 되었다"고 하여 채동구의 심양행이 조선이라는 사회의 규범과는 거리가 있음을 분명히 한다. 청나라 통역조차도 동구에게 "너는 벼슬도 살지 않았으면서 무슨 마음으로 감히 대국의 처사에 대해 이래라저래라 말을 늘어놓았는가?"라고 의아해할 정도이다.

이처럼 동구의 가출은 행복주의나 공동체의 규범을 부정한, 그야말로 '자유로워라'라는 정언명령에 충실한 윤리적 행위라고 볼 수 있다. 동구가 "맨주먹과 가슴의 붉은 피" 하나만 가지고 행하는 가출이란 "인간 스스로의 선택에 따르는 의지의 표상"이었던 것이다. 동구 역시 자신의 출도가 "남의 눈을 아랑곳하지 않고 오로지 내가 해야 할 바를 찾아서 할 일을 했을 뿐이네"라며, "나를 두고 미친놈이라고 하던 놈이 한둘이던가"라고 당당하게 말한다.

『인간의 힘』에서 클라이맥스에 해당하는 장면은 심양에서 용맹으로 명성이 높은 용골대잉굴다이의 심문을 받으며, "나는 내 뜻을 내가 지키고, 내 머리를 내 목 위에 두고 산다. 내가 내 입으로 내 말을 하는 데

너희가 무엇이관대 이래라저래라 한단 말이냐!"라고 동네 개를 꾸짖듯 일갈할 때이다. "오재오두吾載吾頭, 내 머리를 내가 이고 있다"라는 표현은 "자신이 정한 방식에 따라 스스로를 남김없이 불태울 줄 아는 인간만이 보여줄 수 있는 힘"이며, 동시에 칸트적 윤리의 직접적인 표현이라고 할 수 있다.

채동구의 삶을 바라보는 서술자의 태도도 작품의 진행과 함께 점차 변한다. 처음 서술자는 전지적인 입장에서 행장 등의 기록이 채동구의 삶을 어떻게 미화했는지를 밝히는 데 열을 올린다. 일테면 '국가의 위기시마다 가보인 칼을 뽑는데 그때마다 칼집에서 칼이 나오지 않는다'든가, '처음 보는 이에게 피끓는 우국충정을 토로하고 있는데 눈을

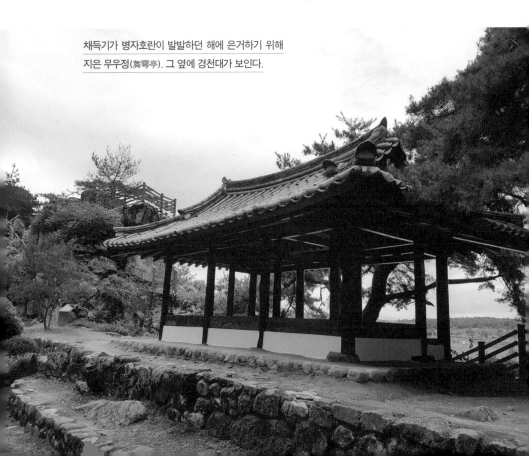

채득기가 병자호란이 발발하던 해에 은거하기 위해 지은 무우정(舞雩亭). 그 옆에 경천대가 보인다.

떠보니 상대가 어디로 가고 보이지 않는다'든가 하는 것을 밝혀냄으로써 독자의 웃음을 유발하는 것이다. 그러나 계속되는 가출로 채동구가 변모함에 따라, 서술자의 어조는 냉소에서 관찰로, 관찰에서 찬양으로 변해간다.

이러한 서술자의 변모는 독자에게도 그대로 이어진다. 독자 역시도 돈키호테적인 기인으로만 여기던 채동구를 마지막에는 자연스럽게 '진정한 힘을 보여준 인간'으로 여기게 되는 것이다. 목숨의 위협에도 굴하지 않으며, 남들의 조롱과 비난에도 굴하지 않으며, 초지일관해서 자신의 길을 간 채동구는 어쩌면 가장 전근대적인 외양을 하고서 가장 근대적인 윤리를 실천한 최초의 인류인지도 모른다.

[2020]

본래는 자천대(自天臺)라 불렸으나, 채득기가 '대명천지 숭정일월'이라는 글씨를 새긴 이후 경천대(擎天臺)라 불리기 시작했다.

37

연필로 그린 소설

김연수의 「뉴욕제과점」, 2002

연필로 그린 소설

김연수[1970~]는 1993년 『작가세계』 여름호에 시를 발표하고, 1994
년 장편소설 『가면을 가리키며 걷기』로 제3회 작가세계문학상을 수상
하며 본격적인 창작활동을 시작하였다. 메타적 글쓰기, 풍부한 인문학
적 교양, 혁명 이후 세대의 자의식 등으로 2000년대 한국소설계를 대
표하는 작가 중의 하나로 평가된다. 1970년 김천에서 태어난 김연수는
한국문단의 김천 출신 삼인방[김연수, 김중혁, 문태준] 중 한 명이기도 하다. 김
천에서 함께 학창시절을 보낸 이들 삼인방은 세상이 모두 인정하는 친
구 사이로 유명하다. 소설가 김중혁과는 『씨네21』에 일 년 동안 번갈아
가면서 영화관람기를 연재했다가 2010년에 『대책없이 해피엔딩』이라
는 '대꾸 에세이집'을 출간하기도 했으며, 시인 문태준과는 상대방이 문
학상을 받았을 때[문태준 2005년 미당문학상 수상, 2007년 김연수 황순원문학상 수상] 시상
식에서 서로 축사를 해주는 아름다운 풍경을 보여주기도 하였다.

「뉴욕제과점」[2002]은 김연수의 자전소설로서, 실제 작가의 이력이
거의 그대로 반영된 작품이다. 김연수는 김천시 평화동에서 삼 남매 중
막내로 태어나 자랐다. 부모님이 운영하던 뉴욕제과점은 김천역사에서
나오면 시청 방향이 될 왼쪽 편에 있었고, 살림집은 시내를 관통하는 3
번국도 건너편 법원지청 부근에 있었다고 한다. 또한 역 근처에서 자라
면서 어린 김연수는 포장도로와 자동차와 철로 역전을 놀이터로 삼았

다고 고백한 바도 있다.[1]

경북 김천은 1905년 경부선 철도가 개통되고 김천역이 설치되면서, 근대적인 도시로 발전하기 시작하였다. 철도의 영향과 경상도, 충청도, 전라도의 길목이라는 지리적 이점으로 경상북도 서부권의 중심도시 역할을 하여 1949년에는 일찌감치 시市로 승격되었다. 또한 한국 근대소설의 수준을 단번에 끌어올린 명작으로 평가받는 염상섭의 「만세전萬歲前」1924에도 김천이 중요한 배경으로 등장한다. 동경 유학생 이인화는 아내가 위독하다는 전보를 받고, 서울로 가는 길에 부산을 거쳐 김천에 들른다. 김천에는 큰 형이 보통학교 훈도로 재직중이었던 것이다. 긴 칼을 차고 나타난 형은 "여기두 좀 있으면 일본 사람 거리가 될 테니까 이대로 붙들고 있다가 내년쯤 상당한 값에 팔아 버리란다"라고 말하는데, 이를 통해 일제의 영향력이 점차 강해지는 김천의 모습을 엿볼 수 있다.

그러나 김연수의 「뉴욕제과점」을 이해하기 위해서 김천이 1949년에 시로 승격되었다는 것이나 한국문학사의 기념비적인 작품인 「만세전」에 김천이 등장한다는 것과 같은 객관적이고 역사적인 사실을 아는 것이 꼭 필요한 일은 아니다. 이유는 「뉴욕제과점」이 '연필'로 쓴 작품이라는 사실과 관련된다. 이 작품은 "나는 이 소설만은 연필로 쓰기로 결심했다. 왜 그런 결심을 하게 됐는지 모르겠다. 그냥 그래야만 할 것 같았다"는 문장으로 시작된다. 연필로 쓴 글은 언제든지 지우개로 깨끗이 지우고 다시 쓸 수 있다. '연필로 쓴 글'은 정으로 돌에 새긴 글이나 만년

......
1 김연수, 『청춘의 문장들+』, 마음산책, 2014, 56~59면.

필로 꾹꾹 눌러 쓴 글처럼 모든 이에게 동의를 강요할 수 없는 가변성을 특징으로 한다. 이것은 '나'의 기억을 통해 그려지는 『뉴욕제과점』이 공식적인 기록과는 무관한 사적인 것이며, 동시에 이 작품에서 형상화된 뉴욕제과점이 하나의 장소에 해당한다는 것을 암시한다.

인문지리학자들은 오래전부터 공간^{space}과 장소^{place}를 구분해 왔다. 공간이 추상적이며 객관적이고 사회적이라면, 장소는 구체적이며 주관적이고 개인적인 것이라고 할 수 있다. 어떤 공간에 개인만의 정서와 경험이 쌓이면, 이곳은 고유한 의미를 갖는 장소가 된다. 예를 들어 서울에서 나고 자란 이에게 김천이 단순한 공간에 불과하다면, 김연수와 같이 김천에서 나고 자란 이에게 김천은 대체불가능한 장소가 된다고 할 수 있다. 특히나 자신이 태어나고 어른이 될 때까지 살았던 '뉴욕제과점'과 같은 곳은 '장소 중의 장소'이자 '장소의 원형'에 해당한다. 고향의 집은 인간 정체성의 토대이자 실존의 중심으로서 마음의 안정을 가능케 하는 절대적인 장소이기 때문이다.

그렇기에 자전소설이라는 것을 감안한다면, 「뉴욕제과점」은 감히 김연수라는 한 작가의 고유한 본질 속으로 들어가는 지름길에 해당한다고 볼 수도 있다. 뉴욕제과점은 작품 속 '나'의 정체성을 구성하는 핵심적인 요소이다. 인간이 호명呼名을 통해 하나의 주체로 구성된다면, '내'가 "역전 뉴욕제과점 막내아들"로 불리워지며 성장했다는 것은 뉴욕제과점이 지니는 중요성을 보여주기에 모자람이 없다. '나'는 뉴욕제과점이 있었던 "그 거리에서 배운 것들과 그 거리 밖에서 배운 것들로 이뤄진 어떤 것"이지만, "그 거리에서 배운 것이 압도적으로 많"다. 또

뉴욕제과점 자리에 새롭게 들어선 가게

한 '나'의 몸 안에는 "어려서 본 상인들의 세계가 아직도 생생하게 남
아" 있는 것이다.

감당할 수 없는 속도로 질주하는 세상의 힘에 떠밀려 30년 이상
을 같은 자리에서 버텨온 뉴욕제과점은 결국 1995년 8월 문을 닫는다.
1960년대에 문을 연 뉴욕제과점의 전성기는 1980년대의 시작과 함께
찾아온다. 처음으로 소비가 미덕인 시대가 찾아오면서, 빵이라면 고급
생과자만을 생각하던 사람들도 일상적으로 빵을 사먹기 시작한 것이
다. 그러나 이후에는 조금씩 쇠락하기 시작한다. 5공화국이 끝나갈 때
쯤 손님들은 최신식 인테리어를 갖춘 제과점과 바게트와 같은 새로운
종류의 빵을 찾기 시작한 것이다. 이후 김영삼 대통령이 세계화를 주창
하던 무렵, 김천에도 파리크라상이나 크라운베이커리 같은 대기업에서

운영하는 빵집이 생기기 시작하면서 결정적인 타격을 받는다. 더 이상 새롭게 바뀔 능력이 없어서, 1980년대 풍으로 꿋꿋하게 자리를 지키던 뉴욕제과점도 결국 문을 닫고 마는 것이다. 뉴욕제과점이 있던 자리에는 24시간 국밥집이 새로 문을 연다.

양심을 지키며 성실하게 살던 사람들이 자본의 공세 앞에 허무하게 무너져 버리는 이야기는 사회학적 상상력을 발휘하기에 적당한 서사이다. 실제로 한국 현대소설의 주류는 억울하게 삶의 터전을 잃고 고통 받는 자들에 대한 관심을 기울인 것들이었다고 해도 과언이 아니다. 그러나 김연수가 뉴욕제과점의 영고성쇠榮枯盛衰를 통해서 말하고자 하는 것은 사회적 문제제기가 아니다. 작가는 이 세상에 생겨난 모든 것은 결국 사라질 수밖에 없다는 존재론적인 삶의 진실을 전달하는 것에 초점을 맞추고 있다. 아이가 자라나 어른이 되는 정도의 시간이면, "아무리 단단한 것이라도, 제아무리 견고한 것이거나 무거운 것이라도 모두 부서지거나 녹아내리거나 혹은 산산이 흩어진다"는 명제가 이 소설의 한복판에 놓여 있는 것이다.

그러나 모든 것이 사라질 수밖에 없다는 진실을 받아들이더라도, 인간에게 본원적인 정체성과 안정감을 제공하던 장소를 잃어버리는 것은 커다란 고통일 수밖에 없다. 안타까운 일은 엄청난 속도로 앞을 향해 돌진하는 현대사회에서는 장소의 상실이 더욱 전면화된다는 점이다. 현대인들은 장소 내부에서 진정한 장소감을 경험했다가 이를 자의든 타의든 상실하는 장소상실placelessness을 너무도 흔하게 경험할 수밖에 없다. 「뉴욕제과점」의 '나'는 이러한 장소상실의 경험을 보여주는 전형적인 인물이다.

한 가지 염두에 둘 것은, 카스텔라를 만들 때 나오는 기레빠시^{부스}러기나 최신형 케이크 진열대나 아이스크림 냉동고가 지구상에서 사라졌다고 해서, 그것이 더 이상 존재하지 않는 것은 아니라는 점이다. 그것들은 '나'의 마음속에서 새로운 생명을 얻어 영생하기 때문이다. 사라지지 않는 뉴욕제과점은 이 작품에서 아름다운 불빛의 이미지로 형상화된다. 뉴욕제과점이 잘 나가던 시절, 이 작품은 제과점과 역전 근처의 거리에서 뿜어져 나오는 불빛으로 눈이 부실 정도였다. 뉴욕제과점은 사라졌지만, 온 세상을 밝게 물들이던 그 불빛들은 "여전히 내 마음속"에서 반짝이며, '나'는 여전히 그 불빛의 힘으로 살아간다. "세상에서 사라졌다고 믿었던 것들이 실은 내 안에 고스란히 존재"하는 것이다. 오히려 그 불빛은 내 마음 속으로 들어왔기 때문에 사라질 수도 없으며 빛이 바랠 수도 없다. 심지어 역전 거리의 불빛들은 이전과는 비교할

김천 역전 거리의 불빛들

수 없는 애틋함과 슬픔으로 인해 "둥글게 아롱져" 보이기까지 한다.

　　우리 모두에게는 자기만의 '뉴욕제과점'이 있을 것이다. 문인들도 예외는 아니다. 이상화의 대구 수성벌, 이효석의 봉평, 이육사의 안동 원촌, 한흑구의 포항 바다, 김동리와 박목월의 경주, 서정주의 질마재, 권정생의 안동 조탑리, 현기영의 제주도, 이문열의 영양 석보면, 성석제의 상주 등도 작가들을 탄생시킨 문학적 자궁으로서의 장소일 것이다. 개인적으로나 사회적으로나 사라져 가는 장소들을 소중하게 되돌아보는 일은 우리의 삶에 존재의 깊이를 부여하는 신성한 일임에 분명하다.

(2020)

38

생산력주의를 넘어서

—

권정생의 『랑랑별 때때롱』, 2008

생산력주의를 넘어서

20세기를 양분한 이데올로기로 자본주의와 사회주의를 들 수 있다. 두 이데올로기는 대립적인 것으로만 보이지만, 근대의 자식으로서 공유하는 지점도 적지 않다. 그중의 하나가 바로 생산력주의이다. 생산력주의란 어마어마한 물질적 진보를 통해서 인간의 삶을 비약적으로 향상시킨다는 성장의 신화라고 할 수 있다. 생산력주의는 산업적 근대성을 통해 세계를 재구성함으로써 대중의 물질적 행복을 제공할 수 있다는 유토피아적 믿음이다. 물질적 진보를 향한 인간의 꿈으로 인해, 지난 세기 인간이 말할 수 없는 생활의 편리와 풍요를 이룬 것은 명백한 사실이다. 그러나 이 꿈이 반복적인 악몽으로 변해 전쟁, 착취, 독재, 환경 파괴 등을 불러온 것 역시 엄연한 사실이다.

물질적 풍요를 절대적인 과제로 삼고 달려오는 동안, 인류는 자신 역시 지구라는 생태계의 한 구성원에 불과하다는 사실을 잊어버리고는 했던 것이다. 그 결과 20세기에는 그 전 시대와는 비교할 수 없는 자연 파괴가 이루어졌으며, 그 속도는 광적으로 빨라지는 상황이다. 1990년부터 30년간 지구를 괴롭힌 오염 총량이 과거 2000년간 누적된 총량을 능가한다는 연구결과가 있을 정도이다. 눈가리개를 한 경주마처럼 물질적 풍요만을 향해 달려간다면, 결국에는 유한한 지구 별이 망가진다는 사실은 너무도 분명하다. 그럼에도 인간은 결코 이 단순한 과학 ^{산수} 을 인정하려 하지 않는다. 지금 우리를 불편하고 공포스럽게 하는 코로나19는 이토록 명백한 진실을 깨우쳐 주려는 자연의 마지막 메시지인지도 모른다.

권정생은 시간이 지날수록 물질적 풍요를 향한 인간의 광적인 신앙을 바로잡고자 노력하였다. 그는 지구 생태계를 구성하는 모든 생명체는 모두가 존엄한 가치를 지니며, 인간만의 우월함을 내세우는 편견은 존재할 자리가 없다는 것을 여러 작품을 통해 전달하고자 했던 것이다.

일반적으로 권정생의 문학세계는 단편 동화를 주로 창작한 초기 $^{1969~1980}$, 소년소설을 창작한 중기 $^{1981~1990}$, 장편 판타지를 창작한 후기 $^{1991~2007}$ 로 나뉜다.[1] 초기의 작품들은 주로 기독교적 희생과 사랑의 사상을 담고 있으며 대표작으로「강아지똥」을 꼽을 수 있다면, 중기의 작품들은 한국 근대사의 고통스런 체험을 사실적으로 그리고 있으며 대표작으로「몽실언니」를 꼽을 수 있다. 후기에는 지구 생태계가 유기적 통일체라는 인식을 보여주는 생태주의에 바탕한 작품을 주로 창작하였다. 이 후기를 대표하는 작품으로는, 작가가 마지막으로 창작한 장편동화『랑랑별 때때롱』을 꼽을 수 있다. 이 작품은『개똥이네 놀이터』에 연재 $^{2006.1~2007.2}$ 되었고 작가가 별세한 다음해인 2008년에 보리출판사에서 단행본으로 출판되었다.

『랑랑별 때때롱』은 지구에서 보면 북두칠성에서 다섯 걸음쯤 떨어진 곳에 위치한 랑랑별에 사는 때때롱과 매매롱이, 지구에 사는 새달

1 엄혜숙,『권정생의 문학과 사상』, 소명출판, 2017, 340면.

권정생 동화나라에 설치된 조형물

이 미달이와 우정을 나누는 장편 판타지이다. 이 작품에는 세 개의 시공이 등장하는데, 첫 번째는 새달이와 동생 마달이가 사는 지구이고, 두 번째는 때때롱과 동생 매매롱이 사는 지금의 랑랑별이고, 세 번째는 500년 전의 랑랑별이다. 이 작품에서 가장 환상적인 요소는 랑랑별이라는 가공의 행성이라고 할 수 있다.

　소설에서 환상은 현실과의 관계에서 여러가지 기능을 수행한다. 현실로부터의 도피를 통해 값싼 위안을 줄 수도 있으며, 이와는 달리 기존 현실에 대한 심각한 문제제기를 하거나 새로운 현실의 비전을 제시하기도 한다. 『랑랑별 때때롱』에 등장하는 '500년 전 랑랑별'은 지금 우리가 살아가는 현실에 대한 진지한 비판과 성찰을 하도록 이끌고, '지금의 랑랑별'은 권정생이 이상적으로 생각하는 세상의 구체적인 모습을 보여준다. 5백 년 전 랑랑별은 '지구의 미래'이고, 현재의 랑랑별은 '지구의 미래를 극복한 미래'인 것이다.

새달이와 마달이가 살아가는 지구의 가장 큰 문제점은 환경오염이다. "지금 지구 나라는 온통 쓰레기뿐이고 사람 사는 곳이 못 된다"고 이야기된다. 그중에서 한국은 본래 물이 하도 맑아서 선녀들이 미역을 감던 곳이지만, 지금은 그런 깨끗한 곳이 남아 있지 않으며 공기에도 먼지가 가득 섞여 있다. 환경오염으로 죽어가는 생명을 대표해서, 이 작품에는 길바닥에서 죽어가는 왕잠자리가 등장한다. 왕잠자리는 "유리창을 날카로운 못 끝으로 찍 찍 긋는 듯한" 목소리로 눈물까지 흘리며, "다 죽었다! 다 죽었다!"라거나 "지구 별은 나쁘다, 지구 별은 나쁘다, 나쁘다, 나쁘다……!"라고 절규한다. 왕잠자리를 만난 이후 "새달이와 마달이는 목숨이 위태로우니 조심하여라"는 때때롱의 편지를 받는데, 이것은 왕잠자리가 처한 상황이 새달이와 마달이에게도 곧 닥쳐올 것임을 암시한다.

때때롱은 왕잠자리에게 "랑랑별에서는 농약도 안 치고 쓰레기도 안 버린다"며 랑랑별에 오라고 권한다. 새달이와 마달이는 맘껏 뛰어놀며 풀을 뜯어먹고 싶은 누렁이를 비롯한 흰둥이, 나비, 매미, 메뚜기, 온갖 벌레들, 개구리, 물고기들과 함께 랑랑별에 간다. 이후 새달이와 마달이는 '5백 년 전 랑랑별'과 '지금의 랑랑별'을 둘러보고 지구로 귀

환한다.

'5백 년 전 랑랑별'은 지금 인류가 물질적 풍요를 향한 꿈에 취해 별다른 반성 없이 살아갈 때, 마주하게 될 세상의 모습이다. "과학이 너무 발달"한 그곳에서는 사람과 꼭 같은 모습을 한 로봇이 거의 모든 일들을 대신한다. 이 곳의 아이들은 좋은 유전자만 골라다가 만든 맞춤 인간이기에 하나 같이 잘나고 어른 같다. 이들의 몸 속에는 열 사람도 넘는 아버지와 어머니가 따로 있으며, 당연히 함께 사는 가족이라는 개념도 없다. 모든 인간들은 기계에 가까운 존재가 되었기에, 어른들도 아이들도 놀 줄을 모르고, 웃을 줄도 울 줄도 화낼 줄도 슬픈 줄도 사랑할 줄도 모른다. '5백 년 전 랑랑별'은 인간성의 본질을 잊고, 과학만을 맹신하며 나아갔을 때 인류가 도달할 디스토피아^{dystopia}에 해당한다.

때때롱과 매매롱이 사는 '지금의 랑랑별'은 권정생이 생각하는 이상적인 세상이다. 공부는 학교에서만 하고 집에서는 하고 싶으면 하고 하기 싫으면 안 해도 된다. 학교에는 떠들기 시간이 따로 있고, 옷이 찢어지면 스스로 기워 입는다. 아빠는 엄마가 하는 요리를 다 할 줄 알고, 때때롱 매매롱 형제도 스스로 밥을 지어 먹을 줄 안다. 이 곳에서는 "뚱뚱보가 많"은 지구 별과는 달리 세 가지 반찬만 먹으며 열심히 일하고 뛰어논다. 또한 이 곳에는 새달이나 마달이는 물론이고 누렁이와 흰둥이도 맘껏 뛰어놀 수 있는 깨끗하고 아름다운 자연이 보존되어 있다.

흥미로운 것은 그토록 과학 기술이 발전한 '5백 년 전의 랑랑별'을 극복한 '지금의 랑랑별'에서 사람들이 살아가는 모습은 과거의 우리와 닮아 있다는 점이다. 할머니는 "집안의 대장"으로 대우 받으며, 사람들은 호롱불을 켜 놓고 밥을 먹는다. 심지어 사람들은 화장실이 아닌 들판과 같은 곳에서 볼 일을 해결할 정도이다. 과거야말로 우리들이 지향해야 할 '오래된 미래'였던 것이다.『랑랑별 때때롱』의 의미는 이 작품이 출판된 같은 해에 개정증보판이 나온『우리들의 하느님』녹색평론사, 2008에 실린 산문들과 나란히 놓고 볼 때 보다 선명해진다. 여기에 수록된「태기네 암소 눈물」에서 권정생은 "우리가 옛날에 가지고 있던 모든 걸 되살리도록 노력해야 한다"며 "우리는 본래의 조선사람으로 살아야 한다"고 당당하게 말한다. 여기에서 우리는 성장, 발전, 물질과는 무관하게 참된 삶을 추구한 반근대인의 초상을 확인할 수 있다.

『우리들의 하느님』에 수록된 산문에는 이 땅의 모든 생명을 소중하게 여긴 권정생의 절절한 육성이 직정적으로 표현돼 있다. 대표적인 것들만 정리해보아도 다음과 같다. "자연을 망가뜨리고 더럽히는 건 인간의 욕심과 낭비 때문이다"「물 한 그릇의 양심」, "우리가 잘 산다는 것은 결국 가난한 동족의 몫을 빼앗고 모든 자연계의 동식물의 몫을 빼앗는 행위밖에 또 무엇이 있는가?"「태기네 암소 눈물」, "이 땅의 주인은 인간들만이 아닌데 인간중심의 인간제국을 건설하려는 오만이 결국 인간상실의 결과를 가져온 것이다"「녹색을 찾는 길」, "산과 들이 깨끗하고 아름다울 때, 우리들의 모습도 아름답고 살아있는 모든 것들이 아름다울 것이다"「살 한톨의 사랑」, "우리는 경제성장의 뒤편으로 잃어버린 소중한 것이 몇 갑절이나 더 많다는 것을 깨달을 것이다"「새소리가 들리던 시골 오솔길의 아이들」, "사람이란 동물은 어쩔 수 없는 악마일지도 모른다"「새야 새야」, "그동안 일어난 여러 일들을 보고 과연 문명은 발전인지 퇴보인지 알 수가 없었다."「골프장 건설 반대 깃발이 내려지던 날」

여기에는 인간중심주의와 생산력주의에 대한 통렬한 비판, 그리고 모든 생명에 대한 깊은 연민과 사랑이 담겨 있다. 어쩌면 이러한 말은 수많은 사람들이 전달한 메시지인지도 모른다. 그러나 이 말 속에 담긴 정신을 실천한 사람은 거의 없었다. 이 말들이 피울음처럼 절실하게 다가오는 이유는, 메신저가 실제로 겸손한 자연의 삶을 실천한 권정생이기 때문이다. AC^anno covid-19 원년이라는 지금, 인류는 '500년 전 랑랑별'로 가느냐, '지금의 랑랑별'로 가느냐의 기로에 서 있다. 권정생이 살아 있다면, 그는 분명 조용하지만 단호한 목소리로 말할 것이다. "우리 모두 자연을 봅시다."「제발 그만 죽이십시오」   (2020)

419

다시, 빛을 찾아서

김사량의 「빛 속으로」, 1939

다시, 빛을 찾아서

2017년 7월 1일부터 7월 4일까지 진행된 이번 답사에서는 김사량의 「빛 속으로光の中に」『문예수도』, 1939.10와 관련된 도쿄 주변의 여러 공간을 빠짐없이 살펴보고자 하였다. 이번 답사에는 일제 말기 '국민문학' 연구의 권위자인 서울대 국어교육과의 윤대석 교수, 도쿄외대 방문연구원인 장문석 선생, 도쿄외대 종합국제학연구과 소속의 다카하시 아즈사 선생이 동행하였다. 이번 답사의 일차적 목적은 김사량의 문학적 공간을 찾아봄으로써 그의 문학을 더욱 깊이 있게 이해하는 것이지만, 궁극적으로는 김사량이라는 잣대를 통해 현재의 일본을 진단해보는 것이다.

국문학사에서 김사량처럼 파란만장한 삶을 산 사람도 드물다. 1914년 평양 대부호의 아들로 태어나 동경제국대학 독문학과를 졸업한 김사량은 마음먹기에 따라서는 일제가 제공하는 온갖 기득권을 누릴 수 있는 입장이었다. 실제로 그는 빼어난 일본어 실력으로 일본어 글쓰기를 감행하였고, 「빛 속으로」는 당시 일본의 최고 문학상인 아쿠다가와상의 1940년 후보작에 오르기도 했다. 그러나 그의 일본어 소설은 단순하게 친일이나 협력으로만 구분할 수 없는 복합성을 지니고 있다. 특히 일제 시기 막바지에 중국내 항일 무장 독립투쟁의 주요한 근거지인 태항산으로 탈출한 것은 그의 삶과 문학을 더욱 다층적으로 바라보게 만든다. 한국전쟁 당시에는 북한군 종군 작가로 남해바다까지 내려

오기도 하였으며, 미군의 인천 상륙 작전 이후 후퇴하다가 강원도 원주 부근에서 낙오하여 행방불명되었다. 고작 35년여를 살다간 그이지만 그의 삶이 포괄하는 범위는 말 그대로 동아시아 전체에 걸쳐 있으며, 그의 작품 역시도 결코 만만치 않은 넓이와 깊이를 확보하고 있다.

김사량의 일본어 작품 중에는 재일 조선인의 삶을 다룬 것들이 적지 않다. 「빛 속으로」『문예수도』, 1939.10, 「무궁일가」『개조』, 1940.9, 「광명」『문학계』, 1941.2, 「호랑이 수염」『약초』, 1941.5, 「벌레」『신조』, 1941.7, 「십장꼽새」『신조』, 1942.1를 대표적인 작품으로 들 수 있다. 이 중에서도 가장 큰 비중을 두어서 살펴볼 작품은 다름 아닌 「빛 속으로」이다. 주인공 '나'는 제국대학 학생으로 세틀먼트settlement에서 빈민가의 아이들을 가르치는 일을 한다. 그런데 세틀먼트에 다니는 야마다 하루오라는 소년이 '나'의 주위를 맴돈다. 하루오는 조선인 어머니 정순과 일본인 한베에 사이에 태어난 혼혈아이며, '나南先生' 역시 조선인이 아닐까 하는 의심어쩌면 기대 때문에, 하루오는 '나'의 주위를 맴도는 것이다. 혼혈소년인 하루오는 철저하게 자기 안의 '어머니적인 것조선적인 것'을 부인하고자 한다. 하루오는 처음 깡패에 가까운 아버지 한베에게 얻어맞아 병원에 입원한 어머니의 문병을 가는 것조차 거부할 정도로 어머니를 부인하는 것이다. 이 소년에게 온전한 정체성을 찾아주는 것, 그리하여 야마다 하루오를 어둠의 세계에서 빛의 세계로 이끌어주는 것이 '나'의 가장 큰 역할이다.

흥미로운 사실은 야마다 하루오의 불구적인 모습이 제국대학생인 '나'에게도 해당된다는 점이다. 세틀먼트의 아이들은 '나'를 '남선생'이 아닌 '미나미 센세'라고 부른다. '나'의 성인 '南'을 아이들이 '미나미'라고 부르는 것인데, 이것은 일본인 아이들이 '나'를 일본인으로 인식한 결과이다. 이러한 상황에서 '나'는 굳이 '미나미'라는 호칭을 '남'으로 바로잡는 대신 '미나미'로 불리는 지금의 상황에 안주한다. 이처럼 야마다 하루오가 자신안의 조선적인 것을 억압하느라 불구적인 모습을 보여주었다면, 그 정도의 차이만 보여줄 뿐이지 '나' 역시 자기 안의 조선적인 것을 억압해 왔다고 볼 수 있는 것이다.

김사량의 작품은 1970년대에 이미 일본에서 전집이 나올 정도로 일본 사회에서는 큰 주목을 받았다. 그러나 한국 사회에서는 20세기 내내 큰 주목의 대상이 되지 못했다. 친일과 반일의 선명한 이분법 속에서 문학사를 바라보던 시각으로는 일본어로 재일 조선인의 삶을 그린 김사량의 일제 말기 소설은 논의되기 어려웠던 것이다. 그러나 21세기에 들어 탈식민주의적인 시각이 널리 학계에 퍼지면서 김사량의 작품은 그 어떤 작가의 작품보다도 뜨거운 관심의 대상이 되었다. 그것은 김사량의 문학이 (탈)식민주의와 관련된 중요한 성찰의 지점을 거느리고 있기 때문에 가능한 일이다.

그러나 필자가 무엇보다 중요하게 생각하는 것은 김사량이 그린 재일조선인의 삶이 다문화 시대인 한국 사회의 문제와 곧바로 연결되는 지점이다. 일테면 이 글에서 집중적으로 논의하는 「빛 속으로」는 21세기 가장 많은 주목을 받은 다문화 소설인 김려령의 「완득이」^{창비, 2008}와 너무나 비슷하다. 「완득이」는 2000년대 초반, 서울 변두리의 옥탑방에 사는 도완득이라는 고등학생을 주인공으로 내세우고 있다. 이 작품에서 베트남 어머니와 한국인 아버지 사이에서 태어난 도완득은 혼

425

혈아인 야마다 하루오에 대응되며, 어둠 속에 방치된 완득이를 사회로 끌어내리려는 동주 선생은 남선생에 대응된다. 완득이는 한국 사회에서 베트남 어머니와 가난한 난쟁이 아버지 사이에서 태어나 소외된 삶을 살아가지만, 동주 선생의 헌신적인 노력을 통해 한국 사회의 일원으로 한걸음 다가가게 되는 것이다. 어쩌면 「빛 속으로」는 일제 말기에 쓰여진 「완득이」이며, 「완득이」는 21세기에 쓰인 「빛 속으로」인지도 모른다. 「빛 속으로」와 「완득이」의 유사성은, 1939년과 2008년의 시간적 거리와 도쿄와 서울이라는 공간적 거리에도 불구하고, 다른 민족이 어울려 살아가면서 벌어지는 갈등과 고통은 과거완료형이 아닌 현재진행형임을 간접적이지만 분명하게 보여주고 있는 것인지도 모른다. 따라서 김사량과 「빛 속으로」를 찾아가는 이번 답사 여행은 단순한 관광일 수는 없다. 이번 답사는 과거의 일본이라는 외부를 통하여 다문화 사회가 되어가는 현재의 한국을 관찰하는 일일 수도 있기 때문이다.

7월 2일 날이 밝자마자 찾은 곳은 김사량이 1941년 4월부터 1942년 1월까지 머물렀던 가마쿠라鎌倉시였다. 가마쿠라에서는 김사량의 숙소가 있었던 고메신테米新亭 여관을 가장 먼저 찾아갔다. 세월의 무상함을 보여주는 것일까? 고메신테 여관에는 그 당시의 흔적은 찾아볼 수 없는 신식 건물이 세워져 있었다. 마치 그동안 한국에서 거의 연구되지 않았던 김사량의 삶과 문학을 상징하는 것 같아 보이기도 하였다.

고메신테 여관을 들른 이후에는 김사량이 태평양전쟁의 발발과 동시에 사상범 예방구금법으로 두 달여1941.12.9~1942.1.29 동안 구금되었던

김사량이 머물렀던 가마쿠라 고메신테 여관터

가마쿠라 경찰서를 찾아가 보았다. 가마쿠라 경찰서는 다른 곳으로 이 전하고 경찰서가 있던 자리는 주차장으로 변해 있었다.

　태평양전쟁은 1941년에 발발했지만, 그 때의 일본으로부터 지금 의 일본은 얼마나 멀어진 것일까? 답사를 떠나오기 불과 보름 전6월 15일 에 아베 신조安倍晋三 정권이 추진한 '조직적 범죄 처벌법 개정안'일명 공모 죄 법이 참의원 본회의 표결에서 가결됐다. 이 법안에 따를 경우 국가권 력은 실제 범죄를 저지르지 않아도 계획하고 준비한 것만으로도 국민 을 처벌할 수 있다. 이 때문에 여러 시민단체와 야권은 정권이 비판세 력을 탄압하는 수단으로 악용할 소지가 있다며 이 법안을 끈질기게 반 대해 왔으며, 일본의 우익적 정치인들은 그동안 세 차례2003·2005·2006 나 이 법안을 발의했지만 끝내 통과시키지 못했던 것이다. 이번에 이

법안이 통과된 것은 현재 일본이 얼마나 우경화되어 있는지를 보여주는 단적인 증거라고 할 수 있다. 실제 참의원과 중의원에서는 아베 신조를 지지하는 정치권의 힘이 야당을 압도한 지 오래이다. 여기서 공모죄법을 길게 인용하는 것은 태평양전쟁이 발발한 날 김사량이 가마쿠라 경찰서에 구금된 근거가 된 '사상범 예방구금법'과 공모죄법이 흡사하다는 점 때문이다. 공모죄법은 김사량이 활동하던 시기와 현재 일본의 거리를 재는 하나의 척도가 될 수도 있을 것이다.

가마쿠라에서 돌아오는 길에는 시바우라芝浦 해안에 들렀다. 이곳은 일제 시기 재일 조선인들이 하역 작업 등의 막노동을 하며 머물던 집단거주지로 유명한 곳이다. 김사량의 소설 중에서도 「벌레」, 「십장꼽새」, 「지기미」 등이 모두 시바우라 해안에서 막노동을 하며 힘들게 살아가는 재일조선인들의 삶을 다룬 소설들이다.

7월 3일에는 김사량의 「빛 속으로」에 등장하는 인물들과 그들을

조선인 노동자들이 집단적으로 거주하며 일하던 시바우라 해안

창조해낸 김사량의 내면풍경을 이해하기 위해, 작품 속에 등장하는 주요한 공간들과 사건을 있는 그대로 추체험해보았다. 이 날 답사는 「빛 속으로」에서 '내'가 활동하는 S협회^{동경제대 세틀먼트}가 위치한 곳이자, 뒤편의 늪지대에는 하루오의 집이 있는 오시아게역^{押上驛}에서부터 시작되었다. 지금은 도쿄의 명물인 스카이 트리^{일본 도쿄 외곽 스미다墨田구에 설치된 자립식 전파탑으로, 2008년 7월 공사를 시작해 2012년 2월 완공한 세계에서 가장 높은 철탑}가 세워진 오시아게역 근처에서 작품 속에 드러난 빈곤의 흔적을 찾기는 힘들었다.

다음으로 찾은 곳은 오시아게역 근처에 있는 작품 속 S협회이다. 이 S협회는 동경제대 세틀먼트를 말하는 것으로서, 작품 속에서 이 단체의 활동은 다음과 같이 설명된다.

원래 S협회는 제대^{帝大} 학생 중시의 인보사업^{隣保事業} 단체로 탁아부나 아동부를 시작으로 시민교육부, 구매조합, 무료의료부 등도 있어서, 이 빈민지대에서는 친밀도가 높았다. 갓난아기와 아이들을 위해서는 물론이고 일상의 세세한 생활에 이르기까지 협회는 이들과 떼려야 뗄 수 없는 긴밀한 관계를 맺고 있었다. 그리고 협회에 다니는 아이 어머니들 사이에는 '어머니회'도 있어서, 서로 정신적인 교섭이나 친목을 꾀하기 위해 한 달에 두세 번 정도 함께 모였다.[1]

동경제대 세틀먼트는 위의 설명에도 나와 있듯이 나름의 진보적

<hr />

1 김사량, 김재용·곽형덕 편역, 「빛 속으로」, 『김사량, 작품과 연구』 3, 역락, 2016, 20면.

실천을 꾀하는 사회 단체였음을 알 수 있다. 그렇기에 다음의 1938년 2월의 『동경조일신문東京朝日新聞』에는, 내무성과 문부성의 강경한 요구에 의하여, 고토江東 일대 노동자들에게 좌익 사상을 침투시키는 역할을 하는 세틀먼트를 폐쇄한다는 기사가 실려 있을 정도이다.

힘들게 찾아간 동경제대 세틀먼트가 있던 원래의 자리에는 현재 그 흔적이 모두 사라지고 대신 민가가 자리잡고 있었다. 대신 한 블록 떨어진 곳에 동경제대 세틀먼트를 기념하는 표지판이 남아서, 그때의 일을 간단하게나마 증언하고 있었다.

동경제대 세틀먼트의 옛터와 표지판까지를 확인한 우리는, 하루오의 엄마인 정순일본명 야마다 태준(山田貞順)의 흔적이 남은 스사키洲崎를 답

동경제대 세틀먼트 폐쇄 소식을 알리는 『동경조일신문』, 1938.2.3

동경제대 세틀먼트가 있던 자리

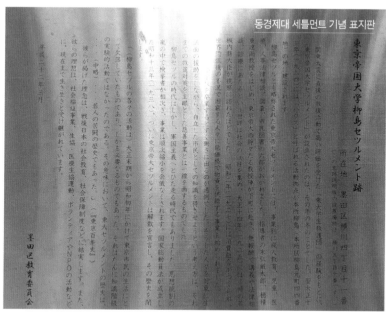

동경제대 세틀먼트 기념 표지판

431

사하였다. 하루오의 엄마인 정순이야말로 일제 시기 재일조선인이 겪은 고통과 수난을 상징하는 존재로 볼 수도 있을 것이다.

정순은 남편 한베에게 끔찍한 학대와 폭행을 당한다. 그럼에도 정순은 그러한 자신의 처지를 받아들이는데, 이것은 정순 스스로 자신이 조선인이어서 학대를 당할 수밖에 없으며 유곽인 스사키에서 일하던 자신을 구원해준 은인이 바로 한베라고 생각하기 때문에 가능한 일이다. 이러한 사정은 "그 사람은 저를 자유로운 몸으로 만들어줬습니다. …그리고 전, 조선 여자입니다…"40쪽라는 정순의 말에서 분명하게 확인할 수 있다. 그녀의 자식인 하루오조차도 조선인이라는 이유로 어머니인 정순을 배척하는 것이다. 더욱 끔찍한 것은 정순 스스로도 "하루오는 내지인이니까… 하루오는 그렇게 생각하고 있어요… 저 아이는 제 아이가 아니에요… 그걸 선생님께서 방해하는 것은… 나쁘다고 생각해요…"42쪽라며, 하루오가 자신을 부인하는 패륜적인 상황까지도 받아들인다는 점이다.

우리는 오시아게에서 정순이 한때 일했다는 스사키洲崎로 발걸음을 옮겼다. 스사키는 도쿄의 유명한 매춘 지대로서, 2차 대전 이후에는 미군 상대의 대표적인 매춘 지역이 되어 파라다이스パラダイス라는 별명을 얻을 정도로 유명세를 떨치던 곳이다. 그러나 도쿄의 대표적인 유곽이었던 스사키의 흔적은 그 어느 곳에서도 찾아볼 수 없었다. 대신 스사키의 입구에는 과거사에 대한 사죄를 멈추고 세계로부터 존경받는 국가가 되자는 우익의 구호가 새겨진 기념물이 위용을 뽐내며 서 있었다. 조선인인 정순이 스사키에까지 가게 된 이유는 작품 속에 구체적으로 등

장하지 않지만, 그것이 일제의 식민지 지배와 무관할 수는 없을 것이다. 더군다나 남편인 한베로부터 엄청난 폭력을 당하는 이유도, 그리고 그 것을 견디는 이유도, 심지어 자신이 낳은 아들 하루오로부터 인정받지 못하는 이유도, 모두 정순이 조선인이라는 것과 관련된다. 그럼에도 과 연 일본은 과거의 책임으로부터 자유로울 수 있을까? 김사량의 「빛 속으로」에서 가장 어두운 음색의 이야기였던 정순의 삶이야말로 우익단체가 세운 이 조형물의 구호에 대한 가장 호소력 있는 응답처럼 보였다.

남선생과 하루오와 정순의 삶을 추적하는 일은 객관적인 사실을

파라다이스로 불리던 스사키의 1950년대 모습

확인하는 일인 동시에, 수많은 재일조선인들이 감내해야 했을 삶의 고통을 온몸으로 추체험하는 과정이기도 했다. 진실의 확인에서 오는 기쁨과 고통의 공감에서 오는 슬픔을 동시에 가슴에 안고 숙소로 돌아오는 길은 그 어느 때보다 무거웠다.

7월 4일은 이번 답사의 마지막 날이었다. 동시에 「빛 속으로」의 마지막 날을 추체험하는 일정이기도 했다. 「빛 속으로」의 마지막은 하루오와 남선생이 즐거운 외출을 하는 것이다. 둘은 일본의 대표적 백화점인 마쓰자카야松坂屋의 식당에 들어가 하루오는 아이스크림과 카레라이스를 먹고, 남선생은 소다수를 마신다. 식사를 마치고서는 남선생이 하루오에게 언더셔츠를 사주고, 둘은 마쓰자카야를 나와서는 근처의 우에노 공원을 거닌다. 이때 하루오는 무용가가 되겠다는 자신의 꿈을 밝히는데, 이 순간은 어둠의 세계에 갇혀 있던 하루오가 드디어 빛의 무대에 서게 되었음을 알려주는 일종의 선언에 해당한다. 이 선언은 하루오가 '나'를 향해 "남선생님이죠?"라고 말하자 '내'가 구제받은 듯한 느낌을 갖는 것에서 알 수 있듯이, '나' 역시 어둠에서 빛 속으로 향하는 일미나미 센세에서 남선생 되기과 병행하는 것이기도 하다.

짧은 기간의 이번 답사는 김사량이라는 과거의 거울을 통하여 현재 일본의 모습을 비춰보려는 시도에 가까웠다. 이것은 김사량이 누구보다 깊이 있게 한일의 평화로운 관계를 사유한 작가였기에 가능했던 일이다. 특히 「빛 속으로」는 21세기 한국 다문화 소설의 대표작으로 꼽히는 김려령의 「완득이」와의 유사성에서도 드러나듯이, 오늘날의

하루오와 남선생이 즐거운 시간을 보냈던 백화점 마쓰자카야

남선생과 하루오가 함께 거닐었던 우에노(上野)공원의 시노바즈 연못(不忍池)

우리에게 던지는 메시지가 결코 적지 않다. 이를 통해 살펴본 오늘날의 일본은 희망보다는 많은 우려를 자아내기도 한다. 그것은 '조직적 범죄 처벌법 개정안'의 참의원 통과에서도, 정순이 머물렀던 스사키의 입구에 놓인 기념물에서도 확인할 수 있는 사실이다. 이러한 어둠이야말로 김사량이 주장한 '일보전진을 위한 이보후퇴'의 그 치열한 문화인의 정신을 떠올려야 하는 이유일 것이다.

(2017)